Peter Landgraf   Willkommen im Paradies
                  Einsichten auf einer Reise um die Welt

Peter Landgraf

Willkommen im Paradies

Einsichten auf einer Reise um die Welt

© 2014 Peter Landgraf
Alle Rechte vorbehalten

Herstellung und Verlag: BoD - Books on Demand, Norderstedt
Printed in Germany
Text und Umschlaggestaltung Peter Landgraf
Internet: www.peterlandgraf.de

ISBN 9 783735 761484

Die Deutsche Bibliothek verzeichnet diese Publikation in der
Deutschen Nationalbibliografie; detaillierte bibliografische Daten sind
im Internet abrufbar über http://dnb.ddb.de

Inhalt

Vorgedanken	7
Kinderträume	8
Sixtinischer Bilderbogen	13
Auf den Spuren der Kelten	21
Sagenumwobenes Nordeuropa	27
Im Land der Nofretete	43
An den Ufern von Euphrat und Tigris	50
Blühende Gärten Persiens	56
Beim Sufi Ahmed Yasawi in Turkestan	61
Türme des Schweigens in Baktrien	67
Eine Träne auf der Wange der Zeit	69
Im Schatten des Sri Mahabodi	82
Buddhas Wege durch China	95
Begegnungen im Regenwald von Sumatra	104
Ein Leben mit den Toten auf Sulawesi	113
Im Abseits beim Uluru	124
Sonne über dem Titicacasee	135
Das Blut der Maya und Azteken	142
Macht und Kraft des Manitus	150
Verzaubernder Kontinent	160
Stadt des einzigen Gottes – Jerusalem	179
Gospel Inspiration	196
Schlussgedanken	198

Von diesem Kreis, in dem wir hier uns drehen,
Kann ich nicht Anfangspunkt, nicht Endpunkt sehen.
Noch keiner sagt' mir, wo wir kamen her,
Und keiner weiß, wohin von hier wir gehen.

Omar Khayyam, 1048-1131
Persischer Dichter, Philosoph und Mathematiker

Vorgedanken

Die nur im zuversichtlichen Glauben zu erfahrende Antwort auf die Ungewissheit nach dem ‚Leben danach' in einem jenseitigen Paradies, die Frage nach einer Auferstehung oder Wiedergeburt beschäftigte die Menschheit von ihrem Anbeginn bis heute.

Bestattungsrituale, Totenkult und Ahnenverehrung, Gottesvertrauen und Gottesfurcht, Jüngstes Gericht, Himmel und Hölle, Oberwelt und Unterwelt, Geisterglaube, Hexerei, Zauberei und Fetischismus fand ich auf meinen vielen Reisen in Worten, Schriften, Handlungen und künstlerischen Werken in vielfältiger Weise und von Völkern aller Kontinente ausgedrückt, was mich bewegte, meine Wahrnehmungen, Eindrücke und Empfindungen in diesem Buch festzuhalten.

Kinderträume

Als Kind überlebte ich die Qual der Hölle. Das Heulen der Sirenen weckte mich allzu oft aus tiefem Schlaf, zerriss meine Kinderträume vom Naschen der Süßigkeiten am Weihnachtsbaum oder aus der Bonboniere an der Kasse des elterlichen Geschäftes. Die Royal Air Force und die US Army Air Force flogen neunundfünfzig Luftangriffe auf Nürnberg, sechs Mal am helllichten Tag, dreiundfünfzig Mal in der Nacht. Die Mutter stürzte ins Zimmer aus Sorge, mein Bruder und ich könnten weiterschlafen. „Schnell, schnell", rief sie uns zu. Notdürftig zogen wir uns an. Draußen herrschte bittere Kälte, als wir am 2. Januar 1945 losrannten. Der Luftschutzkeller im Wohnhaus der Familie schien der Mutter nicht sicher genug. Oma und Opa blieben mit ein paar älteren Mietern dort. „Gott wird unser Haus und uns beschützen", bemerkte Opa mit dem Gebetbuch in der Hand öfters. Er nahm es mit in den mit Eisentüren abgeschotteten Raum, ohne darin lesen zu können. Es herrschte Verdunkelungspflicht, drinnen wie draußen. Wir erreichten den tief in die Erde gegrabenen öffentlichen Luftschutzkeller in wenigen Minuten; den Wodan-Bunker, er war nur etwa einhundertfünfzig Meter von unserem Haus entfernt. Die langen Wollstrümpfe waren mir heruntergerutscht, da ich in der Eile mein Leibchen nicht anzog. Noch bevor wir die lange Treppe in den Keller hinunterstürzten, heulten Abfangjäger über uns hinweg. Die Flaks gaben Schüsse auf die Angreifer ab. Dann dröhnte der Knall der ersten zerberstenden Bombe in unseren Ohren. Sekunden darauf waren wir in Sicherheit, umgeben von fünf Meter dicken Mauern unter einer sieben Meter starken Betondecke in einem von mehreren Stahlschleusen gesicherten Raum. Eine Notbeleuchtung zeichnete schemenhaft die Gesichter der sich ängstlich zusammendrängenden Menschen; meist Mütter mit Kindern und ältere Frauen und nicht mehr wehrtaugliche Männer.

Plötzlich bebte die Erde. In unmittelbarer Nähe schlugen mehrere Bomben ein. Waren es zehn, oder zwanzig oder gar dreißig? Die Detonationen dröhnten unten im tiefen Bunker nur dumpf. War auch unser Haus getroffen worden? Die Frage ging nicht nur mir durch den Kopf. Die Mutter drehte für Sekunden mit besorgt fragendem Blick ihr Gesicht in Richtung unserer Wohnung. Noch einmal zitterten die Wände; und noch einmal. Dann herrschte Ruhe.

Die Minuten vergingen quälend langsam. Die Unruhe wuchs. Endlich wurden die Türen geöffnet. Der lang anhaltende, einförmige Ton der Sirene signalisierte Entwarnung. Wir hasteten die Treppen hinauf ins Freie, vorneweg die Mutter, den Hebel der Dynamotaschenlampe mit zuckenden Fingern drückend, was nicht erlaubt war, sie aber nicht kümmerte.

Entsetzen lag in unseren Augen. Ringsum herrschte ein Inferno. Die Häuserzeile der Hagenstraße brannte lichterloh. Dachstühle stürzten in sich zusammen, Ziegel und Balken flogen auf die Straße, Deckengewölbe barsten und begruben das Innere der Häuser unter sich. Der nächtliche Himmel über Nürnberg war rot gefärbt, alles Entflammbare in der Stadt brannte. Wir atmeten Rauch und Staub.

Wie die Chronisten berichteten, warfen in dieser Nacht fünfhunderteinundzwanzig Bomber der Royal British Air Force in dreißig Minuten sechstausend Sprengbomben und eine Million Brandbomben ab. Es war der schwerste Angriff auf meine Heimatstadt im Zweiten Weltkrieg; eintausendachthundert Menschen starben, einhunderttausend wurden obdachlos, die Altstadt lag in Trümmern. Der flächendeckende Abwurf von Stabbrandbomben entfachte glühende Feuerstürme. Die Großbrände sogen unersättlich die Luft und mit ihr den Sauerstoff in rasendem Tempo aus den Straßen und Kellern und die damit einhergehenden hohen Temperaturen und thermischen Orkane ließen die durch Trümmer und Luftdruck zu Boden geworfenen Opfer durch Verbrennen, Ersticken oder Austrocknung sterben.

Bereits aus der Ferne sahen wir Flammen aus dem Dachstuhl unseres Hauses züngeln. Wir eilten hin, die Treppen hinauf bis ins dritte und vierte Stockwerk. Dort standen während der Kriegsjahre mit Wasser gefüllte Putzeimer und ein Trog mit Sand bereit, um von Brandbomben entfachte kleinere Feuer bekämpfen zu können. Alle Bewohner des Hauses bildeten eine Menschenkette, die von Person zu Person volle Eimer in das Dachgeschoß zum Löschen handelte und die leeren hinunter gleiten ließ, um sie erneut zu füllen. Zwei Feuerlöscher und eine Handspritzpumpe reichten glücklicherweise aus, die beiden Brandherde der Phosphorbomben zu ersticken.

Sieben Wochen später griff die US Army Air Force zweimal hintereinander am Tag an. Während des Hastens zum rettenden Bunker wurde das Geheul der Sirenen von knallenden Schüssen der in Aktion tretenden Flakbatterien begleitet. Noch ehe wir in Sicherheit waren, brach die Hölle los. Erste Bomben detonierten. Eine Luftmine schleuderte hinter uns um ihr Leben rennende Mütter und Kinder zu Boden. Abgeworfene Phosphorkanister entfachten bereits Feuersbrünste, als wir die Treppe zur Sicherheitstür hinunterstürzten.

War es Glück im Unglück? Waren es die von Oma und Opa angerufenen Schutzengel, die das großelterliche Haus retteten?

Inmitten der Straße war eine Sprengbombe explodiert, die einen riesigen Trichter von Bürgersteig zu Bürgersteig riss, zwei Alleebäume fällte, die Schienen der Trambahn wie ein modernes Kunstgebilde hoch in die Luft bog und ringsum alle Fensterscheiben zersplittern ließ. Aus unserem Wohnzimmers im ersten Stock hing die eine Hälfte des bordeauxroten Samtvorhangs, den der dem Luftdruck folgende Sog hinauszog; die zweite Hälfte lag von Glassplittern zerfetzt und zusammengeknüllt in einem der eingedrückten Schaufenster des elterlichen Geschäfts.

Auf der Hofseite des Hauses klaffte ein gewaltiges Loch. Eine der Bomben hatte den Balkon über Opas Werkstatt gestreift und zertrümmert, wobei sie von dem aus der Wand ragenden Eisenträger an der Wange neben dem Zünder aufgerissen und gedreht wurde, so dass sie mit dem Leitwerk zuerst die Hauswand und dann die Decke zum Keller durchschlug, ohne zu explodieren und ihre diabolische Kraft entfalten zu können.

Wie ein Lauffeuer machte die Nachricht von der totalen Zerstörung der nahen Holzgartenschule, in der ich gerade die erste Klasse besuchte, und der Einstellung des Unterrichts die Runde. Die Freude währte nicht lange. Der Betrieb wurde in die Scharrerschule ausgelagert und der Schulweg verlängerte sich von einer viertel Stunde auf fünfzig Minuten.

Dreimal mussten wir noch vor den Angriffen der British und der US Air Force in den Wodan-Bunker flüchten. Dann war der Krieg zu Ende. Am 20. April 1945 kapitulierte Nürnberg, am 7. Mai Deutschland, ab dem 8. Mai herrschte Frieden.

Soldaten der 3. US Infanteriedivision durchkämmten die Stadtviertel Nürnbergs nach Widerstandskämpfern, auch die Wodanstraße. Ich stand vor unserem Haus, als der erste Panzer langsam vorbeirollte, gefolgt von offenen Jeeps und Lastwagen mit Soldaten und Maschinengewehren auf der Pritsche. Fußsoldaten begleiteten den Zug, die ersten mit Waffen im Anschlag, die danach folgenden winkend und Süßigkeiten zu den Kindern werfend – kleine Täfelchen mit Schokolade von Hershey's und Wrigleys Kaugummi. Einige Soldaten hatten schwarzbraune Gesichter. Wir nannten sie Neger, ohne dabei herabwürdigende Gedanken zu haben.

Das als Kind erlebte infernalische Dröhnen der Bomber und das Aufheulen der Sirenen hinterließen über Jahre hinweg traumatische Störungen, die, oft von Blitzen begleitet, zu Albträumen führten, aus denen ich schweißgebadet und von panischer Angst getrieben aufschreckte.

In der Schule hörten wir von Pfarrer Müller aus unserer Gemeinde, dass einst Gott die Erde schuf und darüber den Himmel wölbte, Licht werden ließ, die Pflanzen und Tiere hervorbrachte und schließlich als Vollendung im Garten Eden den Menschen als Mann und Frau formte. Folgsam und busfertig sollten wir sein, ehrfürchtig vor Gott und gute Werke Dritten gegenüber tun, damit wir das Himmelreich erlangen könnten. Das waren seine mahnenden Worte bei der Vorbereitung auf die Erstkommunion.

Es fiel schwer, in einer Welt der Wüste, der Entsagung und manchmal auch des Hungers daran zu glauben und doch hegte ich im Kindesalter die zarte Hoffnung, dem Fegefeuer im Vorhof zur Hölle gerade entronnen, dass mir in fernen Zeiten weitere Qualen erspart blieben und am Ende aller Tage der Weg in das himmlische Paradies offen stünde.

* * *

Meine Mutter war für mich und unsere kleine Familie allgegenwärtig. Meinen Vater kannte ich nicht. Er befand sich von Anfang an als Soldat im Krieg und meine Vertrautheit zu ihm beschränkte sich auf das Betrachten von Bildern in den Fotoalben. Mit Erfrierungen an Zehen und Fingern aus den Kampfgebieten des Kaukasus zurückgeschickt, geriet Vater während der letzten Kriegstage in russische Gefangenschaft. Über das Rote Kreuz erfuhren wir nach ein, zwei Jahren der Ungewissheit, dass er noch lebte und zuerst im Ural und dann in einem Straflager in

Wyschni Wolotschok interniert war. Ich schlug sofort seinen Atlas auf, Andrees Allgemeiner Handatlas von 1930, und fand den Ort auf halber Strecke zwischen Moskau und St. Petersburg. Am 3. März 1948 erfüllte sich das bange Hoffen. Nach dem Aufstehen bemerkte ich einen Mann in der Tür, den ich als meinen Vater erkannte. Er schloss mich in seine Arme und hielt mich lange schweigend fest. Mein großes Glück begann.

Sixtinischer Bilderbogen

Als Vater empfand ich Freude an jedem noch so kurzen Urlaub oder Ausflug übers Wochenende mit unseren Kindern. Ich versuchte, ihnen sehenswerte Ecken unserer Heimat zu erschließen – die Pfalz, Franken, Oberbayern, das Tal der Mosel und Hamburg zum Beispiel – oder den Adriaurlaub mit einem Abstecher nach Venedig zu verbinden und von der Costa del Sol aus mit ihnen Granada, Cordoba und Sevilla in Andalusien zu entdecken.

Im Sommer 1983 machten wir uns auf den Weg nach Rom, meine Frau und ich und unsere beiden Kinder. Aus Angst vor dem in den italienischen Landen unermüdlichen Autoklau ließen wir den Mercedes in der Garage und fuhren mit unserem Kultgefährt los, einem roten Manta mit schwarzem Vinyldach. Das schnittige Coupé war mit einem 1,9-l-Motor und 90 PS bestückt. Die oben liegende Nockenwelle lieferte eine hohe Drehzahl mit verstärktem Drehmoment bei angenehmer Laufruhe durch die Kurzhubtechnik, alles zusammen ausreichend, um uns vier in den Süden zu bringen.

Das eigentliche Ziel waren der Golf von Neapel und Sorrent mit Pompeji an den Hängen des Vesuvs und die sich anschließende amalfitanische Küste, wo wir in Positano ein geräumiges Apartment in einer privat geführten Pension gemietet hatten – sechshundertvierzig Stufen über dem Meer, was täglich zum intensiven Training herausforderte.

In Rom machten wir Zwischenstation. Wir wohnten im vorweg gebuchten Hotel Imperiale in der Via Vittorio Veneto. Der Concierge überraschte mich beim Eintreffen mit der Mitteilung, dass ich am nächsten Vormittag an einer Vorstandssitzung teilnehmen sollte, um das vorzutragen, was ich vor meiner Abreise nach eingehender Analyse in eine Empfehlung kleidete, die den Entscheidungsträgern als formgerechte Beschlussvorlage auf dem Schreibtisch lag.

In leuchtenden Farben hatte ich mir seit Wochen den ersten Abend in der Via Veneto, wie die Einheimischen sie kurz nennen, ausgemalt – ein Bummel zum Park der Villa Borghese, auf dem Rückweg Essen mit den Kindern in einem schicken Restaurant und danach ein abschließender Besuch, allein mit meiner Frau, vielleicht in der Bar des damals im Rampenlicht stehenden Hotels Excelsior. Die Via Veneto war die Straße des ‚Dolce Vita', der irdischen Verwirklichung paradiesischer Lebensträume, wo liebeshungrige Gigolos und Papagallos aller Altersklassen im Rolls Roys, Maserati, Lamborghini, Ferrari, Porsche und anderen luxuriösen Karossen mit aufreizenden Frauen aller Haar- und Hautfarben auf und ab fuhren, alle ständig im Visier der Paparazzi, die nach exzentrischen Fotomotiven der nächtlichen Szene Ausschau hielten. Frederico Fellini hatte in seinem Film nicht nur dieser Straße und dem nahen Trevi Brunnen, sondern der ganzen damaligen Zeit ein Denkmal gesetzt.

Marcello Mastroianni verkörperte den Paparazzo und Frauenheld auf den Spuren der Prominenz der ‚vornehmen Gesellschaft', des Jetsets, der Schickeria; Anita Ekberg den Vamp, die Diva, die ihre verlockenden Reize apfelgleich aus dem Dekolletee hervorquellen ließ.

Marbella, Monte Carlo, Gstaad und St. Tropez hießen die weiteren Tummelplätze des Süßen Lebens, von Aga Khan bis Gunter Sachs reichten die Namen der sich dort zur Schau stellenden.

Doch aus meiner Absicht, wenigsten einmal in die Salons und Bars des Großen Fressens und orgastischer Gelage hineinzuschnuppern, wurde nichts. Ein Taxi brachte mich zum Flughafen Fiumicino und die Spätmaschine der Alitalia von Rom nach Frankfurt.

Der Rest meiner Familie vergnügte sich tags darauf mit einer Runde über die Piazza Barberini zur Fontana di Trevi, wo sich Frank, damals zehnjährig, über die Brüstung ins Wasser springend die Taschen mit Münzen aus aller Welt vollstopfte, von dort zum Kolosseum, weiter zum Forum Romanum und schließlich zur barocken Piazza Navona mit den drei Brunnen Berninis, wo sie eine Pizzeria aufsuchten, anschließend zum nahen Pantheon gingen und zum Schluss wie weiland schon Goethe im Café Greco bei der Piazza di Spagna einkehrten und dort auf meine späte Rückkehr warteten.

Mit Giuseppe war ursprünglich eine Führung durch den Petersdom und die Museen des Vatikans verabredet, die wir leider um einen Tag verschieben mussten, was nicht in seinen Zeitplan passte. Maria würde uns an seiner Stelle am Obelisken um 12 Uhr erwarten – erfuhren wir von der Agenzia Nationale del Turismo, mit der sich der Concierge in Verbindung setzte – aber nur drei Stunden zur Verfügung stehen.

So spielte ich den Guide, nahm mit meinen Lieben in der Mitte des von Kolonnaden eingerahmten Petersplatzes Aufstellung und ließ, das

Heer der von Bussen ausgespienen Touristen ignorierend, die gewaltige Fassade des größten und schönsten Doms der Christenheit mit der dahinter himmelwärts strebende Kuppel auf uns wirken, die von einem weiteren Tambour mit einer kleineren Kuppel und einem vergoldeten Kreuz gekrönt wird. Auf zwei Sockeln thronen rechts und links der zum Hauptportal führenden Stufen der Hl. Apostel Petrus und der Hl. Paulus – der Kirchengründer und der um das östliche Mittelmeer gereiste erste Verkünder der Frohen Botschaft. Beide fanden wegen ihres missionarischen Eifers wenig weltlichen Lohn, sie starben den Märtyrertod in Rom. Über dem Grab des Hl. Petrus wurde der nach ihm benannte Dom von Kaiser Konstantin I erbaut, die Ruhestätte des Hl. Paulus blieb bisher unauffindbar.

Mir lag daran, meinen Kindern nicht nur die in allen Büchern gepriesenen Höhepunkte zu zeigen – den Hochaltar des Papstes mit dem Tabernakel und den gewundenen Säulen, darüber den Licht durchfluteten Kuppelraum mit dem vergoldeten Rippengewölbe, Michelangelos Pietà mit der Madonna und dem Leichnam des Heilands auf dem Schoß – sondern sie dorthin zu führen, wo ich vierzehn Jahre vorher bleibende Empfindungen verspürte. Bei den beiden vorderen Pfeilern der Vierung stiegen wir hinab zur Cappella dei Papi und Sacre Grotta Vaticano wo wir vor den Grablegen der letzten Päpste standen – mit Travertin und Marmor verkleidet oder mit kostbarem Porphyr umhüllt. Auch Kaiser Otto II fand hier seine letzte Ruhestätte, der Glücklose, der nach militärischer Niederlage in Süditalien von der Malaria dahingerafft wurde.

Unterhalb der Krypta, vom Innenraum des Doms nicht zu erahnen, befindet sich die antike Nekropole und in ihr die Confessio Sancti Petri direkt unter dem Hochaltar, das Grabmal des Heiligen Petrus, zu dem Cardinal Angelo Comastri im Internet auf einer virtuellen Pilgertour führt. Das ursprünglich hinter einer roten Stuckwand angelegte schlichte Grab wurde nach seiner Wiederentdeckung kostbar verkleidet. Verständlich die Sehnsucht der Päpste, ebenfalls möglichst nahe bei ihm begraben zu sein.

Petrus war es, der den Grundstein legte, dem Auftrag Christi folgend: „Du bis Petrus, und auf diesen Felsen werde ich meine Kirche bauen, und dir gebe ich den Schlüssel zum Himmelreich." Diese von Matthäus in seinem Evangelium überlieferte Botschaft steht in großen Lettern am inneren Rand der Kuppel, zu der wir sodann hinaufstiegen.

Zwischen dem ersten und zweiten linken Säulenpaar des Langhauses führte ein Wendelgang auf das Dach des Doms, das Frank über die einhundertneunzig Stufen noch vor uns erreichte, die wir den Aufzug nahmen. Was für ein faszinierender Blick hinunter auf den Petersplatz und über die Engelsburg hinweg auf die Dächer Roms!

Ich drängte weiter, hinüber zum Aufgang auf die Kuppel, zu deren obersten Rand weitere dreihundertzwanzig Stufen zu gehen waren, zuerst in einer Art Treppenhaus, zuletzt zwischen der inneren und äußeren Kuppelschale in Schräglage, die auf den letzten Metern ein Vorwärtskommen nur auf allen Vieren ermöglichte.

Der Blick von der inneren Galerie der Kuppel einhundertdreiundzwanzig Meter hinunter auf die Vierung mit dem Papstaltar wurde zum unvergesslichen Erlebnis. „Tu es Petrus…", wir waren hier der in Latein gehaltenen Botschaft aus dem Evangelium des Matthäus ganz nahe, und auf der kleinen Galerie draußen drängten sich Besucher, die dem den Petrus sinnbildlich übergebenen Schlüssel zum Himmelreich nicht so nahe zu stehen schienen – ihre Sehnsucht galt den besten Fotomotiven.

Wir hatten noch Zeit für den Besuch einer weiteren außergewöhnlichen Sehenswürdigkeit, bevor wir von Maria erwartet wurden. Ich ging voran die Freitreppe hinunter zur Westseite des Doms. Am Tor und Durchgang zur Piazza Circo Neroniano standen zwei Wächter der Schweizergarde. „Wir möchten den Campo Santo Teutonico besuchen", sagte ich und die beiden Gardisten gaben den Weg frei. Die Kinder staunten. Lächelnd zuckte ich nur mit den Achseln.

Zuerst querten wir den Platz, der ursprünglich Teil eines römischen Zirkus war, auf dem der Obelisk stand, den Papst Sixtus V in die Mitte des Petersplatzes versetzen ließ. Dann tat sich linkerhand ein Park auf, bestanden mit Palmen und exotischen Pflanzen unter denen Grabsteine zu sehen waren, umgeben von einem alten Palast und einer Kirche – wir befanden uns auf dem exterritorialen Gebiet der Deutschen im Vatikan. Hier erlitten im Jahr 67 die ersten Christen den Märtyrertod, las ich auf einer Tafel meinen Kinder vor. Die Gebäude wurden erstmals 799 als „Scuola Francorum" erwähnt, als Karl der Große in Rom weilte. Seit 1454 befindet sich das Areal im Besitz einer Erzbruderschaft, die eine

Kirche erbaute, in der deutschsprachiger Gottesdienst gehalten wird. Ein Priesterkolleg und ein Institut für Christliche Archäologie sind hinzugekommen.

„Wer wird hier beerdigt", wollten die Kinder wissen?

„Dieses Recht haben nur Mitglieder der auf dem Campo Teutonico ansässigen Einrichtungen."

* * *

Sie als auch wir waren pünktlich. Maria entpuppte sich als Römerin mit großem Wissen, das sie, ohne uns zu überhäufen, auf Fragen von sich gab, und sie flocht Anekdoten ein. Sixtus V ließ den Obelisken, an dessen Basis wir uns verabredet hatten, hier aufstellen. Die genaue Bedeutung der vierkantigen Säule, die keine Hieroglyphen trägt, gibt Rätsel auf. Der Präfekt Roms in Ägypten soll sie in Auftrag gegeben haben, zu Ehren Augustus, Caesars Stiefsohn, der zum ersten Kaiser Roms aufstieg – anders als Caesars leiblicher Sohn, Caesarion genannt, der aus einer Liaison mit Kleopatra hervorging und als Ptolemaios XV lediglich Mitregent an der Seite seiner Mutter wurde. Alles keine Gründe zur Aufstellung des Obelisken auf dem Petersplatz durch einen Papst. Eine Verbindung zu den Kopten, den ersten Christen in Ägypten gäbe auf Grund der Meinungsverschiedenheiten mit den christlichen Päpsten auch keinen Sinn; eher schon die Tatsache, dass der Obelisk ehemals in Alexandria stand, wo der Evangelist Markus den Märtyrertod erlitt, und später in Rom nahe der Stelle an der Petrus gekreuzigt wurde.

„Über Sixtus V werde ich mehr berichten, wenn wir in der von Sixtus IV erbauten und nach ihn benannten Kapelle sind", gab Maria zu verstehen und führte uns durch die Kolonnaden des Platzes zur Via dei Porta Angelica, um den Vatikan zu umrunden, bis wir in der Viale Vaticano an der unscheinbaren, rückwärtigen, von tristen Mauern gesicherten Seite den Haupteingang zu den Vatikanischen Museen erreichten.

Drinnen erwarteten uns zahllose Museumsräume mit Büsten und Skulpturen, Bibliotheken, Pinakotheken, Loggien gleiche halb offene Bogenhallen, Säle, die Stanzen genannte Folge kleinerer Räume und die Sixtinische Kapelle. Drei Kunstwerke fesselten mich besonders:
der Sarkophag der Hl. Helena aus rotem Porphyr, der Mutter Konstantins des Großen, die in Jerusalem die Grabeskirche, in Bethlehem die Geburtskirche und auf dem Sinai am Fuße des Mosesberges die Marien-

kapelle erbauen ließ, die sich nach späterer Überbauung unter der Apsis der Kirche des Katharinenklosters befindet;
die aus Marmor geschlagene Gruppe Laokoons, der auf Geheiß des von ihm beleidigten Apollos mit seinen beiden Söhnen von zwei Riesenschlangen gewürgt und getötet wird;
und in den Stanzen Raffaels die Schule von Athen, ein überdimensionales Wandgemälde, mit dem der Künstler den Fürsten des Geistes ein Denkmal setzte, unter ihnen Plato, Aristoteles, Sokrates, Diogenes, Ptolemäus und Euklid.

Maria führte uns noch durch zwei kleinere Räume, denen wir trotz weiterer Kunstwerke Raffaels wenig Beachtung schenkten, dann in ein achteckiges Gewölbezimmer, um dahinter treppauf treppab endlich durch einen schmalen Gang zum zweiten großen Ziel des Tages zu gelangen, in die Sixtinische Kapelle.

Maria zog mit spitzen Fingern ein Notizbuch aus ihrer Jackentasche. „Ich habe eine Übersetzung der wichtigsten Bibelstellen ins Deutsche dabei", sagte sie und begann daraus vorzulesen: „Gott sprach: Es werde Licht..." So wurden die Fresken am Deckengewölbe für uns zu Bildern der heiligen Schrift, die ihren Wahrheitsgehalt verständlicher machten.

Die erste Gemäldegruppe handelte von Gott und der Schöpfung des Universums, der Scheidung von Licht und Finsternis, der Trennung von Land und Wasser und der Erschaffung der Gestirne und Pflanzen, erzählte sie und las dabei die Texte aus der Genesis.

Sie ging weiter und blieb in der Mitte der Kapelle stehen. „Die wohl bekannteste und ebenso aufregende wie ergreifende Darstellung sehen sie hier, die Erschaffung Adams." Sie blickte in die Notizen und rezitierte: „Gott schuf also den Menschen als sein Abbild; als Abbild Gottes schuf er ihn". Gott schwebte von Engeln begleitet vom Himmel herab und berührte mit seinen Fingern jene Adams, auf den sich dadurch sinnbildlich der Lebenshauch Gottes übertrug.

„Die Bildgeschichte daneben mit der Erschaffung Evas", fuhr Maria nach oben deutend fort, „stellt den Übergang zum nächsten Ereignis, dem Sündenfall dar".

Sie griff wieder zum Notizbuch: „Gott, der Herr, schickte den Menschen aus dem Garten Eden weg. Er vertrieb den Menschen und stellte östlich des Garten Edens die Cherubim auf und das lodernde Flammenschwert, damit sie den Weg zum Baum des Lebens bewachten." „Für Adam und Eva gab es kein zurück", schloss sie die Worte der Genesis.

Gott war unnachgiebig und unbeugsam. Er hatte gerade einmal zwei Menschen erschaffen und da vertrieb er sie schon wieder aus dem Garten Eden, dem irdischen Paradies, nur weil sie vom verbotenen Baum aßen, weil sie sich verführen ließen, weil die Frau den Verlockungen erlag und ihren Mann in den Sündenfall mit hineinzog. Das für alle nachfolgende Menschen Unverständliche war geschehen. Zwei hatten gesündigt und alle Nachkommen mussten darunter leiden. Sie leiden noch heute und müssen einen Weg voll Mühsal gehen.

Was ihnen blieb, war und ist die Hoffnung auf den Jüngsten Tag, auf das Große Gericht, und damit verbunden die Sehnsucht, dass den Christenmenschen bei guter Führung und reichlich praktizierter Nächstenliebe das himmlische Paradies sich eröffnen könnte.

Nachdenklich wandte ich meinen Blick von Michelangelos Meisterwerk der Malerei im Gewölbe der Sixtinischen Kapelle. Um uns herum scharten sich Touristengruppen, von italienisch, englisch, französisch, deutsch, russisch und sonstige Sprachen sprechenden Führern zu den besten Standorten geschleust; vereinzelt auch betende, allein schauende, fotografierende, in sich gekehrte, aber auch laut sprechende und wild gestikulierende Besucher.

Maria machte uns auf die Seitenwände der Kapelle aufmerksam, wo Geschichten aus dem Leben Moses und Jesus dargestellt wurden, und ging weiter zur Altarwand mit Michelangelos bildhafter Interpretation des Jüngsten Gerichts. In Erwartung des Urteilsspruchs scharen sich Maria, Heilige und Auserwählte um Christus, der aus dem Zentrum nach vorn schreitend die Darstellung dominiert. Mit einer würdevollen Geste scheint er die Glorifizierten auf sich zu ziehen und die Verdammten zu besänftigen. Engel der Apokalypse untermalen mit Fanfarenklängen die Szene, in der die Auferweckten zum Himmel aufsteigen, während die Verstoßenen von engelgleichen Wächtern und Dämonen in die Hölle getrieben werden.

Die Führung war zu Ende und wir bedankten uns am Ausgang bei Maria. An gleicher Stelle zog viele Jahre später ein anderer Reiseführer ein kleines bedrucktes Faltblatt aus seiner Tasche hervor, und, bevor er es uns als Andenken übergab, las er daraus die Worte einer Predigt, die

Papst Johannes Paul II am 8. April 1994 hielt: „Wenn wir vor dem Jüngsten Gericht stehen, geblendet von seiner Herrlichkeit und dem Schrecken, bewundern wir die glorifizierten Körper und die ewig Verdammten. Dann begreifen wir die Gesamtansicht, die ganz von einem einzigartigen Licht und künstlerischer Logik durchflutet wird – das Licht und die Logik des Glaubens, die die Kirche im Gebet verkündet: Ich glaube an einen einzigen Gott, den Schöpfer des Himmels und der Erde und aller sichtbaren und unsichtbaren Dinge."

Zurück zu Maria: Beim Hinausgehen kam sie nochmals auf die Päpste Sixtus IV und V zurück. „Ich erzählte Ihnen, dass Sixtus V den Obelisken versetzte. Er war ein strenger Papst, der sich gegen die ausufernden Sitten wandte und für Kuppelei, Ehebruch, Inzest, Abtreibung und Homosexualität einen Katalog scharfer Strafen aufstellte.

Von ganz anderem Charakter war Papst Sixtus IV, der Erbauer der Sixtinischen Kapelle. In ihm sei keine Liebe zu seinem Volk gewesen, schrieb ein damaliger Senatsschreiber, er war von Wollust, Geiz, Prunksucht und Eitelkeit getrieben und aus Geldsucht habe er Ämter gegen bare Münze verkauft und Vetternwirtschaft betrieben.

Beide werden am Jüngsten Tag wohl vor das gleiche Gericht treten müssen", sagte es und verließ uns winkend.

Auf den Spuren der Kelten

Als Großvater lud ich die beiden älteren Enkelkinder, Annika und Lukas, zu einem Ausflug ein, als sie in der Schule hörten, dass im Raum Köln, wo sie zu Hause sind, einst die Ubier siedelten und im Taunus, wo wir wohnen, und in ganz Hessen die Chatten. Ich wollte ihnen die stillen Zeugen einer noch früheren Besiedlung zeigen – Schutzgräben und Ringwälle – und sie auf die bei Grabungen entdeckten großartigen künstlerischen Werke aufmerksam machen, die bis in die Jungsteinzeit zurückreichen.

Am Bürgelstollen vorbei, einer tief im Inneren des Altkönigs gefassten Quelle, gingen wir den Kaiserin-Friedrich-Weg, bogen nach geraumer Zeit in den Forstmeister-Valentin-Pfad und stapften nach etwa einer halben Stunde, vorbei an der Joseph-Jäger-Eiche, den schmalen Pfad hinauf zum Hünerberg. Von Hünen sei er bebaut worden, mit Hühnern habe er nichts zu tun, sagt die Legende.

Wir näherten uns von der steilen, von schroffen Felsen geschützten Nordwestflanke, die stellenweise von Menschenhand mit einer Trockenmauer befestigt und verlängert wurde. Auf der 375 Meter hohen Kuppe herrschte im 8. und 9. Jahrhundert zur Zeit der Karolinger reges Leben, das sich mit dem Bau der Kronberger Burg und der Gründung einer kleinen Stadt talwärts verlagerte.

Der Ausblick reichte weit in die Mainebene. Die auf einer hölzernen Wandtafel anlässlich eines Partnerschaftstreffens mit Vertretern Gilboas in Israel niedergeschriebenen Verse stimmten nachdenklich:

>   Schamanentrommeln schlagen
>   Glockengeläut am Kirchturm
>   Vom Minarett ruft der Muezzin
>   Zimbeln erklingen im Tempel
>   Schofartöne in der Synagoge
>
>   Das einfache Gebet
>   eines einfachen Menschen
>   in einem einfachen Haus

oder einfach
unter freiem Himmel

Sie alle richten ihr Suchen nach
dem selben nur Ahnbaren,
nicht Wissbaren
ihrer Hoffnung

R. K.

Wer sich hinter den Initialen verbarg, wurde nicht verraten, sowenig wie eine Antwort auf die versteckte Sehnsucht versucht wurde, die den Leser, die bisher alle Menschen bewegte und immer wieder zu der Frage führte, woher wir denn kommen, wohin wir gehen und was uns jenseits erwartet.

Der licht bewaldete, sanft nach Osten fallende Höhenrücken wurde mit einem Ringwall begrenzt, der, dem Gelände angepasst, ehemals etwa fünf Meter breit war und die Anlage vor angreifenden Feinden schützte.

Eine Öffnung ließ auf die Reste eines Eingangstores schließen, ein Aushub ein paar Schritte weiter auf einen alten Steinbruch und die in einer Kuhle in der Nähe gefundenen Gräber und Artefakte zeigten, dass die Geschichte des Hünerbergs bis in die Zeit vor Christus zurückreicht. Wahrscheinlich hatten die germanischen Rheinfranken, die Vorgänger der Chatten, der heutigen Hessen, den Grundstein einer ersten Siedlung auf der Bergkuppe gelegt.

Ob bereits die Kelten vor ihnen hier ansässig waren, ist nicht belegt. Deren Spuren finden sich auffällig sichtbar auf dem Gipfel des Altkönigs, dem dritthöchsten Berg des Taunus, den sie schlicht ‚alkin', Höhe, nannten, woraus im Lauf der Zeit der klangvolle Altkönig wurde. Rings um das Gipfelplateau bauten die Kelten um 400 vor Christus aus groben Steinen zwei Ringwälle, die mehr als zwei Kilometer messen und die Bergkuppe zu einer Fliehburg machten.

Da die Enkel diese wehrhafte Anlage bereits kannten, verzichteten wir an diesem Tag auf den Aufstieg und nahmen den Weg nach Osten.

Die Hohemark im Norden Oberursels erwanderten wir in dreiviertel Stunden mit dem Versprechen, für den Nachhauseweg die öffentlichen Verkehrsmittel zu benutzen.

Im Taunus und in der Wetterau siedelten keltische Stämme bereits zur Eisenzeit – das war im ersten Jahrtausend vor Christus. Stille Zeugen ihrer frühen Kultur haben sie an der Ostflanke des Feldbergs hinterlassen, auf dem Bleibeskopf und im oberen Urselbachtal.

Wir stiegen zur Anhöhe hinauf, der Goldgrube, wo die Kelten das größte von drei befestigten Dörfern erbauten, die sie mit Ringwällen schützten. Oppidum nannten die Römer diese wehrhaften Anlagen, als sie einen Teil Germaniens besetzt hielten.

Die Enkel lasen eifrig die Schautafeln, die Auskunft über das Leben gaben, das in der Natur und mit ihr stattfand, kaum nachvollziehbar in unserer technisierten Welt des bequemen Überflusses. Kleidung, Nahrung, Wohnung, Feuer – alles musste von allen Tag für Tag von Hand gemacht, gepflegt und bewahrt werden.

Die „Drei" und das „Rad" spielten in ihrer Mythologie eine zentrale Rolle: dem Ende – der Abfolge von Werden, Sein, Vergehen – folgt ein neuer Beginn; Erde, Wasser und Luft widerstehen dem Feuer, denn das Sonnenrad dreht sich und bringt jeden Tag neues Leben hervor. Diese Weisheiten hielten die kunstfertigen Kelten in filigranen Ornamenten auf Schließen, Fibeln, Halsringen, Armreifen und als Helmzier in der Darstellung von drei offenen Spiralen oder kreisenden Sonnen fest.

Zwei in sich verschlungene Tropfen symbolisierten – vergleichbar dem Yin-und-Yang-Symbol – den Anfang und das Ende, das Gute und das Böse, und spiegelbildliche Mehrfachknoten und endlose Schleifen deuteten auf die Verwobenheit des Lebens hin.

Der Wind sang ein Lied in den kahlen Ästen des Herbstes. Wir waren die einzigen Besucher der befestigten Höhensiedlung. Viel Fantasie war gefragt beim Anblick langer Erdwälle, die vom Regen über zweitausend Jahre hinweg klein gespült waren. Die Trockenmauern aus Pfählen und Steinen und geschüttetem Erdreich sollen vier bis fünf Meter hoch gewesen sein. Einige wenige Zangentore erlaubten den Zugang.

Hoch entwickelte Handwerkskunst war Voraussetzung, um eine Siedlung dieser Größe mit zahlreichen Häusern und Stallungen errichten zu können. Werkzeuge aller Art waren dazu notwendig und Kenntnisse des

Ackerbaus und der Viehzucht zur Sicherung der Ernährung der dort wohnenden Menschen.

Die Kelten kannten keine Schrift. Von den Römern wurden sie als kühn, energisch und kämpferisch beschrieben. Erstaunlich groß sollen sie gewesen sein, mit wilder Barttracht und hellen, strubbeligen Haaren, die sie im Krieg weiß kälkten, um ihren Furcht einflößenden Eindruck zu verstärken.

Ihre geistigen Führer übten großen Einfluss aus. Sie pflegten die Sitten und Gebräuche, schlichteten Streit zwischen Stämmen und Personen, überlieferten Sagen und Legenden, bestimmten die Gesetze, die Lage der Kultstätten in heiligen Eichenhainen und die Zeit der Verrichtung feierlicher Rituale, die mit Gebet und Opfer aber auch Weissagungen verbunden waren.

Druiden wurden sie von den Römern genannt und Caesar selbst berichtete in seinen Werken: „Den Druiden obliegen die Angelegenheiten des Kultes, sie richten die öffentlichen und privaten Opfer aus und interpretieren die religiösen Vorschriften. Eine große Zahl von jungen Männern sammelt sich bei ihnen zum Unterricht, und sie stehen in großen Ehren."

Waren die Kelten in unserem Verständnis religiös? Das Sterben und das Gedenken der Toten spielte auf jeden Fall in ihrem sozialen Verständnis eine zentrale Rolle.

Am nächsten Morgen unternahmen wir einen zweiten Ausflug. Mit dem Wagen fuhren wir in die Wetterau, der fruchtbaren Landschaft zwischen dem Taunus und dem Vogelsberg, einem Herzstück keltischer Siedlungstätigkeit in den Jahrhunderten vor der Zeitenwende. Regionale Fürstentümer entstanden, die für den Zusammenhalt kleinerer Stämme sorgten und die Aufgaben an Bauern, Handwerker, Händler und Krieger vergaben. In den Salinen beim heutigen Bad Nauheim verdampften sie die unterirdisch geförderte Sole, gewannen Salz in großen Mengen, das ihnen Reichtum brachte. Mit dem ‚Weißen Gold' konnten im Handel mit fernen Ländern wertvolle Güter eingetauscht werden.

Unterwegs überquerten wir die Nidda, wie schon die Kelten den Fluss nannten, der durch die Wetterau fliest und sich in den Main ergießt, parkten den Wagen am Ortsrand von Glauburg und stiegen hinauf zur ‚Keltenwelt am Glauberg'.

Nach kurzem Fußmarsch gelangten wir auf ein erstes Plateau. Direkt vor uns lag das Museum – ein mit verrosteten Eisenplatten verschalter scheußlich-schöner kubischer Bau, der im Kontrast zu den Artefakten Moderne ausstrahlen sollte. Links davon führte ein Weg auf die flache Kuppe des Glaubergs. Dort befand sich einst eine stark bewehrte Siedlung, deren Überreste den Aufstieg nicht lohnend erscheinen ließen.

Rechter Hand unter uns sahen wir auf eine kreisrunde Erhebung, das große Keltengrab, dem wir uns zuwandten. Rein zufällig wurden die Konturen dieses archäologischen Schatzes bei Luftaufnahmen zur Kartierung des Geländes entdeckt.

Bei den Grabungen kamen zwei außerordentlich reich ausgestatte Grabstätten zu Tage, deren prunkvolle Beigaben auf die herausragende Stellung der Beigesetzten schließen ließen. Von Fürstengräbern wird gesprochen, weil den Verstorbenen die Insignien ihrer Macht und Rangordnung sowie Zeugnisse ihres Reichtums mitgegeben wurden.

Zu Spekulationen gaben die rings um den Hügel gefundenen Pfostenlöcher Anlass. Sie wurden wieder mit langen Stangen bestückt, die himmelwärts ragen, ohne befriedigend die Fragen zu beantworten, ob sie der Erforschung der Sterne und ihrer Bilder und damit astronomischen oder astrologischen Erkenntnissen dienten, dem Auf und Ab der Jahreszeiten folgten oder gar eine Art Kalender darstellten.

Wir stiegen hinauf auf den Grabhügel und sahen von oben auf die von den Archäologen ausgehobenen Gräben, in denen sie auf die absolute Sensation stießen – eine monumentale, aus Stein gehauene Skulptur eines Keltenherrschers, die wir sogleich im Museum bewunderten.

Neugierig, fast ungläubig bestaunten wir den augenfälligen Kopfschmuck. „Ein Zeichen dafür, dass der Keltenfürst zugleich spiritueller Führer war, Schamane, Medizinmann, auch Druide genannt", gab auf meine Frage der dabeistehende Wärter zu verstehen. „Die beiden Fächer stellen keine Ohren dar, sondern die Blätter des Fruchtstandes der Mistel und die runde Kappe die weiße Frucht selbst. Aus ihren Wirkstoffen wurden Heilmittel gewonnen, die sie auch bei kultischen Handlungen verabreichten." Nach einer Pause schlug er den Bogen in die Jetztzeit: „In England hängen sie an Weihnachten einen Mistelzweig über die Eingangstür als Zeichen stetigen Lebens und in der Schweiz gilt die Mistel als Fruchtbarkeitssymbol."

Der Keltenfürst war mit einem Panzer bekleidet, von einem Schild geschützt und mit einem Schwert bewaffnet. Lukas begutachtete das gut erhaltene Original einer derartigen Waffe in der Vitrine nebenan, während Annika auf den aus Gold getriebenen Halsschmuck zeigte. Einen Fingerring zierten filigrane Spiralen und kreisförmige Ornamente, deren Symbolkraft wir bereits im Urselbachtal im Taunus begegneten. Versinnbildlichten die goldenen Spiralen womöglich das immerwährende Entstehen neuen Lebens, wie dies die sich entfaltende Knospe eines jungen Farns ankündigt?

Weitere Gräber wurden am Glauberg gefunden und Fragmente drei weiterer Steinskulpturen. Wir begegneten einer Welt, die vor rund 2500 Jahren geschaffen wurde. Vermutlich handelte es sich hier um einen heiligen Bezirk der Kelten, einen Ort der Ahnenverehrung und kultischer Handlungen.

An was die Kelten in der Wetterau glaubten, wissen wir nicht genau. Träumten sie von einer Anderswelt? Von himmlischer Belohnung oder höllischer Bestrafung gingen sie nicht aus. Eher davon, „dass die Seele nach dem Tod nicht untergehe, sondern von einem Körper in den anderen wandere." So schrieb jedenfalls Julius Caesar in seinem Bericht ‚De bello Gallico'.

Sagenumwobenes Nordeuropa

Als Berufseinsteiger erhielt ich den Auftrag, in der dänischen Niederlassung des mich beschäftigenden Unternehmens die Elektronische Datenverarbeitung einzurichten – ich, der Absatzwirtschaft, Marketing, Markt-, Verbrauchs-, Motivforschung und Werbung studiert hatte. Jobrotation und Projektmanagement kennzeichneten den Führungsstil in den 1960-er Jahren. Ich fügte mich, stellte mich der Aufgabe und realisierte die organisatorische Neuerung termingerecht.

Die Niederlassung in Dänemark befand sich in Kopenhagen zentrumsnah im Roskildevej, dem ich an einem freien Wochenende bis in die gleichnamige Stadt folgte, um das Wikingermuseum am Ufer des dortigen Fjordes zu besuchen, der den Seekriegern als Versteck diente und von dessen Grund mehrere dort versenkte Langschiffe gehoben wurden, die einst auf Raubzügen bei benachbarten Völkern im Einsatz waren, bevor sie als Barrieren im seichten Wasser gegen feindliche Angreifer ihren letzten Dienst taten.

Der mich begleitende Leiter der Verwaltung unserer Niederlassung schilderte mit flammenden Worten die großen Taten dieser skandinavischen Vorfahren, die bis Island, Grönland und von dort bis zum amerikanischen Kontinent vordrangen, England verunsicherten, den Rhein hinauffuhren und über das Mittelmeer bis ins Schwarze Meer und von dort als auch über Schweden nach Russland vordrangen.

Sie sollen tapfere Krieger und im Umgang mit dem Schwert bei ihren Überfällen in fremden Ländern nicht zimperlich gewesen sein, was bei mir die Frage nach ihren Moral- und Glaubensvorstellungen aufwarf.

„Darüber ist so gut wie nichts bekannt", wurde mir bedeutet. „Für sie zählten nur die eigene Kraft und der Erfolg im Kampf. Vor risikoreichen Angriffen sollen sie Orakel befragt haben – wie auch immer dies geschah. Aber eine Religion in unserem Sinne kannten sie nicht."

Mein Begleiter war von Gestalt alles andere als ein Wikinger, die als groß und kräftig geschildert werden – er war klein von Wuchs, dicklich, mit einem Rest schütteren Haares beidseits des Kopfes, doch voller Eifer, mir möglichst detailreich sein Wissen über die Geschichte seines Landes, die Vorfahren mit ihren kulturellen Stätten und die Götter und Helden der nordischen Sagen mitzuteilen.

„Verschiedene germanische Stämme wie die Kimbern und Teutonen siedelten lange vor unserer Zeit auf Jütland, Fünen und hier auf Seeland", berichtete er, als wir uns von den Langschiffen der Wikinger abwandten und dem Ausgang des Museums zustrebten. „Wenn Sie möchten, können wir jetzt nach Lejre hinausfahren. Dort befinden sich die ältesten Zeugnisse frühester Besiedlung." Er dachte einen Moment nach: „Ein Hügelgrab, eine Schiffssetzung und Baureste der Wikinger."

Bereits aus einiger Entfernung sahen wir die von Bäumen bestandene Erhebung in der Landschaft, die das etwa fünftausend Jahre alte, monumentale Ganggrab von Om überdeckte. Ein Feldweg führte uns zum Eingang im Osten, der der Morgensonne zugewandt war. Wir gingen hinein. In der mannshohen Kammer im Inneren wurden Werkzeuge, Waffen, ein Tongefäß, Schmuck und Skelettreste gefunden.

„Der Legende nach wird Lejre als die Wiege Dänemarks bezeichnet, denn hier in der Umgebung wurden weitere Grabhügel, ein weitläufiges Gräberfeld und mehrere Siedlungsreste entdeckt, die von der Eisenzeit bis zu den Wikingern zurückreichen und auf ein Herrschaftszentrum schließen lassen."

Die Toten wurden, begleitet von aufwendigen und ehrenvollen Ritualen, in Kleidern oder verbrannt beerdigt. Die Gräber markierte man mit großen Steinen und reiche Grabbeigaben lassen auf den Stand der Verstorbenen schließen. Eine der Anlagen wurde in Form eines Schiffes begrenzt von Monolithen errichtet. Wir liefen längs der Außenseite der 80 m langen Ruhestätte.

Weitere Grabhügel waren zu sehen. Ihren aus gewaltigen Megalithen zusammengesetzten Grabbauten zufolge mussten die Menschen damals Hünen gewesen sein, wovon die Bezeichnung Hünengräber noch heute zeugt. Bis zu hundert Skelette wurden in den größeren gefunden, ganze Geschlechter wurden in ihnen bestattet In den Ganggräbern konnten die Verstorbenen besucht und die Ahnen verehrt werden. Aus der immer wieder erneuerten Verbindung und den Zwiegespräche zwischen den Lebenden und Toten schöpften sie die Kraft für ihre eigene Zukunft.

Gab es einen Glauben an ein Weiterleben im Jenseits? Mitgegebener Reiseproviant in Tongefäßen, die kostbaren Waffen der Männer und der Schmuck der Frauen lassen darauf schließen. Einige Wikinger ließen sich mit ihrem Lieblingshund als treuen Begleiter auf der Reise ins Jenseits begraben, wie die gefundenen Hundeknochen zeigen.

Feuchtfröhlich muss es bei den Totenfeiern zugegangen sein. Bier trank man in reichem Maße. Der Erbe leerte den mit ‚Øl' gefüllten Schwurbecher ‚bragarfull' in einem Zug und bekräftigte damit seinen Anspruch auf die Nachfolge.

„Nehmen Sie sich in den nächsten Tagen die Zeit und besuchen Sie das Dänische Nationalmuseum in Kopenhagen", hörte ich als Rat. „Dort werden die wertvollsten Fundstücke der dänischen Geschichte ausgestellt, der Sonnenwagen von Trundholm und auch der Kessel von Gundestrup. Wirklich sehenswert!" Er hielt mich am Arm fest und blieb stehen. „Hier bei Lejre", fuhr er fort, „wurde eine vergoldete Statuette Odins entdeckt, der obersten Gottheit aller germanischen Stämme. Sie zeigt ihn auf seinem Thron, von dem aus er die sieben Welten überblicken konnte. Einfach wunderschön." Er machte eine verzweifelte Handbewegung: „Leider kann ich Ihnen nicht sagen, wo sich die kleine Skulptur heute befindet."

Odin wurde auch Wodan genannt, und mein Elternhaus stand in einer nach ihm benannten Straße, was von früh an mein Interesse an der germanischen Götterwelt weckte. Nur wenige authentische Zeugnisse sind überliefert. Die alten Mythen, die wir kennen, wurden erst im Mittelalter in den Sagas und Eddas aufgeschrieben, den Lieddichtungen über die Götter und Helden; teilweise mit christlichen Einflechtungen verfälscht. Was war Überlieferung und was war Dichtung? Keiner kann dies genau beantworten.

Nach den Berichten von Tacitus wurden keine menschenähnlichen Bilder von den Göttern gefertigt. Diese entstanden erst später. Die Germanen weihten ihnen Wälder und Haine, die sie zu heiligen Stätten erklärten. Dort feierten sie Götterfeste, die sie mit Menschenopfern einleiteten.

Die Haine der Götter umgaben sie mit Wällen und Flechtzäunen. In diesen Bezirken hielten sie auch die heiligen weißen Pferde – die Vertrauten der Götter. Ihr Schnauben, Stampfen und Wiehern deuteten sie als Glück oder Unglück bringend.

Zu den Festen wurden Tieropfer dargebracht, wobei man den größten Teil des Fleisches verzehrte. Dazu wurde reichlich Met getrunken, das beliebte Rauschgetränk der Germanen, das die Feiern zu Trinkgelagen werden ließ.

Nach der Sage ritt Odin jeden Morgen auf seinem achtbeinigen Ross Sleipnir über den Himmel, um die Welt zu erkunden. Begleitet wurde er von den Raben Hugin und Munin, welche die Gedanken und Erinnerungen symbolisierten. Drei Stockwerke umfasste das Universum, das durch den Weltenbaum Yggdrasil zusammengehalten wurden: Zuoberst Asgard, das Reich der Götter, dann Midgard, der Lebensraum der Menschen, Elfen und Riesen, und das Totenland. Von Thor wird erzählt, dem Gott des Blitzes und des Donners, und von Hel, der Göttin des Todesreiches, aber auch von Walhall, dem paradiesischen Ruheort der im Krieg gefallenen tapferen Helden. Und über allem schwebte drohend Ragnarök, der unaufhaltsame Untergang der Welt – Feuer und Wasser und ein Beben werden sie zerstören. Doch am Ende wird der Keim eines neuen Anfangs aus dem Weltenbaum sprießen. Die Erde wird sich wieder frisch aus dem Meer erheben, sie wird erneut von Menschen bevölkert und die Sonne wird am Himmel wieder ihre Bahn ziehen.

Dem Rat des Verwaltungschefs folgend besuchte ich einige Wochen später das Nationalmuseum im Prinzen-Palais am Fredriksholms Kanal in Kopenhagen. Dort stand ich beeindruckt vor dem in Trundholm auf Seeland gefundenen Sonnenwagen, der von den Pferden Arwakr und Alsvidr über den Himmel gezogen wurde und so der Welt den Tag schenkte.

Am nahen Nyhaven, dem historischen Hafen Kopenhagens, ließ ich mich, wie so oft bei späteren Besuchen der Stadt, im Freien an einem der kleinen Tische nieder und erfuhr aus meinen Büchern, dass sich die skandinavische Bevölkerung, allen voran die Wikinger, lange gegen die Christianisierung wehrten. Die Kimbern und Teutonen wanderten nach Süden ab. Aus dem heutigen Schweden setzten im 6. Jahrhundert die Schonen nach Seeland und Jütland über und im 10. Jahrhundert vereinigte Gorm der Alte die kleinen Königreiche.

Sein Sohn Harald Blauzahn nahm schließlich den christlichen Glauben an. Den plündernden und mordenden Wikingern, die über ein Jahrhundert ganz Europa in Angst und Schrecken versetzten, verloren mit diesem Schritt ihre heidnischen Götter Odin und Thor. Wurde Harald Blauzahn vom Glauben an die neue Lehre angetrieben? War es eine von ihm tief empfundene Überzeugung? Oder war seine Taufe ein genial kalkulierter Schachzug, ein vorbildlicher erster Schritt zur Befriedung der ihm untergebenen Stämme? Nur wenige Jahrzehnte später endete jedenfalls die Wikingerzeit.

Am Abend meines letzten Tages der Geschäftsreise in Kopenhagen besuchte ich die Kneipe Cap Horn. Unter einem Plakat der Cunard Line, das an die Blütezeit des von Dänen wie Touristen frequentierten Hafens erinnerte, lauschte ich bei mehreren frisch gezapften Tuborg Bieren den Klängen von Papa Bue's Viking Jazzband, die mich und meine Sinne in eine andere Welt versetzten.

* * *

Als Gastgeber einer Hand voll Geschäftsfreunde flog ich Jahrzehnte später über Helsinki, wo wir einen Zwischenaufenthalt einlegten, in den hohen Norden Finnlands nach Rovaniemi am Polarkreis. Dort erwartete uns Thula am Flughafen mit drei Range Rover, die reichlich mit Lebensmitteln und Getränken vollgepackt waren – als Reserve ausreichend für die verabredete fünftägige Rundtour durch Lappland.

Thula kannte ich von früheren Unternehmungen. Sie war äußerst zuverlässig, ortskundig selbst in wildesten Gegenden, umsichtig ob der Unbefangenheit und Unbedarftheit ihrer mitteleuropäischen Gäste, sie war sprachgewandt und hatte viele Kontakte zu den verstreut lebenden Samen in den mit Kiefern und Fichten bestandenen weiten Wäldern. Blond war sie natürlich, groß und von stattlicher Natur, und unterwegs entpuppte sie sich als zuverlässiger Kumpel.

Ein kurzer Halt im Weihnachtsmanndorf sei Pflicht, meinte sie mit unschuldigem Blick, da sie sich einer Anweisung der Tourismusbehörde nicht entziehen konnte. Sie verband das für sie Unangenehme, von den Gästen als originell Empfundene mit dem Nützlichen und rüstete das Team mit einem am Gürtel zu befestigenden Holzbecher und einem original finnischen, äußerst scharfen Waldläufermesser aus der Schmiede J. Marttünis aus – zwei Gegenstände, die sich auf den langen Fußmärschen durch die wilde Natur als nützlich erweisen sollten.

Wir fuhren nur wenige Kilometer auf der asphaltierten Staatsstraße, bogen auf einen Waldweg ein und folgten diesem und anderen stundenlang irgendwie in Richtung des Ortes Kittilä im Norden. Die für Finnland typische Taiga war mit Fichten und Kiefern bestanden, aus denen das hellere Grün einiger Birken und Eschen hervorstach. Thula machte auf einen abgestorbenen weißen Stamm in einer Senke aufmerksam – ein fast schon zu Stein gewordenes Relikt früherer Jahrhunderte, wie sie meinte. Ungläubigkeit war angesagt, dem ein Staunen und Wundern nur kurze Zeit später folgten.

Thula ließ die Range Rover anhalten und zwischen Bäumen parken. Zu Fuß ging es weiter durch den Wald. Erstmals setzten wir die Becher und Messer ein, die Becher um aus einem Bächlein frisches Wasser zu schöpfen und zu trinken, die erste Erfrischung seit Stunden, und die Messer um von jungen Birken belaubte Äste zu schneiden, mit denen wir die uns überfallenden Stechmücken aus den Gesichtern wedelten.

Nach etwa einer halben Stunde gelangten wir an einen Fluss, den Kukasjärvi wie wir hörten. Zwei Finnen begrüßten uns am Ufer, zogen für jeden eine gekühlte Flasche Bier aus dem Wasser und reichten mit Fleisch und Fisch belegte Brote – Smörrebröd würden die Dänen dies nennen.

Der Aufenthalt blieb kurz. Thula drängte. Am Ufer lagen, festgezurrt an einem Baumstamm, zwei Schlauchboote, die wir bestiegen. Die Fahrt ging los. Die Range Rover ließen wir zurück.

Die Finnen steuerten die Boote auf dem Heck sitzend. Jeweils vier von uns, zwei an Backbord und an Steuerbord, halfen auf Befehl der Steuermänner, mit dem Einsatz von Paddeln die Richtung zu halten. Einfacher gedacht als getan, wenn der Fluss sich seine Bahn durch Engstellen, Stromschnellen und über kleine Katerakte suchte.

Rechts und links begleitete uns eine zauberhafte Landschaft. Einmal rückten die Hügel näher, eine Felswand schien den Weg zu versperren. Die Boote trieben darauf zu. Es kostete Mühe, ein Anschrammen durch kräftiges Paddeln zu verhindern – doch dies gelang. Gleich darauf stockte uns der Atem. Ein Rauschen kündigte einen Wasserfall an, in dessen Mitte eine Stromschnelle an glattgeschliffenen Felsköpfen vorbei uns den schmalen aber steilen Weg wies. Auf der einen Seite wurden die Ruder auf Kommando geschlagen, während die Männer auf der anderen Seite sich gegen die Strömung stemmten, um die Fahrtrichtung zu halten. Dann ging alles sehr schnell. Die Paddel wurden eingezogen. Im Sog des Flusses passierte das Schlauchboot die Engstelle, streifte einen der runden Felsbrocken und klatschte Wasser aufspritzend nach kurzem

Luftsprung mit uns an Bord etwa einen Meter tiefer auf, um alsdann seine Fahrt ruhig fortzusetzen.

Jubel brach aus. Die Erleichterung war spürbar. Der Steuermann lachte. Dies war sein alltägliches Geschäft.

„Das war ein harmloser Ritt", rief Thula uns zu. „Ein Katarakt dieser Kategorie birgt keine Gefahr. Da erlebte ich schon viel aufregendere Situationen."

Die Fließgeschwindigkeit verlangsamte sich zusehends, als der Fluss immer breiter wurde. Wir mussten die Paddel einsetzen um voranzukommen. Ruhe und Windstille herrschten rings um uns. Nur einmal war das Pfeifen eines Raubvogels zu hören. Die Sonne senkte sich dem Horizont entgegen. Sie verschwand zu dieser Zeit, es war Ende Juli, nur kurz vom gelb-gold gefärbten Himmel, ohne es wirklich Nacht werden zu lassen.

Wir erreichten immer noch paddelnd eine Stelle, an der sich der Fluss zu einem See weitete. Am östlichen Ufer stieg Rauch in einiger Entfernung auf. Der Steuermann hielt darauf zu, bis wir mit lahm gewordenen Armen das Tagesziel in einer kleinen Bucht erreichten.

Thula hatte angekündigt, dass wir die erste Nacht in einer offenen Waldläuferhütte verbringen würden. Doch eine Hütte war nicht zu sehen. Rings um ein loderndes Feuer waren in einigem Abstand Holzpfähle im Karree in den Boden gerammt, über die Bretter ein Dach zum Schutz gegen Regen bildeten. Darunter lagen auf blanker Erde weitere Bretter, die auf einer Seite, dem Kopfende, durch untergelegte Blöcke erhöht waren – unsere Betten.

„Das kann ja eine heitere Nacht werden", brummte einer der Gäste.

„Lass uns erst mal was essen und trinken, ich habe Hunger und Durst", gab ein anderer aufmunternd zum Besten.

„Falsche Reihenfolge", warf ein Dritter ein. „Ich habe Durst und nochmals Durst und dann erst Hunger."

Ein Same, dem das Camp gehörte, kümmerte sich um das Feuer, vor dem an Pflöcken befestigt halbierte Lachse gegart wurden und würzigen Duft verbreiteten. Der Same begrüßte uns mit unverständlichen Worten, doch seine Handbewegung konnten wir deuten. Im Wasser des Sees waren zwei Bierkästen zur Kühlung versenkt und – wie könnte es auch anders sein – der Gerstensaft löschte den Durst, was mit dem Wasser aus den Bechern nicht so gelang.

Unbemerkt von uns hatte sich Thula ausgezogen. Nackt, nur ein Handtuch vor sich haltend, lud sie zur Lieblingsbeschäftigung der Finnen ein. Sie deutete in die Landschaft und meinte: „Dort unten in der Senke versteckt sich die Sauna. Wer Lust verspürt, sollte vor dem Essen einen Schwitzgang wagen und sich im See abkühlen. Dann schmecken der Lachs und das Tuborg noch besser."

Wie Recht sie hatte. Bis auf einen taten es ihr alle Gäste nach, saunierten, badeten und saßen anschließend äußerst gesprächig am wärmenden Feuer bis tief in die helle Nacht. Die Fische wurden verzehrt, dem Bier wurde reichlich zugesprochen und eine Flasche Whisky machte die Runde, es mögen auch zwei gewesen sein, was nicht nur die Stimmung hob, sondern auch einen tieferen Schlaf förderte.

Der Same hatte auf die Bretterbetten für jeden ein Rentierfell als Unterlage und ein zweites als Zudecke gelegt. Alle schliefen rasch ein, keiner fiel von seinem Brett, lautes Schnarchen soll die Luft erfüllt haben, wie Thula nach dem Weckruf wissen ließ, und als die Männer hörten, dass in der kommenden Nacht richtige Betten auf sie warteten, brachen sie voll Tatendrang zu ihrem nächsten Abenteuer auf.

Zuerst fuhren wir mit den Schlauchbooten, diesmal mit Motorkraft, noch ein Stück weiter auf dem Fluss, um an einer flachen Uferstelle auszusteigen. Thula teilte die Gäste in zwei Gruppen ein, bestimmte je einen Führer und drückte diesen eine Zeichnung und einen Kompass in die Hand. Vor dem Aufbruch reichte einer der Steuermänner noch vier Rucksäcke aus seinem Boot und forderte vier der Männer auf, sie sich umzuhängen.

„Sie unternehmen heute einen Fußmarsch durch die Wildnis. Ihr erstes Ziel ist die auf der Karte markierte Bucht des Unari-Sees. Sie halten sich immer nach Osten. Der Kompass wird Ihnen dabei behilflich sein. Auf halber Strecke überqueren Sie die Staatsstraße 952 und laufen unbeirrt weiter nach Osten, bis Sie die Bucht erreichen. Dort stehen drei Kajaks bereit. Mit diesen fahren Sie zu der kleinen Insel, die Sie vom Ufer aus in Richtung Nord-Nordost bei etwa 20 Grad sehen werden. Dort sollten Sie am frühen Nachmittag eintreffen."

Ohne die Frage zu stellen, ob jemand mit einem Kompass umgehen könnte, ging sie mit der einen Gruppe voraus und ich folgte mit der anderen; je einer der Finnen lief zur Sicherheit hinterher.

Wieder wurden Birkenzweige zum Vertreiben der Fliegen geschnitten und ab und an die Trinkbecher eingesetzt. Wasser gab es genug. Das hügelige Gelände war trocken, doch die niederen Flächen waren feucht und zahlreiche Bächlein mussten überquert werden. Die ersten durchnässten Schuhe lehrten, von Grasbüschel zu Grasbüschel zu springen oder dort zu laufen, wo Preiselbeeren und Kleingestrüpp im mehr sandigen Boden wuchsen. „Wo sind wir eigentlich?", wollte einer wissen. „Irgendwo in Lappland", kam als Antwort, „weit nördlich des Polarkreises." Der Baumbestand war licht. Zweimal entdeckten wir Rentiere, die frei herumliefen, jedoch domestiziert und an den Ohren nummeriert waren und Familien der Samen gehörten. Bären oder Wölfe bekamen wir Gott sei Dank nicht zu Gesicht. Biber sahen wir auch nicht, jedoch ihre Burgen und Dämme an kleinen Bachläufen. Am Himmel zogen ein paar Wolkenstreifen ihre Bahn. Die Sonne wärmte kaum in diesen Breitengraden; gegen Mittag stieg das Thermometer auf bescheidene 13 ° Celsius. Menschen sahen wir keine. Die Einsamkeit der für uns fremden Natur faszinierte mit ihrem besonderen Reiz. Das wenige zu Sehende genügte, um Freude und Gefühle des Glücks aufkommen zu lassen. Dem taten auch die Blasen keinen Abbruch, die sich bei dem einen und anderen an den Füßen einstellten, auch nicht die Anstrengung, die das schwere Gelände jedem abverlangte, und auch nicht die Kraftanstrengung beim Paddeln in den Kajaks, die gegen einen kräftigen Gegenwind und schräg aufkommende Wellen über den See getrieben werden mussten, was dieses Mal Blasen in den Händen verursachte. Drei Stunden Marsch lagen hinter uns und zwei Stunden Paddeln mit wechselndem Einsatz, so dass jeder einmal sein Können zeigen konnte. Dann wurden wir erlöst, erreichten die mit einem weißen Tuch markierte Anlegestelle auf der Insel, stiegen aus und klatschten uns erfreut gegenseitig auf die Schultern.

„In den Rucksäcken finden sie Brot, Fischdosen, Marmelade, Zucker und Teebeutel", vermeldete Thula. „Sammeln Sie trockenes Holz und machen Sie Feuer, dann können Sie sich Tee zubereiten. Ein Kessel müsste auch in einem der Rücksäcke zu finden sein; ebenso Becher und

Besteck. Und am Schluss alle Utensilien wieder einsammeln, in die Plastiktüten wickeln und in den Rucksäcken verstauen", ermahnte sie. Drei lange, mit einer Kette verbundene Eisenstäbe bildeten den Galgen für den Teekessel, unter dem das lodernde Feuer rasch das aus dem See geschöpfte Wasser zum Sieden brachte. Die zart geräucherten und in Öl gelegten Makrelen aus der Dose schmeckten herzhaft, das Brot war trocken und der sehr starke Assam Tee verlangte nach Verdünnung mit kühlem Seewasser.

Kaum waren wir fertig, mahnte Thula zum Aufbruch. Jetzt fuhr sie in einem der Kajaks voraus zu einer nahen Uferstelle. Die beiden Finnen blieben hier zurück; sie kümmerten sich um die Boote und die Rucksäcke, während uns ein erneuter Fußmarsch bevorstand. Da das Gelände von zahlreichen kleinen Bächen durchzogen und sehr sumpfig war, übernahm auch hier Thula wieder die Führung. Weitere drei Kilometer durch unwegsame Wildnis lagen vor der Gruppe. Doch keiner versagte. Alle bissen die Zähne zusammen und als Thula begann, von den Nordmännern schlechthin und den Taten der Wikingern zu erzählen, die über das Nordkap und das Weiße Meer bis ins Land der Samen vorstießen, versetzte wie bei ihnen der Glaube an unsere eigene Kraft Berge, was die Anstrengungen von Minute zu Minute leichter werden ließ. Die Wikinger zogen sich aus Lappland kurzerhand wieder zurück, da sie keine reiche Beute machen konnten. Für uns dagegen lag der zu erobernde Reichtum in der Einfachheit der Landschaft und Schlichtheit der Natur und in dem Wissen, auf keine menschlichen Schätze zu stoßen, sondern eine archaische Welt aufspüren und verinnerlichen zu können. Natürlich waren wir uns bewusst, nach fünf Tagen und vier Nächten in der Einsamkeit wieder in eine Welt des Überflusses zurückzukehren und bis dahin keine übergroßen Entbehrungen erleben zu müsse. Doch keiner erahnte vor dem Antritt der Reise, wie stark er gefordert werden würde und dass er bis an die Grenzen seines Möglichen zu gehen hatte – so wie es vielen Samen noch heute abverlangt wird, soweit sie in der freien Natur ihr Zuhause haben und von den Rentieren und Fischen, dem Sammeln von Waldfrüchten und dem bescheidenen Anbau von Getreide und Gemüse leben und lange, harte Winter durchstehen müsse. Wir machten Grenzerfahrungen auf der Wanderung durch eine für uns neue Welt. Kein verlässlicher, fester Boden, sondern weiche, durchnässte und oft morastige Flächen wurden begangen, die Ängste und Selbstzweifel aufkommen ließen. Wir setzten unsere ganze Kraft ein, zu der sich auch die Leidensfähigkeit gesellte. Meine Gäste waren alle im Handel tätig, im Büro oder im Ladengeschäft, in engen begrenzten Räumen, überwiegend bei Kunstlicht. Hier spürten sie die Freiheit, hier konnten sie hinter jeder Baumgruppe und jedem Hügel neue Landschaftsbilder entdecken.

Die ganze Tour war bestens organisiert. Die Schlauchboote und auch die Kajaks wurden an die Ausgangspunkte zurückgebracht, die Range Rover für alle unsichtbar vorausgefahren. Die Überraschung war riesig, als wir sie am späten Nachmittag mitten im Wald am Ende eines Weges stehen sahen. Jeder ergriff seine Reisetasche, die nur Waschzeug, Schlafanzug und Wechselwäsche enthalten durfte – und drei Flaschen Whisky auf Anraten von Thula in meiner als Gastgeschenk an den uns erwartenden Samen.

In einer Senke wirbelte der Wind kreisförmige Wellen auf der Oberfläche eines kleinen Sees, dessen Ufer jenseits von Fichten bestanden war. Vor uns öffnete eine Lichtung ihre Arme, auf der vor einer Anhöhe ein Blockhaus und schräg gegenüber zwei kleine Koten standen, eine aus Holz und eine aus Ästen und Torf.

Von den vier offenen Räumen des Blockhauses überließen wir einen Thula; in den anderen belegten wir die Betten. Wasser und Strom gab es nicht. Das Zähneputzen musste am See besorgt werden, von dem auch das Trinkwasser geholt wurde. Einer bekam einen Anpfiff, weil er den Schaum der Zahnpaste nicht in die Büsche am Ufer spuckte, sondern in den See und ein anderer, weil er vergaß, nach der Entleerung seine Hinterlassenschaft in der Grube mit Kalk aus dem bereitstehenden Eimer zu bestreuen. Sonst verlief der Aufenthalt harmonisch.

Ein Same, der Hausherr, kam aus der Kote hervorgekrochen. Mit einer halberhobenen Hand deutete er Thula einen Gruß an. Das war's.

Bedächtig ging er zu der kleinen Hütte und holte daraus eine Säge und zwei Äxte hervor, die er Thula zu Füßen legte.

„Gehen Sie den Abhang hinter dem Blockhaus hinauf. Dort können Sie Äste einsammeln und gestürzte alte Stämme zerkleinern, damit wir Feuer machen können. Hier ist das Handwerkszeug." Sie deutete vor sich hin. „Wenn das umherliegende Holz nicht reicht, dann schlagen und zerkleinern Sie ein, zwei Birken. Die brennen immer."

Grobe Tische und Holzbänke boten reichlich Platz. Thula machte sich an zwei großen Taschen zu schaffen, die vermutlich die Finnen hierher trugen, die auch die Range Rover brachten, aber wieder verschwunden sind.

„Zum Trinken gibt es für jeden vier Flaschen Bier, zwei für heute und zwei für morgen." Das war für die meisten die wichtigste Botschaft. „Die Kästen stehen neben dem Holzsteg im Wasser." Thula kramte in den Taschen. „Hier sind Teebeutel, Kaffeepulver und Zucker für warme Getränke und zum Essen haben wir Brot, Tomaten, Zwiebel und Salz und Pfeffer zum Würzen. Dazu wird ihnen der Hausherr Suovas reichen, Rentierschinken. Freuen Sie sich darauf."

Der Same öffnete die Tür der größeren Holzkote, griff nach einer der luftgetrockneten Keulen und schnitt jedem zwei dickere Scheiben ab. Was für eine zarte und wohlschmeckende Köstlichkeit und für Jedermann eine erste Erfahrung!

Ich ergriff meine Tasche, als mir Thula einen Wink gab, und ging mit ihr zu dem Samen hinüber, der sich mit einem Schinkenstück in der Hand vor dem Eingang seiner Hütte mit verschränkten Beinen niedergelassen hatte.

„Sagen Sie ihm unseren Dank, Thula", bat ich, als ich die Whiskyflaschen aus der Tasche zog und vor ihm auf den Boden hinstellte.

„Das ist nicht erforderlich. Er wird nicht antworten."

Und wie von ihr vorausgesagt, begnügte sich der Same mit einer Handbewegung, ohne auch nur aufzusehen. Dreimal nannte mir Thula seinen Namen, den ich mir auch beim vierten Mal nicht hätte merken können. Sein Haarschopf war ergraut, die Augenbrauen standen wie buschiges Gestrüpp nach oben. Bedächtig griff er nach dem letzten Bissen zu einer der Flaschen, riss die Banderole ab, öffnete den Drehverschluss, setzte an und spülte mit drei kräftigen Schlucken die Speisereste hinunter. Diese, seine Arte des Trinkens wiederholte er mehrfach, bis die Sonne hinter den Bäumen unterging und die Flasche geleert war. Dann zog er sich in seine Kote zurück.

Wir genossen die helle Nacht, plauderten, badeten, saunierten noch spät, badeten wieder, zogen uns erst in die Kammern mit den Betten zurück, als die Sonne wieder hervorkam, schliefen kurz und standen bereits früh auf. Das Feuer wurde wieder entfacht und Tee und Kaffee zu einem spartanischen Frühstück gekocht. Einige lasen, spielten Schach oder Karten oder taten nichts, bis der Same sich zeigte und zu seiner Holzkote ging. Er holte ein Rentier heraus, das zwar ausgeweidet war, aber noch in der Decke mit dem Kopf nach unten hing. Der Same befestigte das Tier am Stumpf einer abgeschlagenen Astgabel einer Birke, ergriff ein Messer, das er mit einem Wetzstein schärfte, bevor er daran ging, nach ein paar gekonnten Schnitten an den Läufen und am Hals, dem Ren das Fell abzuziehen. Staunend standen wir dabei und beobachteten, wie anschließend fachgerecht das Fleisch von den Knochen gelöst und portioniert wurde. Dann begann er, den Teil zu salzen, der zwar in der Kote, aber an der Luft getrocknet oder geräuchert wurde. Einige Portionen blieben roh. Sie wurden mittags gespießt und am offenen Feuer für uns gegrillt.

Thula umrundete mit der Gruppe am späten Nachmittag den See im weiten Bogen. Wir führten zwei Äxte und eine Säge mit, die bald darauf zum Einsatz kamen. Sie deutete auf eine Birkengruppe.

„Sie sollten jetzt sieben Bäume fällen, die mindesten fünf Meter groß sind, und diese zum Lager bringen. Der Same wird ihnen zeigen, wie Sie daraus eine Zeltkote bauen können. Darin schlafen Sie wärmer als im unbeheizten Blockhaus."

Die Männer machten sich an die Arbeit, schlugen die Bäume, entfernten die Äste und trugen die Stämme für das Zelt auf den Schultern und die Äste für das Feuer unter den Armen zu einem Platz neben dem Blockhaus, den der Same ihnen zuwies. Eine zusammengelegte, riesige Militärzeltplane lag bereit. Die einzige Kunst bestand darin, diese mit Hilfe eines Birkenstammes über die als Zeltstangen aneinandergestellten übrigen zu hängen, was irgendwie gelang. Auch ich wollte die Nacht im Zelt verbringen, mit dem Kopf direkt neben dem schmalen, freigelassenen Eingang und den Füssen in Richtung der Feuerstelle, die die Nacht hindurch glomm. Doch der beißende Rauch ließ mich aufstehen und die letzten Stunden im Blockhaus zubringen.

Am frühen Morgen des nächsten Tages fuhren wir mit den Range Rover auf Waldwegen im weiten Bogen zuerst nordöstlich, vorbei an der Ortschaft Sodankylä, wo sich eine 1689 erbaute Holzkirche befindet, dann südwestlich weiter in Richtung Kunijärvi. Eine Bergkette tauchte auf, an deren Ende Thula anhalten ließ. Die Wagen blieben zurück, während wir erneut zu einer langen Wanderung durch eine einsame, raue Landschaft aufbrachen. Dieses Mal ging ein ortskundiger Finne vorweg; Thula und ich bildeten den Abschluss. Der Guide führte die Gruppe durch einen unberührten, jahrhundertealten Urwald, der licht mit Nadelbäumen und dazwischen eingestreuten Büschen bestanden war. Je tiefer wir den Hang hinunter kamen, umso morastiger wurde der Boden, bis wir ein sumpfiges, bedrohliches Hochmoor erreichten, das umrundet werden musste, um auf der anderen Seite auf einen Sattel hinaufsteigen zu können. Dort angekommen erklärte der Guide die Landschaft.

„Gletscher haben den Fjell der Berge, den Fels, blankgeschliffen. Der höchste erhielt von den Samen den Namen Heiliger Fels. Andere der Bergrücken können mit Hexenfels und Opferfels übersetzt werden. Diese Namen erinnern an den Schamanismus und die ehemals spirituellen Praktiken der Samen."

„Sind die Samen heutzutage alle christianisiert?", wurde gefragt.

„Im Grunde ja", meldete sich Thula zu Wort, „doch es gibt die eine oder andere Ausnahme. Ich werde Sie noch heute Abend mit einem Schamanen zusammenbringen."

Wir liefen weiter. Vier Stunden wird die Tour dauern, weihte mich Thula ein. Ich schwieg und biss die Zähne zusammen, denn der Lauf war schwierig, keine geebneten Wege konnte gegangen werden, jeder musste Schritt vor Schritt in der wilden Natur setzen. Wie an Arthrose erkrankte Bergziegen kletterten wir mehrfach steil nach oben und suchten anschließend mühsam aber beharrlich den weiteren Weg. Endlich, irgendwann auf einer Anhöhe, die wir fast atemlos geworden bezwangen, um von der Aussicht über die sich plötzlich weitende Landschaft berauscht zu verharren, gab Thula die erlösenden Worte von sich.

„Sehen Sie dort hinten den Silberstreif? Das ist der Fluss Raudastenpudas, unser Ziel für die Mittagsrast."

Beruhigend und niederschmetternd zugleich, denn bis dahin waren es mindestens noch zwei Stunden.

Versteckt hinter Buschwerk an einer Biegung des Flusses lagen drei Kajaks, zu denen der Guide führte. In einem fanden wir einen Picknickkorb mit Lunchbroten, die rasch verzehrt wurden.

Weitere vier Stunden lagen vor uns. Der Fluss wird die Fahrt erleichtern, dachten wir, da wir uns in schnellen Passagen abwärts treiben lassen konnten und nur dort die Paddel einzusetzen hatten, wo die Strömung nachließ. Doch der aufgekommene Wind machte einen Strich durch die hoffnungsfrohe Rechnung. Kaum einer nahm die wechselnde Landschaft beidseits der Ufer wahr, zumindest nicht die Paddler bis zum Wechsel. Als dann die Ufer zurücktraten und einen großen See bildeten, setzten Sturm und Regen ein. Mit nassen Händen mussten wir uns der Naturgewalt entgegenstemmen, was von Minute zu Minute schwerer fiel.

Erleichtert blickten wir zum Himmel als die Wolken aufrissen, der Wind sich legte und die Abendsonne ihre Strahlen glitzernd über das Wasser schickte. Thula deutete schräg nach vorn. Rauch war zu sehen. Eine Samenfamilie unterhielt dort ein aus Baumstämmen gezimmertes Gästehaus – ohne Strom und Fließwasser, wie wir es bereits gewohnt waren. Wir hielten darauf zu und gingen kurz darauf erschöpft aber irgendwie glücklich und zufrieden an Land.

Auch diese Samen hielten für jeden zwei Flaschen Bier im See gekühlt bereit. Noch nie habe ich den Gerstensaft so sehr zu schätzen gelernt wie auf dieser Reise – ein den Durst stillendes Getränk und Nahrung zugleich. Das Feuer brannte bereits. Die älteste der beiden Samenfrauen legte Rentierfleisch auf den Grill, das mit Genuss verspeist wurde, zusammen mit Tomaten und Zwiebeln und über dem Feuer gegarte Pellkartoffeln.

Spät am Abend ging Thula mit uns am Ufer ein Stück weit zu einer erhöht liegende Felsgruppe, an deren Fuß aus einer kleinen Höhle eine Quelle entsprang – ein Ort der geheimnisvollen Kräfte, ein Siejdde, wie die Samen ihn nannten. Dort empfing uns ein älterer Same, der für den Familienklan als Schamane wirkte.

„Wir nennen uns Sámi". Thula übersetzte seine Worte. „Das bedeutet ‚Sumpfleute', weil wir uns auch in den feuchten und moorhaltigen Gegenden gut bewegen können."

Er hieß uns willkommen und schenkte jedem einen aus Wildfrüchten gebrannten Fusel in Schnapsgläschen ein, der die Schwingungen unserer Stimmbänder zum Erliegen brachte, den Atem raubte und wie eine Feuerwalze im Hals hinunterlief. Dann ging er selbst unbeeindruckt zu der Zeltkote daneben, aus der er, eine Art Gesang aus seinem Kehlkopf quetschend, eine Trommel hervorholte, um seine Laute rhythmisch zu untermalen. Noaide, wird der Schamane von den Samen genannt, der es versteht mit seiner Zaubertrommel Kontakt zu den Geistern und den Ahnen aufzunehmen und sich selbst und seine Zuhörer in Trance zu versetzen. Er versucht auf diese Weise das Bewusstsein seiner Medien zu erweitern, quälende Gedanken verfliegen zu lassen oder als Arzt die Kranken auf die stets bittere Medizin vorzubereiten. Die ihm entströmende spirituelle Kraft gibt ihm und den Seinen die notwendigen Impulse, den harten Überlebenskampf in einer rauen und wilden Natur zu bestehen.

Auf der Trommel waren in bunten Farben Natursymbole gemalt, die Sonne, der Mond, ein Baum, das Blau des Wassers und eine Wolke. Götter waren ihnen unbekannt, die Natur war und ist ihr Raum zum Leben und Sterben. Sie bringen dies schlicht dadurch zum Ausdruck, dass sie sich auch als ‚Volk der Sonne und des Windes' bezeichnen.

Tief beeindruckt setzten wir tags darauf die Fahrt mit den zur Hütte gebrachten Fahrzeugen nach Kunijärvi fort, wo wir uns von Thula verabschiedeten und die Heimreise antraten. Bei jedem der Teilnehmer dieser außergewöhnlichen Reise reifte in diesem Moment die Erkenntnis, dass er nicht als der zurückkommen werde, der aufbrach, sondern irgendwie gereifter, um unverzichtbare Erfahrungen reicher.

Im Land der Nofretete

Als Trauernder zog ich mich ins Museum zurück. Auf einer beruflichen Informationsreise erreichte mich in Berlin die Nachricht vom Ableben meiner Mutter. Schockiert, die Augen voller Tränen, nicht fähig klare Gedanken zu fassen und zu sprechen, setzte ich mich ins Auto und fuhr nach Charlottenburg, löste eine Eintrittskarte und setzte mich im Saal der Nofretete auf den Stuhl eines Aufsehers, der dies mit zustimmenden Nicken erlaubte.

Langsam hob ich nach Minuten der Stille den Blick und betrachtete aufmerksam die bunt bemalte Büste jener legendären Königin, deren Herkunft, Stellung am Hof und Verbleib nach ihrem Tod zu vielfältigen Theorien Anlass gab, ohne bisher endgültige Antworten zu erlauben.

Nur eines ist gewiss, Nofretete gehörte zum Kreis der schönsten Frauen, die auf unserer Erde jemals geboren wurden.
‚Nefer neferu Aton Neferet iti' war ihr bildhafter Name, der besagte ‚Schön sind die Schönheiten des Aton - Die Schöne ist gekommen'.

Die Frauen, wie die Männer, schminkten sich im alten Ägypten, trugen Farbe auf, setzten Lidschatten, tuschten die Wimpern, gaben den Augen ein mandelförmiges Aussehen, verstärkten die Augenbrauen und färbten die Lippen; die Künstler überhöhten möglicherweise die körperlichen Vorzüge und das Aussehen ihrer Modelle aus den Königshäusern.

Das alles lässt nicht im Geringsten an der berauschenden Schönheit Neferetitis zweifeln. Ihre ebenmäßigen Züge und ihre Natürlichkeit, ihr stolzer Blick unter der blauen Königskrone, der schlanke, zerbrechlich wirkende Hals und das zarte Lächeln sind betörend.

* * *

Zwei Jahre später machte ich mich erstmals auf den Weg in das alte Ägypten; weitere Reisen in das Land am Nil folgten.

Mahouds Name blieb mir in Erinnerung. Ich lernte ihn in Theben kennen, wo er uns durch die Tempel von Karnak und Luxor und zu den Gräbern im Tal der Könige führte.

In Karnak begann er seine Erzählung an der Außenwand der großen Säulenhalle, wo Kriegsbilder von den Schlachten in Libanon, Kanaan, Palästina, Syrien und Libyen künden, wo Ramses II den Friedensvertrag mit Kadesch in Stein meißeln ließ und Pharao Scheschonk seinen Sieg über Salomons Sohn festhielt, über den im ersten Buch der Könige geschrieben steht: „Im fünften Jahr des Königs Rehabeam des Reiches Juda zog Schischak, der König von Ägypten, gegen Jerusalem. Er raubte die Schätze des Tempels und die Schätze des königlichen Palastes."

Der Unterhalt der eigenen Paläste, Tempel und Gärten verschlang Unsummen und das luxuriöse Leben am Hof war nur mit Sklavenarbeit aufrecht zu erhalten. Raubzüge spülten zusätzlich Edelsteine, Gold und Silber in die Schatullen und ermöglichten den Handel mit kostbaren Waren aus fremden Ländern.

Bereits unter Amenophis III, der um 1350 v. Chr. regierte, gelangte Ägypten zur Blüte, die für mehr als 200 Jahre anhielt. Ein breiter Wohlstand der Oberschicht erreichte seinen Höhepunkt. Theben wurde Hauptstadt des Neuen Reiches, Zentrum der Macht und der Götter, wegen der zahlreichen Tempel und Paläste von Homer auf schöne Weise „hunderttorig" bezeichnet.

Vor dem Eingang zum Allerheiligsten deutete Mahoud auf die Statuen des Gottes Amun, dem der Tempel geweiht wurde und übersetzte eine Inschrift, die den Amun-Tempel mit prosaischen Worten schilderte – er sei „vergleichbar dem himmlischen Horizont, ein Lieblingswohnort des Königs der Götter". Amun war also der König der Götter. Er war Reichsgott, der uns in Menschengestalt mit Federkrone als Gott des Windes in den Tempeln begegnete, so wie der Pharao, der König, sich als gottgleicher Mensch darstellen ließ.

Mahoud führte uns zurück zum Wagen. Auf der Fahrt zum Tempel von Luxor hörten wir von ihm, dass der Sohn und Nachfolger Amenophis III Ägypten revolutionierte. Sein Name bedeutete wie der seines Vaters „Amun ist zufrieden". Das war Amenophis IV nicht. Er wandte sich gegen das aufgeblasene Pantheon der aberhundert Götter, stellte Aton als Sonnengott und oberstes göttliches Wesen über alles und nannte sich fortan Achen-Aton, in unserer Sprache Echnaton, „Der Aton dient". Das Wohlgefallen, das sich Sonnen als einer mit dem Gott zufrieden ist, wandelte Echnaton in eine Dienerschaft an Gott, dem er, und nur ihm, nützlich sein wollte. Wenn man so will, war er der erste Verkünder einer monotheistischen Religion – auch wenn diese nur für kurze Dauer gelebt wurde.

Der eigenwillige Pharao ging noch weiter; er entmachtete die Priesterschaft, ließ einige hundert Kilometer Nil abwärts die neue Hauptstadt Achet-Aton erbauen, verlegte dorthin seinen Sitz und machte seine Gemahlin Nofretete zur Mitregentin.

Echnaton war das krasse Gegenstück zu seiner berauschend schönen Ehefrau. Die Künstler bescheinigten ihm in ihren Porträts ein befremdliches, möglicherweise krankhaftes Aussehen, das von einem zeppelinförmigen Kopf, einem übergroßen Mund mit wulstigen Lippen, schräg gestellten Augen und fächergroßen Ohren geprägt war.

Nofretete brachte sechs Mädchen auf die Welt, die alle, wie der Vater, Aton in ihren Namen trugen. Die erste, Meritaton, heiratete Semenchkare, der nach Echnatons Tod für zwei Jahre sein Nachfolger wurde.

Auf ihn folgte Tutenchaton als Pharao, möglicherweise Echnatons Sohn von einer seiner Nebenfrauen. Er heiratete die dritte Tochter, Anchesenpaaton, verlegte die Residenz nach Theben zurück, setzte das alte, traditionelle Pantheon wieder ein und änderte seinen Namen in Tutenchamun und den seiner Frau in Anchesenamun zum Zeichen dafür, dass Amun wieder zum Reichsgott erhoben wurde. War deshalb sein Grab mit so vielen kostbaren Gaben ausgestattet worden? Sollten ihm die mitgegebenen Besitztümer ein möglichst angenehmes Weiterleben im Jenseits ermöglichen?

Karnak war mit seinen Höfen, Hallen, Kapellen, Nischen, Säulen, Pfeilern, Obelisken, Statuen, Bildreliefs innen und außen und unendlich vielen Hieroglyphen die verwirrende Vielfalt, der Amun-Tempel von Luxor dagegen überschaubarer, klarer gegliedert und für uns nicht minder beeindruckend.

Ramses II, auch der Große genannt, thronte riesig in doppelter Gestalt beidseits des Eingangs. Davor erhob sich ein eleganter Obelisk. Der zweite der hier ursprünglich stand, erzählte Mahoud, ziert in Paris den Place de la Concorde – ein Geschenk Ägyptens als Dank für die erste Entzifferung der Hieroglyphen durch den Franzosen Champollion. Mit wissendem Lächeln eilte Mahoud, von uns gefolgt, durch den großen Vorhof in die rechte hinterste Ecke. Dort zeigte ein Bild den Tempel so, wie er damals ausgesehen hat, mit zwei Obelisken vor dem Portal und mit wehenden Fahnen an den Spitzen hoher Masten, die der Szene Lebendigkeit verliehen. Dreitausendzweihundert Jahre war das Fresko alt und doch so lebendig, als hätte ein Fotograf erst ein paar Tagen zuvor die Szene eingefangen.

Nur wenige Schritte weiter, in der langen Säulenhalle, wurde an den Wänden auf einem farbigen Bilderband das Opetfest gefeiert, das die Vereinigung von Ober- und Unterägypten und Krönung des Pharao symbolisierte. Standartenträger eilten voraus, Priester trugen die heilige Barke mit dem Schrein und dem Standbild des Amun von Karnak zum Nil, fuhren stromauf und trugen die Barke und das Götterbild in den Tempel, in dem wir uns befanden. Für einen Moment schloss ich die Augen. Ich hörte Trommeln und Fanfaren. Ich hörte den Klang der Hymnen und ich vernahm das Gemurmel der Menge und die Freudenschreie ausgelassener Kinder. Als ich meine Augen öffnete, um mich wieder dem Geschehen an den Wänden zu widmen, fühlte ich mich mitten drin als einer der Akteure.

Mahoud war wieder vorausgeeilt, um uns das Sanktuar, das Allerheiligste, und den Barkenraum tief im Inneren des Tempels zu zeigen. Hier wurden die heiligen Handlungen vorgenommen – das Waschen, Salben und Kleiden des Pharaos, Bedecken des Kopfes mit der Doppelkrone, Anlegen des Pektorals, das war der königliche Brustschmuck, das Sprechen der Gebete und das Darbringen der Opfergaben und das Entzünden des Rauchopfers.

Fast flüsternd bat er uns dann, ihn in den Geburtsraum zu begleiten. Reliefs zeigten dort in mehreren Szenen, wie Amenophis III, der Vater Echnatons, zur Welt kam – von der Empfängnis der königlichen Mutter Mutemwia durch Amun über die Schwangerschaft bis zur Geburt:
Amun, der Reichsgott, wählte die gerade vermählte, noch jungfräuliche Königin als irdische Mutter für seinen göttlichen Sohn, der, als Kronprinz und künftiger König, Mensch und Gott zugleich sein wird.
Thot, der Götterbote, verkündete der Königin ihre Würde als künftige Königinmutter.
Der Töpfergott Chum erhielt den Auftrag, das Kind und sein Ka, seinen Geist, seine Seele und seine innere Kraft zu formen.
Unter dem Beistand von Geburtshelfern kommt der Sohn zur Welt, den Amun auf den Armen trägt.
Im Beisein Mutemwias säugen göttliche Ammen den Neugeborenen.

Ein göttlicher Schreiber hält in der letzten Szene die Geburt des Kindes, des künftigen Amenophis III, und dessen Ka in der Königsliste fest.

„Dies war der Mythos, der von der Gottmenschnatur des Pharaos kündete." Mit diesen Worten schloss Mahoud seine Führung.

Erstaunt konnten wir feststellen, dass Tuthmosis IV – König, Gemahl Mutemwias und leiblicher Vater des neugeborenen Kindes – auf dem Bilderreigen überhaupt nicht in Erscheinung trat. Im Verständnis der Ägypter war der Königssohn ein Gottessohn.

***

Wir verbrachten schöne Tage in Ägypten, fuhren mit dem Schiff den Nil hinauf bis Assuan, auf dem Stausee weiter nach Abu Simbel, wo an der Grenze zu Nubien, dem heutigen Sudan, Ramses II einen grandiosen Tempel mit vier kolossalen Sitzfiguren aus der puren Felswand schneiden lies – ein gigantisches Monument der Machtdemonstration und abschreckend für kriegerisch eindringende Fremdlinge zugleich.

Wir fuhren den Nil abwärts nach Dendera, wo wir den Hathor-Tempel besuchten, der Göttin der Liebe und des Himmels geweiht, in dessen Vorhalle sich Augustus, Tiberius, Caligula, Claudius und Nero als Pharaonen verewigen ließen und auf dessen Rückseite im Licht der Mittagssonne Kleopatra prangte, zusammen mit ihrem Sohn Ptolemaios XV Caesarion – das Produkt einer politisch gefärbten leidenschaftlichen Liebesnacht Caesars mit der ägyptischen Schönen.

Wir empfingen die angenehme Wärme der Novembersonne Ägyptens, beobachteten das Leben beidseits der Ufer, genossen auf dem Deck des Schiffes die vorbeiziehende Landschaft, das fruchtbare Ackerland, die Dattelpalmen, dazwischen eingestreut weise Dörfer, dahinter das Gelb der Wüste, die Segel der Feluken und die schroffen Berge, wanderten über die beschauliche Insel Elephantine, besuchten das legendäre Old Cataract Hotel, kauften Gewürze in den ursprünglichen Basarstraßen Assuans, nahmen einen großen Drink auf der Terrasse des Old Winter Palace in Luxor und spazierten durch den mit exotischen Pflanzen reich bestückten und von Bächen durchflossenen paradiesischen Garten des gleichnamigen viktorianischen Hotels, ein Ort der Poesie.

Am letzten Tag des Aufenthalts hatten wir uns wieder mit Mahoud verabredet. Mit einem Boot querten wir den Nil und gingen am Fuß des gewaltigen Wüstengebirges an Land. Dort im ‚schönen Westen', wo

Amun-Rê in die Unterwelt hinab stieg, lagen die Totenstädte, die Nekropolen von Theben. Ein Wagen brachte uns ins Tal der Könige.

Die Ägypter beschäftigten sich – nicht nur in Gedanken, sondern auch in ihren Wandbildern und Hieroglyphentexten – bereits vor mehr als viertausend Jahren mit ihrem irdischen Leben, mit der Geburt, dem Tod und dem Weiterleben danach und dem Eingebundensein in die Macht und das Wirken der Götter. Auf den Stationen der Reise, besonders eindringlich im Isis-Tempel auf der Insel Philae, hatten wir von Ptah und Osiris gehört, den Göttern der Schöpfung, des Todes und der Auferstehung.

Isis, die Muttergöttin, war die Schwester und zugleich Gattin des Osiris, erklärte Mahoud auf dem Weg zu den Königsgräbern. Osiris galt als Gott der Fruchtbarkeit und des ewigen Lebens im Jenseits. Er wurde von Set, seinem Bruder und Gott der Finsternis getötet. Isis aber erweckte Osiris im Totenreich zu neuem Leben. Eine für uns verwirrende wie faszinierende Geschichte. Für die alten Ägypter jedoch fanden in dem Mythos von Leben, Tod und Wiedergeburt ihr Glaube und ihre Hoffnung auf ein glückliches Leben im Jenseits ihren Ausdruck.

Auf einer Tafel waren das Tal und die Lage der Gräber abgebildet. Den Grabschatz Tutenchamuns kannten wir vom Ägyptischen Museum in Kairo und von Ausstellungen. Mahoud ging auf unsere Empfehlung daran vorbei und zur Grablege Sethos I, einer der größten und besterhaltenen Anlagen, für deren Besuch er eine Erlaubnis hatte.

Ein etwa einhundert Meter langer Gang führte, über in den Fels getriebene Schrägen und Treppen und auf halber Strecke vorbei an größeren Sälen, tief hinunter in die Grabkammer. Die Wände und Decken waren verwirrend reich mit Malereien, Reliefs und Texten geschmückt, mit Alltagsszenen aus dem Leben des Pharaos, mit Versen und Szenen aus dem Totenbuch und Zaubersprüchen zur Abwehr von Dämonen.

Wie ausgeprägt der Glaube des Pharaos und der Menschen an ein Weiterleben nach dem Tode war, lässt sich beim Betrachten der dargestellten Riten nur erahnen. Das jenseitige Leben stellten sich die Ägypter jedenfalls wie im Diesseits vor.

Der Pharao stieg aber nicht automatisch zu den Göttern auf. Sein Körper musste in einem unversehrten Zustand bleiben, weshalb er einbalsamiert, konserviert, mumifiziert wurde. Die lebensfeindliche Wüste mit ihrer Trockenheit stellte sich als idealer Ort für die Erhaltung der Mumien heraus und waren diese Vorbereitungen getroffen, stand der Seele des Verstorbenen eine mühevolle Reise durch die Finsternis in die Unterwelt bevor.

Die Fahrt auf der Nachtbarke ging vom Urozean durch die Urfinsternis in Erwartung der Schöpfung eines neuen Tages, neuen Lebens und des Weiterlebens. Zwölf Pforten mussten durchfahren, zwölf Prüfungen bestanden werden, in jeder Nachtstunde eine. Wichtigste Station war die Halle des Gerichts, die Halle der Vollständigen Wahrheit.

Spätestens hier wurde die Stellung Osiris als Gott der Unterwelt und Wiedergeburt verdeutlicht. Vor seinen Augen musste der Verstorbene Bekenntnis ablegen, sich keiner Vergehen schuldig gemacht zu haben, frei von Sünden geblieben zu sein.

Sünden wurden nicht vergeben. Nächstenliebe und gute Taten, wie das Almosengeben, waren – anders als bei Christen und Muslimen, wie Mahoud bemerkte – nicht gefragt.

Anubis, der schakalköpfige Schutzgott der Grabstätten und Balsamierer, führte den Toten zur Waage, wo er dessen Herz mit einer Feder der Maat, der Göttin der Wahrheit und Gerechtigkeit, aufwog, was Thot protokollierte, während das Ungeheuer auf das Urteil wartete, um die Sünderherzen verschlingen zu können.

Nur wenn das Herz rein, der Tote frei von Sünden und die Waage im Gleichgewicht war, fiel das Urteil günstig aus, konnte der Tote die ersehnte Unsterblichkeit erlangen, konnte der Unfehlbare mit Osiris vereint ins Jenseits eingehen, in das Binsengefilde jenseits des westlichen Horizonts, wie das Ägyptische Totenbuch verkündete, in das Land des Lichts, das den fruchtbaren Ufern des Leben spendenden Nils glich – einem Paradies ihrer Vorstellungen.

> Mögen die Pforten des unermesslichen Himmels
> aufgetan sein für mich…
> Höret! Die Riegel der mächtigen Pforte
> werden geschoben…
> Überschreiten nun darf ich
> die heilige Schwelle.

An den Ufern von Euphrat und Tigris

Als Lesender schaute ich in die Schriften, in die babylonischen Texte, in die ägyptischen, in die Bibel. Alle beginnen mit der Schöpfung, das Zuvor wird ausgeblendet, nicht angesprochen, das Nichts wird nicht behandelt, denn in der Vorstellung der Menschen waren die Götter schon immer da.

Im Anfang schuf Gott Himmel und Erde. Mit dieser herrlichen Verkündung beginnt die Erzählung der Bibel, unserer Bibel, dem Buch der Juden, der Christen und der Muslime.

Zur Zeit, als Gott, der Herr, Erde und Himmel machte, steht weiter geschrieben, gab es auf der Erde noch keine Feldsträucher und wuchsen noch keine Feldpflanzen; denn Gott, der Herr, hatte es auf die Erde noch nicht regnen lassen und es gab noch keinen Menschen, der den Ackerboden bestellte; aber Feuchtigkeit stieg aus der Erde auf und tränkte die ganze Fläche des Ackerbodens.

Da formte Gott, der Herr, den Menschen aus Erde vom Ackerboden und blies in seine Nase den Lebensatem. So wurde der Mensch zu einem lebendigen Wesen.

Damit nicht genug. Das war nur die Eröffnung der wunderbaren Schöpfung. Die Schrift gibt sogleich Antworten auf weitere Fragen: Dann legte Gott, der Herr, in Eden, im Osten, einen Garten an und setzte dorthin den Menschen, den er geformt hatte. Gott, der Herr, ließ aus dem Ackerboden allerlei Bäume wachsen, verlockend anzusehen und mit köstlichen Früchten; in der Mitte des Gartens aber den Baum des Lebens und den Baum der Erkenntnis von Gut und Böse.

Dieser eine Baum sollte zum Prüfstein für die ersten Menschen werden, die in ihrer Unbedarftheit kläglich scheitern mussten. Michelangelo hielt ihre Verführung durch die Schlange in einer dramatischen Szene in der Sixtinischen Kapelle fest, die wir beeindruckt bestaunen konnten.

Auf meiner Lesereise durch die Schrift waren für mich die sich anschließenden Erzählungen von noch stärkerem Interesse, da diese mich in ein Land entführten, das wir historisch Mesopotamien nennen, Zweistromland, heute Irak, das zu besuchen, zur Zeit der Niederschrift dieser Gedanken, nicht besonders ratsam erschien.

Die Schrift fährt fort: Ein Strom entspringt in Eden, der den Garten bewässert; dort teilt er sich und wird zu vier Hauptflüssen. Der eine heißt Pischon; er ist es, der das ganze Land Hawila umfließt, wo es Gold gibt. Der zweite Strom heißt Gihon; er ist es, der das Land Kusch umfließt. Der dritte Strom heißt Tigris; er ist es, der östlich an Assur vorbeifließt. Der vierte Strom ist der Eufrat.

Natürlich, über Eufrat und Tigris unterrichteten die Lehrer die Schüler in Geschichte; vage Fragmente prägten sich ein mit verschwommenen Vorstellungen von Hammurabis Gesetzestafel oder der babylonischen Gefangenschaft der Juden; vielleicht noch vom Turmbau zu Babel. Mir ging es kaum anders, obwohl ich über die Jahre bei meinen Museumsbesuchen immer wieder auf die alte Kultur in diesem Teil Vorderasiens stieß, im Pergamonmuseum in Berlin, im Roemer-Pelizaeus Museum in Hildesheim, im Louvre in Paris und im British Museum in London.

Ich musste mich in diesem Landstrich als mein eigener Führer bewähren, auf einer virtuellen Reise durch geschichtsträchtige Gegenden und von Ort zu Ort.

Die Flüsse Eufrat und Tigris konnte ich lokalisieren, was bezüglich des Pischons und des Gihons schwerer fiel. Wenn die damals bekannte Welt von Persien im Osten bis nach Ägypten und Nubien im Süden reichte, dann begrenzte der Oxus den östlichen Horizont, bis Jahrtausende später Alexander der Große den Amu Darja überquerte, wie er heute heißt, und im Süden entsprang in noch unerforscht fernen Bergen der Nil, der zuerst Kusch, das von Geheimnissen umwobene und an Gold und Elfenbein reiche Land der Nubier, und anschließend Ägypten durchfloss.

Das Land der Sprachverwirrung wurde von einem Völkergemisch beherrscht, das sich in zahlreichen Stadtstaaten manifestierte. Auf die Sumerer folgten die Akkader, die nochmals von den Sumerern abgelöst wurden, bevor die Amurriter das Babylonische Reich im Süden und die Assyrer ihr Reich im Norden gründeten, die beide schließlich im Neubabylonischen Reich aufgingen, das nach einem Reigen von dreitausend Jahren 539 v. Chr. von dem Perser Kyros II aufgerieben wurde.

Sumerisch und Akkadisch wurde gesprochen, bis sich das Semitische durchsetzte, das sich in Aramäisch und Kanaanäisch gliederte und letzteres wieder in Hebräisch und Phönizisch.

Wer kann da noch den Überblick behalten oder gar von Durchblick sprechen?

Erwähnenswerter erscheinen die Erfindungen im Garten Eden, die der Menschheit bis zum heutigen Tag Hilfe sind und zugleich Fundament vielfältiger Kulturen wurden – die Schrift, Mathematik, Architektur, Astronomie und Gesetze haben ihren Ursprung in Mesopotamien, aber auch das Rad für Streit- und Lastwagen, das Klo mit Wasserspülung, Kosmetik, die Puderdose, Kristallgefäße, Mode und Kunst und Rollsiegel, die Spiegelbilder ihrer Epoche wurden.

Ich schlug nochmals das Buch der Bücher auf und stieß im Vers 10 der Genesis auf die Namen der Nachfolger Noahs, auf Kusch und Kanaan, auf Nimrod, Babel und Akkad, auf Assur, Ninive und Kelach. Nach ihnen und weiteren wurden Städte und Reiche benannt, deren Ruinen bis heute von der Tatkraft und dem Geist ihrer Bewohner und Herrscher zeugen, wie Vers 11 überlieferte: Als die Menschen von Osten aufbrachen, fanden sie eine Ebene und siedelten sich dort an. Sie sagten zueinander: Auf, formen wir Lehmziegel und brennen wir sie zu Backsteinen. Dann sagten sie: Auf, bauen wir uns eine Stadt und einen Turm mit einer Spitze bis zum Himmel.

Das war der ihrer Sehnsucht entsprungene Plan, eine Verbindung zum Himmel herzustellen, zu den Göttern, deren oberster Gott seinen Stellvertreter im König auf Erden hatte. Die Stadt Babel wurde errichtet, doch der Turm und andere reichten nicht zur Himmelspforte, zum Eingang in ein ewiges Leben, das ausschließlich den Göttern vorbehalten war und sollten sie sterben, folgte ihre Auferstehung, was den Menschen verwehrt blieb.

Marduk, ursprünglich Anu genannt, erschuf als oberster Gott die Welt. Ihr Schöpfungsepos Enuma elis beginnt mit den Worten: Als droben nicht genannt war der Himmel…da wurden die Götter geschaffen. Utu sorgte als Sonnengott der Sumerer für Licht und Wärme, und Schamasch tat Gleiches bei den Akkadern, Adad wirkte als Wettergott und Ischtar, der wir später noch begegnen werden, war Liebes- und Kriegsgöttin zugleich. Den himmlischen Wesen, den Herren des Himmels, Wassers, der Erde und Unterwelt, gaben sie in ihren Kunstwerken menschliches Aussehen, oft mit einer Hörnerkrone.

Tempel erbauten sie und gestufte Türme, die Zikkurate, die sie dem Reichsgott weihten, aber auch dem Gott der Elemente und des Wassers, wie in Assur, dem Kriegsgott in Nimrud oder dem Nabu, dem Gott der Klugheit und der Sonne des obersten babylonischen Gottes Marduk, um die Babylonier wohl gesonnen zu halten. Eine Tempelinschrift Assurnasirpals II, der sich Priester des Assur nannte, schilderte die Einweihungsfeier, an der in zehn Tagen 69.571 Gäste teilnahmen.

Die Herrscher des Zweistromlandes verstanden zu leben. Wandreliefs, Statuen, bunt bemalte und glasierte Ziegel und Wandreste, Türbeschläge wie auch die Rollsiegel kündeten von den königlichen Taten, von Schlachten, Empfängen und Banketten und ließen der Nachwelt nachempfinden, wie die damalige feudale Welt aussah und wie das irdische Leben genossen wurde. Jagdszenen stellten den Höhepunkt königlichen Lebens dar; Büffel wurden mit dem Dolch, Löwen mit der Lanze erlegt.

Viele Namen beflügeln die Fantasie, Ninive allen voran. Der Palast war über und über mit Reliefs geschmückt, auch hier mit Kriegsszenen und Jagden, mit Götterprozessionen und Musikzügen.

In der Bibliothek fanden die Forscher 20.000 Tontafeln, die, wie die Bibel, von der großen Flut erzählten und das Gilgamesch-Epos wiedergaben, eine der ältesten Schriften der Menschheit.

Gilgamesch war König von Uruk, Herrscher der ersten Dynastie der Sumerer und der ältesten Großstadt der Welt. Die Erzählung schilderte seine Heldentaten und die seines Freundes Enkidu, die einen Drachen und den gewaltigen Himmelsstier töteten.

Auf der Suche nach dem Sinn des Lebens und den Grenzen seines eigenen Seins wird ihm mehr und mehr die Sterblichkeit des Menschen bewusst und die Unfähigkeit, diese überwinden und ihr entrinnen zu können. Angesichts des Unabwendbaren fasste er den Entschluss, sich durch den Bau einer Stadtmauer um Uruk, der längsten der damaligen Zeit, ewigen Ruhm zu erwerben, was ihn für seine Untertanen gottgleich und zum Held der Weisheit machen sollte.

Babylon wurde Jahrhunderte später zum Zentrum des Reiches. Kriege mussten noch immer geführt werden. Mehr zum Wohl des Landes trug der aufblühende Handel bei: Waren aus Gold, Silber und Bronze, Edelsteine, Gewürze, Datteln, Korn, Wolle und anderes mehr füllten die Märkte. Hammurabis Gesetze gab es schon lange; jetzt wurden Maße und Gewichte verbindlich eingeführt.

Das Ischtar-Tor im Norden der Stadt strömte Machtfülle aus und lies den ankommenden Fremdling vor Ehrfurcht erstarren, so wie der Besucher im Museum in Berlin noch heute staunend die Größe und Schönheit dieses Stadttores und die symbolträchtigen Reliefbilder der Mauer bewundert; zwölf Meter ragte sie auf, die mit glasierten blauen Ziegeln belegt war und die heiligen Bilder Ischtars zeigten, Löwen, Stiere und schlangenköpfige Drachen.

Eine großartige Hymne von lyrischer Schönheit auf die Göttin blieb auf einer Tontafel erhalten: Singt von Ischtar, der erhabensten aller Göttinnen. Ehret die Herrscherin aller Frauen. Sie ist ganz Wonne, mit Liebe bekleidet. Verführerisch ist sie, bezaubernd und voller Wollust.

Die Straße durch das Tor zum Palast ließ Nebukadnezar II pflastern. In einer Inschrift rühmte er sich seiner Taten und gab der Hoffnung Ausdruck: Möge Marduk, mein Herr, mir das ewige Leben gewähren.

Sagenumwoben und unauffindbar blieben bis heute die Hängenden Gärten. Waren sie Semiramis geweiht, einer legendären Königin, die Schönheit und Klugheit auszeichneten? Oder handelte es sich um den geheimen Paradiesgarten im Inneren des Palastes von Nebukadnezar, der sich zu Lebzeiten mit dem umgeben wollte, was ihm nach dem Tod verwehrt blieb?

Die Könige Mesopotamiens, allesamt bärtige Gestalten, herrschten als Tyrannen über die damalige Welt. Assurnasirpal II, der Herrscher von Nimrud, dem Kelach der Bibel, prahlte in einem Kriegsbericht: „Ich verbrannte Jünglinge und Mädchen mit Feuer, ich stapelte Leichen zu Türmen. Ihrem Stadtherrn zog ich die Haut ab und hing sie hoch an die Mauer von Damdamusa."

Assyriens Soldaten pfählten, blendeten, köpften und verstümmelten ihre Feinde und häuteten die Gefangenen von Zypern bis Persien, von Syrien bis Judäa und für kurze Zeit in Ägypten.

Der Despot selbst suchte Abwechslung in den Armen seiner vielen Frauen. Unter dem Fußboden seines Palastes wurden vier Königinnen begraben. Kristallbecher, Münzen, Juwelen waren die Grabbeigaben, auch Keilschrifttafeln und eine der Edlen wurde mit Schmuckstücken aus 23 kg reinem Gold bestattet.

Archaisch schlicht dagegen standen die Beter als mannsgroße Statuen oder zierliche Figürchen vor Tempeln und Wohnhäusern. Sie sollten dort aufgestellt den Segen der Götter herbeiflehen und durch Gebete Gesundheit und Glück von Herrscher und Volk bewahren. Die Haltung des Kopfes, der Blick großer Augen, die gefalteten Hände brachten eine Gebärde der Andacht zum Ausdruck.

Die Menschen hatten Angst vor den Göttern; denn „als die Götter die Menschheit erschufen, teilten sie ihr den Tod zu und behielten das Leben in ihren eigenen Händen", so eine überlieferte Inschrift.

Mit Opfergaben und Gebete versuchten sie die Götter zu versöhnen. Als sie den Marduk-Kult aufgaben, wirkte dies wie eine Selbstzerfleischung. Der Perserkönig Kyros II schlug die Babylonier vernichtend und das Zweistromland fiel für Jahrhunderte unter Fremdherrschaft.

Sie, die Völker Mesopotamiens, verzweifelten, sie waren hoffnungslos und ohne Perspektive, ihrem Schicksal ergeben, mit dem Tod aus dieser Welt ausscheiden zu müssen, da ein Eingehen und Weiterleben in einem wie immer gearteten jenseitigen Paradies in ihrem Weltbild, in ihrem religiösen Verständnis nicht vorkam.

Sie waren glaubensarm. In ihrer Ausweglosigkeit, in ihrer Versagtheit eines Weiterlebens nach dem Tod, lebten sie das Jetzt, nur auf sich und das Auskosten alles Irdischen bedacht.

Blühende Gärten Persiens

Als Geschäftsmann lernte ich einen Perser aus Teheran näher kennen, Mister Hassani, wie er sich mir vorstellte. Er handelte im großen Stil mit Rundfunk- und Fernsehgeräten, elektrischen Hausgeräten und Haushaltswaren aller Art. Hassani gehörte zum Kreis der Etablierten, pflegte Kontakte mit Regierungsvertretern und dem Umfeld des Schahs und erarbeitete sich ein großes Vermögen.

Ruhollah Musavi Chomeini, ein im Exil in Paris lebender schiitischer Ajatollah, stürzte als geistiger Führer der Islamischen Revolution 1979 den Schah Mohammad Reza Pahlavi, als diesen die Mächtigen des Westens fallen ließen, gründete die Islamische Republik Iran und setzte sich für den Rest seines Lebens auf den Stuhl des weltlichen wie geistlichen Staatsoberhauptes.

Um dem Fegefeuer der Revolution zu entgehen, verließ Hassani seine Heimat und zog ins Exil nach London, wo er ein Handelsunternehmen gründete mit einer Filiale in New York. Dort traf ich mich mit ihm.

Meist flog er einmal in der Woche mit der Concorde frühmorgens hin und am Nachmittag zurück; manchmal mit Übernachtung und Rückflug am folgenden Tag.

Mir zuliebe blieb Hassani zwei Tage. Nach einer beide Seiten zufrieden stellenden Verhandlung lud ich ihn zu einem Abendessen nach Down Town Manhattan ein, in ein Restaurant hoch über den Wolken, am Fenster sitzend mit Blick nach draußen, hinunter auf die belebte Welt der Metropole und hinauf zu den Sternen, die unbeirrt des lebhaften irdischen Geschehens ihre Kreise zogen.

Weshalb er in seiner Heimat keine Zukunft mehr sah, wollte ich von ihm wissen? Seine Antwort stimmte ihn wie mich traurig, seine Schilderungen erinnerten an den Dreißigjährigen Krieg, der durch Religionsstreitigkeiten und machtpolitische Kämpfe unsägliches Leid über die Menschen brachte, so wie dies damals in Persien geschah.

Der Schah war für das in Traditionen verhaftete persische Volk zu westlich, zu materialistisch und unfähig, die versprochenen Landreformen zu Gunsten der Kleinbauern durchzusetzen. Die Großgrundbesitzer stemmten sich gegen eine Enteignung und die Ajatollahs lehnten sich gegen die zunehmende Trennung von Staat und Kirche auf.

Gewaltsam brachte sich Chomeini ins Spiel. Er schaltete seine Gegner aus, entmachtete die Gefolgsleute des Schahs und zerschlug nach oben drängende andere revolutionäre Gruppen. Terror und Massenhinrichtungen bestimmten die Tagesordnung. Ein Wächterrat des schiitischen Gottesstaates verfolgte die Einhaltung der Scharia, der Gesetze, und bestrafte gnadenlos und oft willkürlich Verstöße mit Gefängnis, Folter und Hinrichtung.

Die Unruhen nutzte der sich selbst überschätzende Nachbar, Saddam Hussein, und führte mit dem Ziel der Unterwerfung des Irans einen unsäglichen Krieg, der während unserer Begegnung andauerte.

„Ob meine Heimat jemals wieder so sein wird wie früher? Ich wage dies zu bezweifeln." Mit diesen schmerzenden Worten verabschiedete sich Mister Hassani spät am Abend.

Aufgrund beruflicher Veränderungen sah ich ihn nicht mehr wieder. Die Erinnerung an diesen Mann wird jedoch wach, sobald ich vom Iran höre oder lese, von diesem Land, das als Persien die Geschichte prägte.

* * *

Nach dem Fall Babylons, wir hörten auf der virtuellen Reise durch Mesopotamien davon, errichteten die Achämeniden vor Christus, aus der Region Parsa stammend und für Persien Namen gebend, und dann nochmals die Sassaniden nach Christus zwei antike Großreiche, die sich vom Bosporus bis an die Grenze Indiens erstreckten.

Persepolis nannte Alexander der Große ihre Hauptstadt, Stadt der Perser, als er auf Eroberung nach Osten zog und Persien für geraume Zeit unterjochte. Monumentale Ruinen blieben über die Jahrtausende Zeugen gewaltiger Machtfülle und großen Reichtums.

Geflügelte himmlische Wesen schmückten die Wände der Paläste und Tempel, unter ihnen die geflügelte Sonnenscheibe, Ahura Mazda, das höchste göttliche Wesen, meist vom Kopf des Herrschers gekrönt.

Der Schöpfergott liebte die Wahrheit und hasste die Lüge, er garantierte den Fortbestand der Erde und die Fruchtbarkeit ihrer Bewohner. Von ihm wird Gutes erfleht, der Schutz vor dem Bösen erbeten und – der Lehre des Propheten Zarathustra folgend – durch gute Gedanken, Worte und Taten der Eingang ins Paradies erhofft.

Als Rom erstarkte, praktizierte das benachbarte Persien zunächst eine friedliche Koexistenz mit der neuen Großmacht. Der Übermut der sich selbst überschätzenden Sassaniden und eine völlige Verkennung der eigenen Stärke führten jedoch zu kriegerischen Auseinandersetzungen mit Ostrom und zu einer Schwächung der persischen Herrscher und einem allmählichen Zerfall des Großreiches.

In dieser Zeit, im 7. Jahrhundert, trat in Arabien ein Mann in Erscheinung, Mohammed, dem göttliche Offenbarung und Erleuchtung zuteil wurde, der sich gegen die verwilderten Sitten seiner arabischen Landsleute und gegen die als Kaufleute und Handwerker ins Land gezogenen Juden und Christen wandte. Er predigte vom Jüngsten Gericht, den Qualen der Hölle und den Freuden der Gläubigen, die zu Allah, dem einzigen und wahren Gott fünfmal täglich beten, Gutes taten und die Armen unterstützten.

Diese neue von ihm gestiftete islamische Religion wurde von Mohammed, seiner Familie und seinen Anhängern in wenigen Jahrzehnten über die arabische Welt verbreitet; unter Mohammeds Führung auf der arabischen Halbinsel, unter den vier rechtgeleiteten Kalifen in Kleinasien, Ägypten, Libyen, Persien und Zentralasien und unter den Umayyaden in Nordafrika und auf der eroberten iberischen Halbinsel.

Mohammeds Religion versprach den rechtschaffenen Gläubigen nach dem Tod ein Fortleben im jenseitigen Paradies, in blühenden Gärten, in denen es an nichts fehlen würde.

Erfreut hörten dies die Bewohner der kargen und heißen arabischen, nordafrikanischen und kleinasiatischen Wüstengebiete, die häufig in bescheidenen Oasen lebten, die von Quellen gespeist wurden, deren Wasser gerade einmal für den Wuchs einiger Dattelpalmen und Feldfrüchte und ein einfaches Leben reichten, am letzten Baumstamm aber wieder versiegten.

Im Zuge der islamischen Expansion der muslimischen Araber verdrängte Allah, der einzige und wahre Gott, nach und nach Ahura Mazda, den geflügelten Sonnengott, und mit ihm die altpersische Religion Zarathustras. In Persien entfaltete sich der Islam zu großer Blüte, das Shahnameh entstand, das Königsbuch, die Märchen von 1001 Nacht wurden erzählt und niedergeschrieben und die Architektur und die bildende Kunst erreichten einen Höhepunkt, von dem Moscheen, Paläste, Gärten, Gemälde und Bücher noch heute künden.

Der Persische Garten, der Paradiesgarten, in ihrer Sprache Paradaidha genannt, wurde zum Inbegriff der Kultur, eingefangen in kunstvoller persischer Miniaturmalerei und in Teppichbildern.

Mehrere Verse des Korans künden vom Paradies in farbigen Worten: ‚Die Frommen werden von Allah einst Gärten, von Flüssen durchströmt, erhalten, und sie werden ewig in diesen Gärten weilen. Unbefleckte Frauen und das Wohlgefallen Allahs werden ihnen zuteil.

So seht das Bild des Paradieses, das den Gottesfürchtigen verheißen ist: In diesem fließen Ströme von Wasser; Ströme von Milch; Ströme von Wein; auch Ströme von Honig.

Für den aber, welcher die Gegenwart seines Herrn gefürchtet hat, sind zwei Gärten bestimmt ... Ausgeschmückt mit Bäumen ... In beiden befinden sich zwei plätschernde Quellen ... In beiden befinden sich von allen Früchten zwei Arten ... Ruhen sollen sie auf Polsterkissen, welche aus Seide und golddurchwirkt sind ... In den beiden Gärten befinden sich auch Jungfrauen mit keusch gesenkten Blicken, welche zuvor weder Mensch noch Dschinnen *(arabisch für Dämonen oder Geister)* berührt haben ... Schön sind sie wie Rubinen und Perlen ... Außer jenen beiden sind noch zwei Gärten bereit ... Beschattet von dunklem Grün ... In ihnen sind zwei Quellen, welche wasserreich strömen ... In beiden Gärten sind Früchte: Datteln und Granatäpfel ... Auch die herrlichsten und schönsten Mädchen ... in Zelten für euch gehütet ... Dort ruht ihr auf grünen Kissen und herrlichen Teppichen.

Für die Gottesfürchtigen ist ein Ort der Seligkeit bereitet, mit Bäumen und Weinreben bepflanzt, und sie finden dort Jungfrauen mit schwellenden Busen und gleichen Alters mit ihnen und vollgefüllte Becher'.

Isfahan wurde unter der Dynastie der Safawiden zur Hauptstadt des Reiches. Im Zentrum ließ Schah Abbas prachtvolle Moscheen, Tore und Paläste errichten, die den weitläufigen Meidan-e Eram, den Platz des Imam, umgaben, der nach den Paradiesvorstellungen des Islams wie ein Garten gestaltet wurde.

Eine der ältesten Anlagen, deren Ursprünge auf vorislamische Zeit zurückgehen, lädt bei Kaschan zum Verweilen ein, der Fin-Garten, und im Garten des Imams, Bagh-e Eram, in Schiras findet der Besucher alle für einen persischen Paradiesgarten typischen Attribute und Symbole, eine Mauer, die den Ungläubigen den Zutritt verwehrt, einen kleinen Palast als Ruheort der Noblen, des Schahs, seiner Prinzen und Emire, vielleicht auch der Gespielinnen, Bäume die Schatten spenden und Früchte tragen, Blumenrabatten als Labsal für die Augen und Quellen die Bäche speisen, vier an der Zahl, sinnbildlich für die Urströme der Schöpfung, für Eufrat, Tigris, Pischon und Ghion, die gerne auch als Ströme von Wasser und Wein, von Milch und Honig gedeutet werden.

Angeregt durch die himmlischen Verheißungen und die Pracht der zahlreich geschaffenen irdischen Gärten schrieb der persische Dichter, Philosoph und Mathematiker Omar Khayyam leidenschaftliche Verse:

Den Koran in der einen, den Becher in der andren Hand,
Sind wir bald dem Erlaubten, bald dem Verbotenen zugewandt.
Sind weder ganz Irrgläubige, noch ganz des wahren Glaubens voll,
So dass der Himmel selber nicht weiß, wie er es nehmen soll.

Der Lenz hat mir durch seine Rosen geboten,
Etwas zu verüben, was im Koran verboten:
Ich soll Menschenrosen mit duftigen Locken
Durch Wein zu den Rosen im Garten locken.

Kein Wunder, dass dem Dichter bei solchen Sinnsprüchen von den rechtgläubigen Muslimen zu seinen Lebzeiten die Anerkennung verweigert wurde; ganz im Gegensatz zur Lobpreisung seiner Begabung als Mathematiker und Architekt.

Seine Gedanken waren zu frei, zu zweiflerisch, zu sehr im Widerspruch mit dem Koran. Sein Werk, seine in mehreren Büchern zusammengefassten aberhundert Verse, gelten heute in seiner strenggläubigen schiitischen Heimat als verbotene Literatur.

Beim Sufi Ahmed Yasawi in Turkestan

Als Reisender führte mich mein Weg ins Herz Zentralasiens, wo sich, wie locker aufgefädelt und glänzenden Perlen gleich, prächtige Oasenstädte an alten Karawanenwegen reihten, die wir Seidenstraße nennen.

Von Almaty nahe der chinesischen Grenze Kasachstans, der Gegend des Urapfels malus sieversii, des Asiatischen Wildapfels, fuhren wir mit der Eisenbahn zu einem islamischen Heiligtum bei der Stadt Turkestan.

Leicht entnervt erhob ich mich, öffnete so leise wie möglich die Tür des Abteils und begab mich hinaus in den Gang des Zuges.

Schemenhaft huschte die Landschaft an den Fenstern vorbei. Ich blickte nach oben. Die Wolkendecke war verflogen. Der Mond hellte alles in ein silbriges Licht. Eine lange Strecke von über neunhundert Kilometern und siebzehn Stunden Fahrt standen uns in dieser Nacht bevor. Der Zug hatte das flache Gelände verlassen, um nach einer steilen Südkurve zu den Hängen des Gebirges zurückzukehren. In einer nachtfinsteren Stadt hielt er an, um einen Gegenzug vorbeizulassen. Taras konnte ich lesen. Nur wenige Minuten hinter der alten Handelsstadt stieg die Strecke an und schlängelte sich durch die tiefen Schluchten des westlichen Alatau. Die Schienen führten über kargen Boden. Wir überquerten ein Flusstal und folgten dem Lauf mal tief unten, mal hoch oben, eine schroffe Felswand auf der einen und ein steiler Abgrund auf der anderen Seite. Wir überfuhren ein weiteres, steiniges und völlig ausgetrocknetes Flussbett und passierten tief eingeschnittene und finstere Schluchten. Wie gebannt schaute ich in dieser Nacht hinaus auf die vom Mond beschienene Gegend. Sie wurde allmählich grün, wie ich beobachten konnte. Ein kleiner Fluss führte Wasser. Die Berge wichen zurück. Zwei kleine Herden konnte ich erspähen – winzige Punkte, die eng zusammenstanden. Es mögen Kühe und Ziegen gewesen sein. Ein Gehöft tauchte auf, dicht am Schienenstrang, und noch eins. Beide aus Lehm gebaut, weiß angestrichen und mit hohen Mauern umgeben. Dann ging es über weite Strecken durch menschenleeres Gebiet.

Ich hatte mich wieder hingelegt und konnte erstmals geraume Zeit schlafen. Ein weiterer Halt rüttelte mich wach. Das musste die alte Handelsstadt Schimkent sein, mit einer Bahnhofsszene genauso trostlose wie sie schon in Taras war.

Unausgeschlafen aber neugierig stieg ich in meine Hosen, streifte einen Pulli über und schlich mit meiner Lumix in der Hand hinaus auf den Gang. Die nordwestlichen Ausläufer des Tienschan und Alatau gingen in den lang gezogenen Rücken des Karatau über. Schemenhaft zeichnete dieser Gebirgszug einen dunklen Strich am Horizont. Davor und dazwischen breitete sich eine endlose und trostlose Steppe aus – zu dieser Jahreszeit noch trockener, als der Begriff Steppe ohnehin vermuten ließ. Ab und zu tauchten kleinere Herden auf: Pferde, Schafe, Kühe in erster Linie. Einmal konnte ich Kamele erkennen, einhöckrige, also Dromedare, um genau zu sein. Sie lebten von der spärlichen Vegetation vereinzelter Sträucher und braun gewordener, verdorrter Grasbüschel. Einsamkeit empfand ich beim Anblick der Landschaft im Vorbeifahren. Wie mussten sich erst die Menschen fühlen, die hier geboren wurden und in einfachen Lehmhütten und kleinsten Siedlungen ihr Leben verbrachten; sesshaft gewordene Nomaden, denen Land zugewiesen wurde. Sie liebten einst die Weite ihrer Heimat, die grünen Auen und auch die Steppen, die im Frühling spärlich blühten.

„Die kasachischen Nomaden fürchten sich vor dem Wald", erklärte Mustafa, den wir in Almaty kennen lernten. „Er ist ihnen unheimlich und von bösen Geistern durchdrungen. Einen einzelnen Baum an einer feuchten Niederung inmitten der Steppe verehren sie dagegen wie ein Heiligtum."

Offenbar wohnte den Menschen hier zu allen Zeiten eine besonders große Sehnsucht nach Magie und Spiritualität inne. Die Schamanen übten ihre Macht über diese einsamen Bewohner der Steppe aus. Sie warfen Knochen und Steine und verkündeten je nach deren Lage ihre rätselhaften Weissagungen. Der Nährboden schien auch für die Lehren der persischen Religionsstifter Zarathustra und Mani fruchtbar gewesen zu sein. Dem Reich des Feuers und den guten Mächten des Lichts standen die Dämonen als Herrscher der Finsternis und der Teufel selbst gegenüber, hieß es bei ihnen. Diese Gefahr sollte durch das Streben nach tugendvoller Reinheit und Askese überwunden werden.

Als die Araber die Bevölkerung Zentralasien mit Gewalt zum Islam bekehrten, waren dem gläubigen Ahmed Yasawi die fünf Regeln des Korans zu wenig. Er forderte nicht nur Enthaltsamkeit, sondern die Selbstkasteiung, das Auslöschen der sinnlichen Wahrnehmung und die

Hinwendung in reiner Liebe zu Gott. Yasawi lebte diese Haltung vor und suchte als Lehrer, als Hodscha, eine Verbindung zwischen dem Islam und dem Schamanismus der Kasachen herzustellen.

Im Alter zog er sich aufs Land nahe seiner Geburtsstadt zurück. Dort grub er eine unterirdische Höhle, in der er als Einsiedler lebte und bis zu seinem Tod im Jahr 1146 das Einssein mit Gott als mystische Erfahrung suchte – das war sein Weg ins Paradies.

Man nannte Yasawi einen Sufi und die von ihm praktizierte Lehre Sufismus, die dem Eingeweihten die esoterische, die geheime Wahrheit des Islams offenbarte. „Niemand sollte Gott aus Furcht vor der Hölle oder in Hoffnung auf das Paradies anbeten, sondern einzig und allein aus Liebe zu Ihm", lautete ein zentraler Lehrsatz.

Die Mongolen zerstörten die kleine Stadt Yas, wie Turkestan früher hieß und in der Yasawi lebte, lehrte und meditierte. Amir Timur ließ, auf dem Höhepunkt seiner Macht, dem als Heiligen verehrten am Ort der Einsiedelei eine Grabmoschee errichten. Sie war damals für uns das Ziel des Tages.

Mit dem Bus fuhren wir vom Bahnhof hinaus auf das flache Land. Einsam erhob sich dort eine riesige Gebäudegruppe, die über einen Fußweg zu erreichen war.

Eine in Turkestan geborene Kasachin begleitete uns auf dem Weg dorthin. Sie hieß Ulmeken. Zur Einstimmung kam sie auf sich und ihr Volk zu sprechen. „Ich bin Kasachin. Das erkennen Sie an meinen Schlitzaugen und meiner Stupsnase." Diese Erklärung hörten wir bereits von Mustafa. Trotzdem nickten wir ihr freundlich zu. „Die kasachischen Familien sind kinderreich", fuhr sie verschmitzt lächelnd fort. „Man sagt, wer ein Kind hat, hat kein Kind. Wer zwei Kinder hat, der hat ein halbes Kind. Erst wer drei Kinder hat, der hat eine kleine Familie." Dann erzählte sie noch vom Brauchtum einer Hochzeit, von der oft von den Eltern arrangierten „Brautwerbung", der Verlobung, der Auswahl des Brautkleids und der eigentlichen, oft tagelangen Feier. Sie war sehr mitteilsam – ganz zu unserer Freude.

Ihre präzisen Schilderungen öffneten uns an der Moschee angekommen die Augen für die Schönheiten der Details. Die Handschrift der persischen Baumeister und Künstler war unverkennbar. Die Kuppel des Grabraums zierten gemusterte Rippen. Dahinter erhob sich die weithin leuchtende türkisblaue Hauptkuppel des Versammlungsraumes. Mannshohe kufische Schriftbänder dekorierten die wuchtigen Außenwände. Und alles überragte ein monumentaler Iwan, ein Portal, das wie bei einer Festung von wehrhaften Türmen flankiert wurde.

Ulmeken umrundete mit uns den Komplex, erklärte die wichtigsten Räume, die Bedeutung des abseits errichteten Badehauses und zweier kleinerer Grabmoscheen.

Dann ging sie mit uns im Inneren durch eine Tür in die unterirdischen engen Räume, in denen, für uns weltliche Betrachter kaum vorstellbar, ja unfassbar, Hodscha Ahmed Yasawi die letzten Tage und Stunden seines Lebens verbrachte – in völliger Abgeschiedenheit und Einsamkeit, aber in Verbindung mit dem einen Gott, in inniger Liebe zu Allah.

* * *

Was bewegte Amir Timur, dem einfachen Lehrer und Prediger Ahmed Yasawi zweihundertfünfzig Jahre nach dessen Tod diese gewaltige Grabmoschee inmitten des landschaftlichen Nichts der kasachischen Steppe zu bauen? War es eine der vom Gläubigen geforderten guten Taten? War es der Respekt vor dem friedvollen religiösen Leben dieses Mannes, das ganz anders als sein eigenes verlief?

Er, der 1636 in dem Bergdorf Schahrisabs geboren wurde, das wir ein paar Tage später an der Grenze zu Afghanistan besuchten, der mehr als sein Vater erreichen wollte, der als Stammesfürst nur ein Bergtal beherrschte. Er träumte von einem eigenen Fürstentum, trat in die Dienste des Emirs, scharte im Lauf der Jahre eine ganze Armee ihm wohl gesonnener Spießgesellen um sich und gelangte auf skrupellose Weise durch Siege über das Tatarenreich der Goldenen Horde an die Macht.

Timur war von Kindheit an körperlich gezeichnet. Auf Grund einer tuberkulösen Erkrankung war sein rechtes Bein gelähmt und seine rechte Schulter verwachsen. Er wurde deshalb Tamerlan genannt, „Timur der Lahme". War es die Behinderung, die ihm jede Selbstbeherrschung und Moral raubte? Timur wird als grausam mordender Eroberer beschrieben, dessen Herrschaft von Brutalität und Tyrannei gekennzeichnet war. Sein Ziel, ein zweites mongolisches Großreich aufzubauen, gelang ihm nach und nach – auch wenn es nur für kurze Dauer hielt.

Er, der von keiner fürstlichen Linie, sondern nur von einer militärischen Kaste abstammte, heiratete zur Legitimation seiner Taten und uneingeschränkten Machtfülle eine Frau aus dem Klan Dschingis Khans. Das reichte jedoch nicht aus. Die Ernennung zum Khan oder gar Großkhan blieb ihm verwehrt. Timur musste sich mit der Bezeichnung Emir begnügen, auch wenn sein Großreich, das letzte Zentralasiens, sich von Persien bis China erstreckte.

In Samarkand in Usbekistan waren wir mit Nargiza unterwegs, einer tadschikischen Usbekin. Die Stadt erlangte im Mittelalter Bekanntheit und Berühmtheit, nachdem Amir Timur sie zur Hauptstadt seines Reiches auserwählte und mächtige Moscheen und Paläste bauen ließ.

Die vielfältige Farbenpracht der Fassaden und die Feingliedrigkeit der Ornamente milderte die monumentale Wucht der Gebäude. Türkis, Blau und Lila dominierten. Geometrische und florale Muster lösten einander ab. Bänder mit kufischen Schriftzeichen verbanden die Kompositionen. Darüber ragten die türkisblau glänzenden, riesigen Kuppeln wie umgestülpte Himmelsgewölbe auf.

Als Ruy Gonzales de Clavijo, der Botschafter des spanischen Königs, am Hofe Amir Timurs eintraf, sah er nach seinen Worten „so viel Schönheit, dass man sie nicht beschreiben könnte."

Und Marco Polo erzählte vom „herrlichen, edlen Samarkand". Er gab mit diesen Worten den Bericht seines Vaters wieder, der wie wir der Faszination der zentralasiatischen Metropole erlag.

Nargiza führte uns zum Abschluss des Rundgangs zu einem Bauwerk, dessen Eingangsportal ein äußerst bemerkenswerter Ausspruch zierte: „Glücklich ist, wer die Welt verlässt, bevor die Welt auf ihn verzichtet."
Eine große Erkenntnis, die Amir Timur selbst nicht gekommen ist. Er starb auf einem Feldzug gegen die Chinesen – nicht durch Feindeshand, sondern, wie einst Ahmend Yasawi, durch den Zerfall seiner Kräfte.

Für die Zeit danach hatte er mit dem selbst in Auftrag gegebenen, palastähnlichen Mausoleum inmitten einer begrünten Anlage Vorsorge getroffen. Gur Emir, wird es genannt, Grab des Emirs. Fantastisch das Äußere, verschwenderisch paradiesisch das Innere.

Ein mit Gold reich belegtes Gewölbe schwebt gleichsam über dem Kenotaph aus schwarzem Nephrit. Dieser hebt sich deutlich von den das Licht reflektierenden Alabasterfliesen des Sockels ab.

Ein kufisches Band darüber aus grünem Jaspis, der Farbe des Propheten, erzählt in Goldschrift von den Taten Timurs.

Neben ihm im schlichteren Marmor die Grabblöcke der Söhne, des Enkels, seines Lehrers und wir, die Besucher aus der Fremde.

Vor ihm, auf Gebetsteppichen kniend oder auf Bänken sitzend, eine erstaunliche Anzahl Gläubiger, die in sich versunken zu Allah beteten, gleichzeitig aber auch dem ehemaligen Fürsten huldigten.

Die Geschichte verklärt die Gestalten, Legenden vernebeln die Sinne.

Türme des Schweigens in Baktrien

Als Suchender fuhr ich auf den Spuren Marco Polos einige Tage später von Samarkand südlich nach Schahrisabs, dem Geburtsort Tamerlans in einem Hochtal nahe der afghanischen Grenze. Das fruchtbare Land – bebaut mit Baumwolle, Obst, Getreide und Paprika und durchsetzt mit Gruppen von Akazien, Platanen und Maulbeerbäumen – wich schon bald einem wildzerklüfteten Ausläufer des Sarifschan-Gebirges. Obwohl die Sonne schien, frösteltern wir vor Wind und Kälte auf den Passhöhen. Dahinter querten wir eine schier unendliche Wüstenlandschaft aus Sand, Steinen und schroffen Felsgebilden in denen ab und an winzige grüne landwirtschaftliche Flecken in der Nähe von Bächen und Kanälen eingestreut waren.

In der Antike gehörte die Gegend zu Baktrien, dessen Hauptstadt Balch als eine der Wiegen der persischen Zivilisation galt. „Die edle Stadt Balch ist groß und schön", schrieb Marco Polo in seinem Buch „Die Wunder der Welt", und er fuhr fort: „Früher war die Stadt noch schöner, doch Tataren und andere Völker haben sie verwüstet. Einst standen hier herrliche Paläste und prächtige Marmorvillen. Die Einwohner – sie sind Mohammedaner – erzählen, in ihrer Stadt habe sich Alexander mit der Tochter des Darius vermählt."

Uns blieb die Reise nach Balch verwehrt, sie endete nach der „Eisen Tor" genannten Schlucht bei Termiz am Amur Darja, dem Grenzfluss zwischen Usbekistan, Tadschikistan und Turkmenistan im Norden und Afghanistan und Persien im Süden.

Was Marco Polo nicht schrieb: In dieser Gegend wird der Geburtsort Zarathustras vermutet, des Religionsstifters des Zoroastrismus, der ältesten praktizierten monotheistischen Religion. Nach ihr öffnet der Schöpfergott Ahura Mazda, dem Feueropfer dargebracht wurden, am Ende des Kampfes von Gut und Böse sein Reich. Ein apokalyptisches Weltgericht wird die Bösen bestrafen und ihre Seelen in die Hölle verdammen, während es die Guten belohnt, die in die seligen Gefilde des Paradieses eingehen werden.

Ihre Toten bestatteten die Zoroastrier auf Türmen und setzten sie der Sonne, dem Regen und den Greifvögeln aus. Dachma nannten die Perser diese Stätten der Himmelsbestattung, die ich in Indien in Mumbai, besser unter dem Namen Bombay bekannt, in den hängenden Gärten des Malabar Hill als Türme des Schweigens kennen lernte, auf denen noch heute die zoroastrischen Parsen ihre Verstorbenen dem freien Lauf der Natur aussetzen, was uns die im Aufwind schwebenden Milane und Geier bestätigten.

Vergeblich hielt ich im ehemals baktrischen Bergland Ausschau nach einem dieser Türme, die oft auf Hügeln außerhalb der Ortschaften errichtet wurden. Doch die Tataren und andere Völker verwüsteten sie, wie Marco Polo schrieb. Mit den Tataren waren die Vorfahren Tamerlans und mit den anderen Völkern die Mohammedaner gemeint, die im 7. Jahrhundert Persien und Baktrien unterwarfen und keine Toleranz anderen Religionen gegenüber zeigten.

Einer der großen Männer des Islam hieß Dschalal ad-Din Rumi – einer der berühmtesten Söhne der Stadt Balch, der Dichter war und Sufi, wie der Hodscha Achmed Yasawi, den wir in Turkestan kennen lernten. Für ihn war die auf Gott gerichtete Liebe die zentrale Kraft der ganzen Welt. Die wahre Erfüllung erfährt seiner Lehre nach, wer ständig versucht, durch Liebe Gott näher zu kommen. Berühmt bis heute machten ihn seine poetischen Verse, in die er auch Andersgläubige wie die das Feuer verherrlichenden Zoroastrier einschloss:

> Komm! Wer du auch bist!
> Auch wenn du Feueranbeter bist.
> Komm! Dies ist die Tür der Hoffnung
> und nicht der Hoffnungslosigkeit…

Eine Träne auf der Wange der Zeit

Als Teilnehmer einer klassischen Erstreise durch Indien, von Delhi über Agra zu den Palästen Rajasthans bis Mumbai, erhält der Fremde leicht den Eindruck, das Land sei weitestgehend islamisch geprägt, wären nicht zusätzlich die spirituelle Pilgerstadt Varanasi und das falsch als erotisch eingeschätzte Khajuraho mit auf dem Programm.

Auf der obersten Stufe der großen Freitreppe, die zum triumphalen Eingangstor der Freitagsmoschee hinaufführte, blieben wir stehen. Im Schatten des wuchtigen Bogens wehte eine angenehm kühlende Brise. Ein Schwarm Tauben flatterte aufgeregt kreisend über unsere Köpfe hinweg. Es war ein Freitag im Februar und die Sonne schickte ihre wärmenden Strahlen, die wir im anhaltend kalten Winter zu Hause so sehr vermissten.

Wir blickten hinüber auf die aus rotem Sandstein errichteten Mauern und Türme der gewaltigen Festungsanlage am Ufer des Yamunas, eines Nebenarms des Ganges. Wehrhaft und unüberwindlich umschlossen sie die ehemalige Schaltzentrale der Großmoguln, das Rote Fort. Auf hohen, weißen Masten wehten vor den geschwungenen Zinnen die Fahnen Indiens und der Stadt Delhi. Akazien und Eukalyptusbäume umrahmten die Landschaft.

Zu Beginn des zweiten Jahrtausends fielen islamische Heere in das Tiefland des Ganges ein, allen voran Perser und Afghanen. Sie plünderten die Dörfer, zerstörten Tempel, Paläste und Festungen und raubten die sagenhaften Reichtümer der damaligen regionalen Herrscher. Mit der Gründung des Sultanats von Delhi im Jahre 1206 festigten sie schließlich ihre Macht. An diesem Ort fiel die weit reichende Entscheidung, die den Indern ihre Identität raubte: Der Islam wurde zur Staatsreligion erhoben. Wer sich dagegen sträubte, verspielte sein Leben. Die Fremdherrschaft und auch die Grausamkeit erreichten unter den danach einfallenden Moguln ihren Höhepunkt, die dreihundert Jahre die wesentlichen Teile Indiens in ihrer Gewalt hatten.

Der Großmogul Akhbar, der, des Schreibens und Lesens nicht mächtig, aber gut beraten war, herrschte fünfzig Jahre lang über das indische Großreich. Der schier unermessliche Reichtum der Moguln wurde auf den Schultern des Volkes zusammengetragen. Handwerker und Tagelöhner, Männer wie Frauen, errichteten in Knochenarbeit und für einen Hungerlohn jene Paläste und Festungsanlagen, die noch heute die Augen erfreuen, so auch das Rote Fort, das Akhbars Enkel Schah Jahan vollendete.

Auf einem Felsen in unmittelbarer Nachbarschaft, dort wo wir auf der obersten Plattform standen, demonstrativ und symbolgeladen hoch über die Festung des Forts hinausragend, ließ Schah Jahan weithin sichtbar eine Moschee als Zentrum der religiösen Macht errichten. Die Jamia Masjid übertraf mit ihren schlanken Minaretten und gewaltigen Kuppeln an Größe alle Moscheen Indiens.

Wir kamen über das Nordtor. Die Schuhe überließen wir gegen einen Obolus der Obhut eines Wächters. Unwirsche und ungepflegte Türsteher verlangten 20 Rupien gegen Quittung für das Fotografieren. Eintrittsgeld für die Moschee zu kassieren war selbstredend verboten. Sie war kein Museum. In ihr wurde gebetet und gepredigt.

Roter Sandstein dominierte auch hier, wobei die Bögen und Kuppeln der Gebetshalle und die kufischen Bänder künstlerisch gekonnt mit weißem und schwarzem Marmor abgesetzt und verziert wurden.

Die Anzahl der Gläubigen und jene der Besucher hielt sich die Waage. Bettler versuchten ein Almosen zu erheischen, auch Frauen mit Babys auf den Armen waren darunter, die ihre älteren Kinder ebenfalls losschickten. Von einem der Wärter wurde Mais als Taubenfutter verstreut. Er wäre gekocht in den Mägen der Armen besser aufgehoben gewesen.

Die Zeit für das Mittagsgebet rückte heran, was die Nervosität der schreienden Hofwärter erklärte. Wir, die fremden Glaubens waren, verließen das Gelände über die hohen Stufen der steilen Nordtreppe.

* * *

Die Shahs und Großmoguln vereinigten auf sich eine unheimliche Machtfülle und unvorstellbaren Reichtum. Höfisches Leben, Architektur und die bildenden Künste erfuhren eine Blüte. Persische Elemente bildeten in der Ornamentik und Malerei eine geglückte Symbiose mit dem indischen Erbe und der tief religiöse Tanz der Hindus mutierte zur Folklore – der Orient entfaltete seine exotische Pracht.

Beliebte Motive der Miniaturmalerei waren Schlachten, Jagdszenen, Ereignisse am Hofe, Illustrationen von Chroniken und Dichtungen mit Personen, Tieren und Pflanzen und zum ersten Mal auch Porträts von

Herrschern. Shah Jahangir, der Eroberer der Welt, umarmte seinen ärgsten Feind, Shah Abbas I von Persien, beide auf der Weltkugel stehend und sowohl vom islamischen Halbmond als auch einem Heiligenschein verbrämt und auf einem Stundenglas sitzend im Gespräch mit einem Sufi, das der osmanische Sultan Selim I und der englische König Jakob I lauschend begleiteten.

Einer übertraf alle seine Vorfahren, Shah Jahan, König der Welt wie er sich nannte, Großmogul von Indien – in seiner Liebe zu seiner vierten Frau, Arjumand Banu Begum, der Fürstin, genannt Mumtaz Mahal, Exzellenz des Palastes, und in seiner verschwenderischen, zum Wahnsinn neigenden Bauwut. Shah Jahans Sehnsucht nach dem Paradies war groß, den Garten Eden im eigenen Reich vorwegzunehmen sein Anliegen.

So ließ er für seine Lieblingsfrau und Vertraute das Taj Mahal als Grabmal in einem Paradiesgarten erbauen.

Ihre Schönheit und Grazie und ihr Einsatz für Arme und Entrechtete wurden bereits zu ihren Lebzeiten gerühmt. Das Taj, die Krone, machte sie der Welt unvergessen.

Kaum ein Bauwerk genießt so große Bekanntheit wie dieses. Die meisten kennen es aus Bildberichten in Zeitungen und Zeitschriften, aus Filmen und von Postkarten, viele Besucher Indiens aus erster Anschauung. Wenige wissen, dass es sich um ein Mausoleum handelt, das ein Schah für seine Lieblingsfrau erbauen ließ, noch weniger, dass der Bau selbst für die in unermesslichem Reichtum lebenden Großmoguln Unsummen verschlang, und kaum einer, dass die Lieblingsfrau Mumtaz eine von den zulässigen vier angetrauten Frauen und geschätzten achtzig Konkubinen war.

Das schönste Bauwerk Indiens, sagen die einen, das schönste der Welt, die anderen. Eine Moschee im Westen in Richtung zur Kaaba, ein Palast für trauernde Gäste im Osten, eine Parkanlage mit Wasserbecken und monumentale Portalbauten ergänzen die Anlage. Das beste und teuerste Baumaterial war gerade gut genug – weißer Marmor. Die Reliefs wurden herausgeschnitten, Verzierungen aus Glas, Halbedelsteinen und Edelsteinen eingelegt: Für rote Töne wurden Achat, Granat, Karneol und Koralle verwandt, für grüne zum Beispiel Malachit und für blaue Töne Türkise, Chalzedon und Lapislazuli.

Der Sohn Shah Jahans, Aurangzebs, bereitete der Verschwendungssucht seines Vaters durch einen Putsch ein Ende.

Er hielt ihn im Palastteil des nahen Roten Forts von Agra gefangen. Die Privaträume waren standesgemäß mit Marmor und märchenhaftem Glanz ausgestattet, die Wände mit Intarsien aus Halbedelsteinen und Spiegel belegt. Auch der Gefängnisraum im Turm des Palastes, dem Burj, in dem Shah Jahan die letzten sechs Jahre seines Lebens bis zu seinem Tod verbrachte, war ebenso reich ausstaffiert.

Sehr nachdenklich genossen wir von dort den Blick auf das Taj Mahal, wie einst der vor sehnsüchtiger Liebe und Schmerz dahinsiechende Shah. Insofern erlangte die feinfühlige Beschreibung des Mausoleums durch den indischen Dichter Rabindranath Tagore, „Eine Träne auf der Wange der Zeit", eine tiefsinnige Bedeutung.

* * *

Auf der Suche nach dem traditionellen, dem hinduistischen Indien fuhren wir östlich zuerst nach Khajuraho im Landesinneren und von dort weiter nach Varanasi, der heiligen Stadt der Hindus am Ganges im Bundesstaat Uttar Pradesh.

Unser Begleiter war Rajdeep Singh. „Namaste. Willkommen. Mein Name ist Rajdeep Singh. Raj mit tsch! Ich bin ein Sikh." Mit diesen Worten und mit gefalteten Händen hatte er uns bei der Ankunft am Flughafen von Delhi begrüßt, um sogleich fortzufahren: „Alle Sikhs heißen Singh, was Löwe heißt, und tragen einen Turban. Aber nicht alle, die Singh heißen oder einen Turban tragen, sind ein Sikh."

Auf der Fahrt griff Raj Singh das Thema wieder auf. „Ich erzählte, dass ich zur Gemeinschaft der Sikhs gehöre. Fünf Symbole zeichnen einen Sikh aus: Ungeschnittenes Haar auf dem Kopf und im Gesicht, ein Kamm aus Holz oder Elfenbein, ein ursprünglich eisernes, heute meist silbernes Armband, eine kurze Kniehose und ein Schwert oder ein Dolch. Die Waffe, die auch das Wappen der Sikhs ziert, wird nur noch zu Festen getragen und den Turban binden wir auf eine für uns typische Weise." Aufmerksam beobachtete er unsere fragenden Augen und kam zum Kernpunkt. „Wir sind keine Kaste und schon gar nicht militant, sondern verstehen uns als eigenständige Religionsgemeinschaft."

Vor der Abreise besuchten wir mit ihm in Delhi einen Sikhtempel. Nachdem Raj Singh ein kurzes Gebet für sich gesprochen hatte, nahm er uns zur Seite, um auf das Wesentliche hinzuweisen. „Wir Sikhs glauben an nur einen, den allmächtigen Gott. Unsere Religion ist monotheistisch und das Heilige Buch lehrt uns, den Menschen diszipliniert und mit Fleiß zu dienen und untereinander tolerant und brüderlich zu sein. Vergleichbar mit der von Luther bei Ihnen initiierten Reformation, strebte der Gründer unserer Religion, Guru Nanak, eine Erneuerung an, eine Art Synthese von Hinduismus und Islam. Der Kernsatz lautet: Es gibt nur einen allgegenwärtigen Gott, vor dem alle gleich sind. Wir kennen kein Kastenwesen und verneinen die überzogenen Rituale der hinduistischen Brahmanen. So entstand der Sikhismus."

„Glauben die Sikhs an eine Wiedergeburt und ein Leben im Jenseits?", wurde er gefragt.

„Das Hier und das Jetzt ist wichtiger als die Hoffnung auf ein Leben danach. Der Mensch soll auf Gott vertrauen und die spirituellen Weisheiten verinnerlichen und danach leben, dann wird er seinen inneren Frieden finden. Durch tugendhaftes Leben und das Verwirklichen der in ihm ruhenden Möglichkeiten wird er das Göttliche in sich erfahren."

* * *

Weit ab von jeder Großstadt hinterließen die Rajputen des Chandela-Reiches im Herzen Indiens das Nonplusultra der indo-arischen Architektur und Bildhauerkunst – eine religiöse Anlage von achtzig Tempeln, von denen zwanzig erhalten blieben. In einem gepflegten Parkgelände beim kleinen Ort Khajuraho verstreut, gehören sie zum Weltkulturerbe, wie so vieles in diesem wunderbaren Indien.

Am Parkplatz vor dem Tempelgelände holte uns am frühen Morgen ein einheimischer Führer ab. Er begann seine Ausführungen unter Hinweis auf das diesem Ort vorauseilende Klischee mit dem ironisch vorweg gestellten Satz „Erst schauen und lernen, später üben", um sogleich mit dem Vorurteil aufzuräumen, dieser Komplex wäre ein aus Stein geschaffenes Kamasutra. Nein, die Skulpturen und Reliefs künden von der Flora und Fauna des irdischen Paradieses, dem höfischen Leben der Rajahs wie der harten Arbeit des Volkes, von Festen, Gelagen und Tänzen, von der Missgunst der Menschen, deren Eroberungswut und den daraus entstehenden Kriegen, von der Vielfalt der Götter, die uns und den Lauf der Welt begleiten, von großen Prozessionen und den vielfältigen religiösen Riten und Opfern, von Musikanten und Tempeltänzerinnen, von der Eitelkeit der Frauen, ihrer Kunst des Schminkens und dem Reiz ihrer Bewegungen, und – natürlich auch von jenem Akt, in welchem die Beziehung der sich Liebenden gipfelt – von den Spielarten des Geschlechtsverkehrs, der nicht nur heterogen, sondern auch gleichgeschlechtlich und nicht nur paarweise, sondern auch zu dritt oder gar zu viert und nicht nur in bekannten, sondern auch in artistisch anmutenden Bewegungen vollzogen wurde. Über das Warum dieser Darstellungen gibt es vielerlei Vermutungen. Möglicherweise waren sie Ausfluss eines ausschweifenden Lebens der Aristokratie oder Rechtfertigung der sexuellen Praktiken tantrischer Brahmanen. Auch unser Begleiter aus Khajuraho wusste keine eindeutig einleuchtende Erklärung.

Der Mann war schlank, kaum 1,65 groß, adrett in einen beigefarbenen Straßenanzug mit Kragen und Krawatte gekleidet. Er versuchte mit seinem listigen Blick und gewinnbringenden Lächeln unsere Aufmerksamkeit voll auf sich und seine Ausführungen zu lenken. Er war ein Könner, der scharfsinnig und beredt die indische Lebensphilosophie und die Zusammenhänge zwischen Körper, Geist, Gefühlen, Trieben und den in uns ruhenden Energien anhand der kunstvollen Darstellungen auf den Friesen der Tempel meisterhaft zu erklären wusste.

Er zeigte uns Indra, den kriegerischen Gott des Himmels, des Sturmes und des Regens und er öffnete uns die Augen für die vielen anderen Geheimnisse dieses Ortes. In den steinernen Wundern offenbarte sich die brennende Sehnsucht der Hindus nach der Erlösung von den Wiedergeburten und die Hinwendung zu dem erstrebenswerten Zustand des Mukti, der ewigen Vereinigung mit Gott. Mit jedem Satz seiner Erklärungen drang ich mehr in die mystische Seele der hinduistischen Kultur ein, in die „Sanatana Dharma", die ewige Religion, die schon immer war und immer sein wird.

Eine gelbe Fahne auf der spitzen Kuppel des Mantangesvara Tempels signalisierte, dass er „dienstbereit" war. Gläubige eilten herbei, entledigten sich ihrer Schuhe, verbeugten sich tief, berührten mit den Händen die unterste Stufe, dann ihr Gesicht, gingen die steile Treppe hinauf und verschwanden im Inneren zur Opferung und einem damit verbundenen meist bittenden Gebet, während wir versuchten, die ganze Schönheit dieses friedlichen Ortes mit seinen unübertrefflichen Bauwerken aus feinstem, in der Morgensonne hell aufleuchtendem Sandstein und die schier unendliche Zahl sprechender Bilder in uns aufzunehmen.

Am Lakshmana Tempel daneben fanden sich die feingliedrigsten Reliefs und Skulpturen. Unsere Augen hafteten lange an den anmutigen und grazilen weiblichen Figuren der höfischen Damen, Dienerinnen und Tempeltänzerinnen. Wir verfolgten Kampfszenen und versuchten die dargestellte Welt der Götter und Göttinnen zu begreifen. Fratzen der Kali blickten auf einen Furcht einflößend herunter, als würden sie die Betrachter wie böse Geister vertreiben wollen. Was für eine grandiose Komposition!

Ich sah Hindus zur Rückseite streben, löste mich von der Gruppe und folgte ihnen. In der Tat, dort standen Schuhe und Sandalen, deren Träger sich im Inneren befanden. Ich stellte meine alten Slipper daneben, streifte ein Paar weiße Strümpfe als Tempelsocken über und stieg die Stufen zum hinteren Eingang hinauf. Eben noch von der Sonne geblendet umfing mich kühles Dunkel, ehe meine Augen das schwache Licht wahrnahmen, das vom Schrein ausging.

Zimbeln erklangen. Der Duft von Räucherstäbchen lag in der Luft. Gemurmelte Gebete schwangen durch die Säulenhalle. Ich ging weiter. Ein Priester begrüßte mich in der Cella, reichte mir die Blüte einer Tagetes, strich mir ein Tika auf die Stirn, ein Segenszeichen zur Stärkung meiner psychischen Kraft, und lud mich gestenreich ein, näher zu treten. Natürlich spekulierte er auf ein paar Rupien; ob für den Tempel oder für sich war mir gleichgültig.

Die Hindus, die schon vorher gekommen waren, nahmen von mir keine Notiz. In der friedlichen Stille des Ortes wurde ihre Liebe zu den Göttern spürbar. Hingebungsvoll brachten sie ihr Puja dar, ihr Opfergebet, das aus wiederholt gesprochenen Hymnen vedischer Texte bestand.

Während ich die Blume zu den anderen auf den altarähnlichen Sockel legte, mein Opfer darbrachte, umkreiste der Priester mit einem Öllämpchen diese für ihn heilige Stelle. Darüber sah ich ein kunstvoll aus der Wand geschlagenes Götterbildnis, das Vishnu im Strahlenkranz als den Vollkommenen darstellte, was von den Gläubigen gleichbedeutend als Ort der Erlösung, als das Paradies gedeutet wurde, in das sie nach der Befreiung aus den endlosen Wiedergeburten zu gelangen hofften.

Diese Seelenwanderung ist die Quelle ihres Trostes. „Am Anfang war weder Nichtsein noch Sein", heißt es in den Veden, „nicht war der Luftraum noch der Himmel droben… Damals war weder Tag noch Nacht, nicht Licht, nicht Dunkelheit, es atmete nach seinem Eigengesetz ruhig nur das Seiende." Und in einer weiteren Strophe wird mit Zuversicht offenbart: „Das Nichtseiende kann nicht sein, das Seiende kann nicht aufhören zu sein." Aus dem endlosen Sein schöpfen sie ihre ewige Hoffnung. Die unerlösten Gläubigen bedürfen der befreienden Erkenntnis, der Einsicht in das wahrhaft Seiende, die sie angesichts des Vollkommenen mit Unterstützung des Priesters zu erlangen hoffen. Ihr höchstes Lebensziel ist das Moksha, die Befreiung, Erlösung und Erleuchtung und die ewige Vereinigung mit Gott.

Langsam zog ich mich wieder zurück und versuchte mit angestrengten Augen den Reliefschmuck der Halle mit den musizierenden Nymphen zu erhaschen. Viel konnte ich nicht erkennen, da die Kerzen und Öllämpchen nur schwaches Licht gaben und Wände und Decken wie auch die Kapitelle der Säulen mit einer schwarzen Rußschicht überzogen waren. Der Priester folgte mir. Ohne Worte zu verlieren gab ich ihm, wonach er trachtete.

Die Sonne blendete beim Hinaustreten. Der Duft frisch gemähten Grases lag in der Luft. Blumenrabatten und Büsche zeigten ihr buntes Frühlingskleid. Vögel flogen zwitschernd von Ast zu Ast. Allmählich begriff ich das Erlebte.

* * *

Varanasi im Bundesstaat Uttar Pradesh, in unserer Zeit Benares genannt, ist die heiligste aller heiligen Städte des Hinduismus. Sie ist der aufgehenden Sonne zugewandt. Hier findet das wahre Indien statt. Dort zu sterben, bedeutet dem Glauben der Hindus zufolge, unmittelbar an Schivas Seite in das Paradies im Himalaja einzugehen.

Wir kamen glücklicherweise an dem Tag dort an, an dem die Hindus ihr Vasant Panchami feierten, das Prozessionsfest zu Ehren Sarasvatis, der Göttin der Gelehrsamkeit, der Frau Brahmas; ein grandioser Zufall.

Wie tausend andere legten wir den Weg zu Fuß bis zum Hauptghat zurück, dem Dasaswamedh am großen Markt, wo die feierlichen Riten abgehalten wurden. Die Menschenmassen fluteten wie die durcheinander wirbelnden Wasser eines geborstenen Staudamms durch die abfallenden Straßen und Gassen hinunter zum Fluss – wir mitten drin.

Die Stimmung wirkte ausgelassen, ein Kreischen und Schreien lag in der Luft, das manchmal in das monotone Brummen eines Wespennestes überging. Autobands, kleine Pick-ups mit sechs, acht oder gar zehn Lautsprechern, tönten in ohrenbetäubender Stärke. Musikantengruppen, die auf echten Instrumenten spielten, wetteiferten mit ihnen und verstärkten ihre Darbietungen in gleichem Maße. Von Vorbetern mit Flüstertüten angefeuert, fiel die Menge lauthals in das Stakkato eines Sprechgesanges ein. Kräftige junge Männer trugen aus Holz, Stroh und Stoff gefertigte und meist kunstvoll bemalte Votivbilder Sarasvatis vor sich her, die, einem alten Brauch folgend, dem heiligen Fluss Ganges geopfert wurden. Fahnenschwinger machten auf sich aufmerksam. Tanzgruppen wirbelten und klatschten im Rhythmus der Trommeln und inmitten des ganzen Gewimmels stolperten auch wir von den Massen wechselnd mitgerissen oder vorher geschoben durch den Dreck der Straße und den aufgewirbelten, auf der Zunge eklig schmeckenden Staub. Regungslos blieben wie immer nur die Kühe, um die sich der mehr farbenfrohe und fröhliche denn festliche Zug der Massen herumwand. Varanasi, erlebte einen großen Tag, in dessen Geschehen wir uns voll eingebunden fühlten.

Einige Bettler begleiteten uns, mehr oder weniger aufdringlich, doch immer für uns unangenehm, weil zu befürchten stand, von ihnen angesteckt zu werden. Manche waren sichtbar schwer erkrankt, hatten Hautausschläge, husteten permanent oder zeigten lepröse Verstümmelungen. Das Ganze kulminierte auf dem Vorplatz zum großen Ghat. Doppelreihig standen und saßen bettelnde Frauen, Männer und Kinder. Wie es zum Ritual gehörte, steckten ihnen die Einheimischen Münzen zu. Eine Rupie entsprach etwa zwei Cent. Für zehn Rupien konnten sie sich schon ein kleines Gericht auf der Straße in den Garküchen kaufen. Sie waren Angehörige der Parias, der Unberührbaren, von allen sozialen Gruppen ausgeschlossenen und völlig ignorierten, die in ihrem eigenen Dreck erbärmlich vor sich hin vegetierten. Wenn sie überhaupt Arbeit fanden, dann als Straßenkehrer oder Latrinenreiniger.

Gerade noch rechtzeitig vor Sonnenuntergang erreichten wir die Ghats am Ufer des Ganges, jene weitläufigen, von Tempeln gerahmten

Treppenanlagen auf denen die Prozessionen der Gläubigen endeten und die religiösen Rituale vollzogen wurden.

Sadhus standen wie angewurzelt auf den oberen Stufen. Einige saßen regungslos vor kleinen Schreinen. Ihr Gesicht und Teile des Körpers hatten sie mit Vibhuti weiß beschmiert, mit heiliger Asche von verbrannten Opfergaben. Den sie umgebenden Lärm nahmen sie nicht war. Ihre weit geöffneten Augen blickten wie leer in die Ferne jenseits des Flusses, als würden sie erahnen, was sich hinter der endlosen Ewigkeit verbarg. Diese lebenden Heiligen, in ihren leuchtend gelb-roten Gewändern, mit langen, weißen Haaren und Bärten und einem Stock in der Hand, genießen große Verehrung. Der Tradition der Veden folgend beweisen sie, dass der Geist stärker ist als das Fleisch und die Seele umso größer wird, je mehr man sie nutzt.

Frauen verkauften Sandelholz, Blütenkränze und Girlanden aus gelben und rostroten Tagetes. Sie wurden in den Tempeln als Opfer dargebracht. Kinder boten mit Blüten verzierte Talglichter auf kleinen Kunststoffschälchen an, die, mit einem geheimen Wunsch auf den Lippen, brennend auf dem Ganges ausgesetzt wurden. Raj Singh forderte ein hübsches Mädchen mit freundlichen Kulleraugen und großen Ohrringen auf, uns zu begleiten. „Namaste", hauchte sie uns zu, das indische Grüß Gott, was so viel wie „Der Gott in mir grüßt den Gott in dir" bedeutete.

Wir stiegen die Treppen hinunter und mieteten ein Ruderboot, eine Nauka. Der junge Bootsführer musste sich kräftig in die Riemen legen, um den schweren Kahn mit seinen Passagieren stromaufwärts zu bewegen. Die Sonne ging gerade hinter der tiefen Sandbank der Flussbiegung unter. Sie tauchte die Oberfläche des heiligen Wassers und die Szenerie der Ghats in einen blutroten Schimmer.

‚Religion wird in Indien gelebt. Leben ist hier Religion'. So kann man es in den Büchern nachlesen. Direkt vor unseren Augen spielte sich das Unglaubliche der Erzählungen, das Unvorstellbare der Berichte tatsächlich ab. Tausende drängten sich auf den Ghats, den Stufen zwischen den beleuchteten Tempeln und Schreinen, um am spirituellen Geschehen mitzuwirken. Brahmanen verkündeten von Lautsprechern verstärkt ihre Gebete. Neun dieser Oberpriester standen weithin sichtbar auf erhöhten Podesten unter bunt leuchtenden Schirmen, die, Hollywood ließ grüßen, in den Farben Rot, Türkis, Blau und Gelb angestrahlt wurden. Ausgezehrte Yogis, kaum bekleidet, versanken in tiefer Meditation. Die mit weißer Asche bestrichenen Gesichter der Sadhus leuchteten wie Scheinwerfer in der Menge. Mehrere Musikgruppen auf den untersten Stufen und Autobands auf den oberen Plattformen spielten durcheinander. Votivbilder und andere Devotionalien wurden mit dem Wasser des Ganges von ihren betenden und singenden Begleitern besprengt, bevor sie den Fluten übergeben wurden. Männer und Frauen standen bis zu den Hüften an getrennten Ghats im Wasser und vollzogen ihre reinigenden Waschungen. Fackeln verbreiteten ein mystisches Licht.

Der Bootsführer trieb den schweren Kahn mit kräftigen Ruderschlägen zuerst stromaufwärts. Die Bilder glichen sich, auch wenn die Anzahl der Gläubigen von Ghat zu Ghat weniger wurde. Beim lodernden Feuer am erhöhten Verbrennungsplatz neben dem großen, elektrisch betriebenen Krematorium drehte der Ruderer bei und ließ das Boot treiben. Während es bald darauf wieder am Hauptghat vorbei glitt, reichte uns das Mädchen sanft lächelnd die von ihr angezündeten Lichter, die wir aussetzten und vom Wasser mit unseren Wünschen davontragen ließen.

Ein Stück weiter, beim Manikarnika Ghat, schlugen am größten Verbrennungsplatz unterhalb der Altstadt mehrer Flammen hoch empor. Hier brannten die Totenfeuer. Dichter Rauch stieg auf. Ich zählte die Scheiterhaufen. Fünf Leichen wurden gleichzeitig verbrannt. Doms hießen die Bediensteten, die dieses schauerliche Handwerk ausübten. Gemeinsam mit den männlichen Angehörigen der Verstorbenen beobachteten sie das Werk des Feuers, das keine Rücksicht auf die Kaste des Verstorbenen nahm, während die entfernt stehenden Witwen im leidenschaftlichen Singsang mit dem Mantra ‚Hare Krishna, Hare Rama' die Inkarnationen des Gottes Vishnu anriefen. Nur ein Häufchen Asche blieb übrig, die am nächsten Morgen vom ältesten Sohn dem heiligen Ganges anvertraut wurde. So wollte und will es der Brauch.

„Die Asche wird in den Ganges gestreut, während die Seele in den Himmel gelangt und auf ihre Wiedergeburt wartet", erklärt, von Raj Singh übersetzt, das Mädchen und ergänzt: „Nur wer ein vollkommenes Leben führte, wird an Shivas Seite ins Paradies gelangen."

Wir alle bemühten uns, jeder für sich auf seine Weise, das Gesehene aufzunehmen und zu begreifen. Gelingen mochte uns flüchtigen Augenzeugen dies nicht. Varanasi, das wahre Gesicht Indiens, blieb in vielerlei Hinsicht unfassbar.

Raj Singh holte uns mit dem Zauberwort „Monk" aus unseren Gedanken in die Wirklichkeit zurück. Er reichte jedem einen Becher und schenkte aus einer bauchigen Flasche indischen Rum zur Beruhigung unserer angespannten Nerven ein. Spät in der Nacht landeten wir an und strebten müde dem Hotel zu.

Die Nacht war kurz. Bereits um 6 Uhr 30 bestiegen wir wieder eines der Ruderboote am großen Ghat. Seit Jahrtausenden befreien sich die gläubigen Hindus allmorgendlich beim rituellen Bad im heiligen Ganges von den Sünden. Der hoch aufgeschossene, asketische Sadhu stand noch immer, oder schon wieder, vor dem Schrein auf der obersten Stufe. Auf einem Tablett schwenkte er mit der einen Hand Öllämpchen zu Ehren der aufgehenden Sonne, während er mit der anderen gleichzeitig mit schrillen Glöckchen bimmelte. Die von ihm laut gesprochenen Gebete drangen bis zu uns herunter. Sonst war Ruhe eingekehrt, seit das lärmerfüllte Fest zu Ehren Sarasvatis um Mitternacht zu Ende ging.

Das Boot bahnte sich einen Weg durch den aufgestauten Müll der geopferten Bilder und Figuren mit dem matschig gewordenen Blumenschmuck. Wieder drängten die Menschen in Scharen über die vielen Stufen zum Ganges, die einen, um die vorgegebenen Rituale zu vollziehen, die anderen, um den jetzt zahlreicheren Touristen bettelnd die Hände entgegenzustrecken. Kalter Wind ließ uns trotz dicker Pullover und Jacken zu dieser frühen Stunde frösteln. Das hielt die Gläubigen nicht davon ab, bis zum Bauch ins Wasser zu steigen und auch ganz unterzutauchen, die Frauen in ihren farbigen Saris, die Männer in Unterhosen oder mit einem Lendenschurz, der Dhoti heißt.

Millionen Inder streben hier über Jahr und Tag nach Läuterung, denn ein Bad im heiligen Wasser tilgt die Sünden. Meditierende Männer bereiteten durch Yogaübungen ihre Seele auf die rituellen Waschungen vor. Den Körper gilt es im Gleichgewicht zu halten, auf einem Bein stehend oder im Kopfstand zum Beispiel, was innere Stärke erzeugt. Männer und Frauen hielten in ihren hohlen Händen das heilige Wasser zum Himmel. Während ihnen die Tropfen über die Finger glitten, baten sie um die Erlösung ihrer Seele vom Kreislauf der Wiedergeburten.

Die Brahmanen saßen daneben dienstbereit auf ihren Podesten. Nichts, aber auch gar nichts wird ohne ihre Billigung entschieden, die Namensgebung nach der Geburt, die Erziehung und Einführung in die Religion, die Auswahl und der Preis des Lebenspartners, der Zeitpunkt der Eheschließung und die Verfügung nach dem Tod. Diese Machtvollkommenheit der Brahmanen, ihre undurchschaubaren Opferrituale und ein verwirrendes Pantheon ließen im 5. Jh. v. Chr. die neuen Religionen des Buddhismus und Jainismus rasch erstarken. Nach der islamischen Zeit und dem Abdanken des letzten Mogulkaisers fand der Hinduismus in Indien seine alte Kraft zurück, die bis heute anhält.

Die Sonne warf ihre ersten Strahlen auf die sich über zwei Kilometer erstreckenden Ghats mit ihren Tempeln und Schreinen, kleinen und großen Palästen, Herbergen und Privathäusern. Die Fassaden zeigten jetzt Farbe. Weiß, gelb, rot, rosa und grellbunt war ihr Anstrich. Wir drehten wieder eine Runde, beobachteten die Wäscher und Wäscherinnen, wie sie die einzelnen Stücke nässten, seiften, wanden und auf Steinen schlugen und ließen uns nach der Wende gemächlich an den rituellen Plätzen vorbei treiben. Am farbenprächtigsten Ghat mit Figuren im südindischen Stil murmelten Aussteigertypen und Hippies noch immer ihr „Hare Hare, Rama Rama". Im Gegensatz zu jenen in den sechziger und siebziger Jahren mutierten diese inzwischen zu Rucksacktouristen und gammelten jetzt auf höherem Niveau. Ohne Stimulantia ging auch bei ihnen nichts. 100 Rupien reichten für einen zweitklassigen Joint, der zu Hause ein Mehrfaches kostete.

An der Tempelgruppe, unmittelbar hinter den unentwegt lodernden Flammen der großen Verbrennungsstätte, stiegen wir aus. Junge Frauen, die hier in voller Bekleidung badeten und sich die Haare wuschen, lächelten und winkten uns zu. Wir stiegen die steilen Treppen durch die Altstadt hinauf – vorbei am Vishwanath, dem Goldenen Tempel, der zu den fünf berühmtesten Indiens gehört, dem Gott Shiva geweiht, der durch einen übergroßen aus einer stilisierten Vagina ragenden Lingam als Gott der Fruchtbarkeit unter der vergoldeten Kuppel symbolisiert und verehrt wird – und nahmen Abschied von Varanasi.

Im Schatten des Sri Mahabodhi

Als Organisator einer Reise mit unseren Freunden Rita und Wolfgang auf der Insel Sri Lanka suchte ich den Weg nach Anuradhapura und Polonnaruwa.

Das zu begreifen, was wir dort erfahren durften, erfordert einen kurzen Blick zurück; denn, was sich in Europa unter Luther, Calvin und Zwingli als Reformation ereignete, die Spaltung, Erneuerung und Entstaubung des Christentums aus der Sicht der Abweichler, ereignete sich schon mehr als zweitausend Jahre vorher in Indien – wenn auch auf ganz andere Art.

Siddharta Gautama, genannt der Buddha, als Prinz eines Regionalfürsten geboren, im Luxus aufgewachsen, von der Ungerechtigkeit des Lebens außerhalb des elterlichen Palastes und dem Kastenwesen des Hinduismus enttäuscht, lehrte im 6. Jh. v. Chr. den Pfad zur Überwindung von Leid und Begierde, um den Kreislauf der Wiedergeburten zu durchbrechen und im Nirwana ewige Glückseligkeit zu erlangen.

König Ashoka „Der Große" aus der Dynastie der Mauryas, von der Lehre Buddhas überzeugt, gründete im 3. Jh. v. Chr. das erste indische Großreich, förderte den Reisanbau als Ernährungsbasis für die breite Bevölkerung, entmachtete die einflussreiche und von Opferritualen besessene Priesterkaste der hinduistischen Brahmanen und bereitete dem Siegeszug des friedlichen und kastenlosen Buddhismus den Weg. Seinen ältesten Sohn Mahinda beauftragte er, nach Sri Lanka zu reisen, um dort den König zu bekehren und im Land zu missionieren. Begleitet wurde er von seiner Schwester Sangamitta.

Unser persönlicher Reiseleiter, Mohammed, den wir kurz Mo riefen, war unerwartet Moslem und Nachfahre arabischer Seeleute, die vor Jahrhunderten auf der Insel zurückblieben und Moros genannt werden. Sein Wissen um Land und Leute, Geschichte und Kultur, seine Orts- aber auch Sprachkenntnis waren hilfreich.

Wayan, der Fahrer, Singhalese und Buddhist, begrüßte uns überschwänglich und überreichte unseren beiden Damen je eine weiße Blüte. „Welcome to Sri Lanka". Er lachte wie ein kleiner Junge. „Welcome to Sri Lanka", wiederholte er gleich nochmals. Er war ein Kenner der Flora und Fauna seiner Heimat und jeden Tag für eine Überraschung gut.

Von Colombo aus, der Hauptstadt, durchquerten wir die Insel nach Anuradhapura im Zentrum des Nordens – sattgrüne Landschaften mit terrassierten Reisfeldern und Obst- und Gemüseplantagen wechselten mit in Reih und Glied gepflanzten Kokospalmen, Bananenstauden und Kautschukbäumen. Bauersleute gingen ihrer schweren Arbeit nach. Wasserbüffel suhlten sich in schlammigen Tümpeln. Reiher stolzierten auf Beutesuche über saftig grüne Wiesen.

Wayan hielt mehrfach an, und machte auf einen Schlangenadler auf einem kahlen Baum aufmerksam, auf bunte Singvögel und auf durchs Wasser staksende Löffelreiher.

Die Straße führte durch lange, sich windende Täler, über mehrere Flüsse und in tiefe Regenwälder an dicht bewachsenen Berghängen. Arbeitselefanten schleiften geschlagene Baumstämme zu einem Lagerplatz neben einem Anwesen. Die Treiber, Mahouts in der Sprache der Einheimischen, piksten die Elefanten mit eisernen Haken an langen Stangen, damit sie weitermachten. Keine beneidenswerte Arbeit. Nur mit einem Lendenschurz bekleidet und einem lappenähnlichen Band als Schweißtuch und Schutz vor der Sonne auf dem Kopf schälten die Tagelöhner bei tropischen Temperaturen die Stämme mit scharfen Messern und sägten die Äste von Hand in kurze Stücke.

Mehr als drei Stunden waren wir unterwegs. Der Regenwald wurde lichter, wich einer flachen und trockenen Savanne, die in eine Seenplatte überging, die weise Könige vor langer Zeit zur Bewässerung der Felder von Menschenhand haben anlegen lassen. Als dicht bewaldete Hügel auftauchten, lenkte Wayan den Wagen in einen Seitenweg, um sogleich auf einem Parkplatz anzuhalten.

Die Mittagshitze war feucht und stickig und trieb Schweißperlen auf die Stirn, noch bevor wir losmarschierten. Der erste ersehnte Höhepunkt des Tages musste regelrecht erkämpft werden. Einhundertfünfzig Höhenmeter waren zu überwinden, nicht viel, doch der Aufstieg wurde zur Qual. Lohnt sich diese Tortour? Hat nicht die Zeit alle geschichtlich greifbaren Hinterlassenschaften getilgt? Hunderte Granitstufen wollten uns zermürben, doch wir hielten mit quälenden Gedanken ob des Sinnvollen unseres Tuns durch, setzten Schritt vor Schritt, gingen an den Ruinen einer uralten Klosteranlage vorbei und blieben staunend stehen, als wir endlich auf einer großen Lichtung einen von Palmen umgebenen, hoch aufragenden weißen Stupa entdeckten, die Ambasthala Dagoba, die, wie insgeheim erhofft, großen Zauber ausstrahlte. Wir waren im sagenumwobenen Mihintale angelangt, dem Ort und Fels Mahindas.

„Hier, auf dem kleinen Plateau", erzählte Mo, „traf der Königssohn aus Indien auf Wunsch seines Vaters Ashoka den Herrscher Sri Lankas, König Tissa, der sich hier zur Jagd befand. Mahinda, vor seiner Abreise selbst Mönch geworden, predigte das Dharma und bekehrte den König und dessen Gefolgsleute zum Buddhismus."

Pilger näherten sich in großer Andacht den Altarstufen der zur Erinnerung an diese Begegnung und Bekehrung erbauten Dagoba, legten Opfergaben nieder, sprachen heilige Texte, hängten Gebetsfahnen auf und brachten Rauchfeuer dar. Der wie eine Glocke geformte Stupa genoss auch deshalb große Verehrung, da sich im Inneren eine Reliquie Buddhas befinden soll.

„Sie kennen diesen Brauch. Reliquienschreine finden sich auch in katholischen Kirchen", sagte Mo, um sogleich auf die den religiösen Ort überragende Felskuppe hinauf zu deuten. Ohne weitere Worte zu verlieren, ging er voran.

Wir reihten uns in die Schlange der Gläubigen und stiegen mit ihnen bis zur Plattform in luftiger Höhe hinauf. Hierhin zog sich Mahinda zur Meditation zurück. Die Pilger begannen zu beten und wir betrachteten mit großen Augen aus der Vogelperspektive zuerst die weiße Pagode unseres Ausgangspunktes und dann, auf einen Fingerzeig Mos hin, am westlichen Horizont ein ganzes Meer von Dagobas und Gebäuden – die Silhouette der ersten Hauptstadt der vor zweieinhalb Jahrtausenden eingewanderten Singhalesen, die heilige Stadt Anuradhapura.

Hier lehrte Mahinda bis zu seinem Tod. Die Residenz des einstigen Königreichs wurde zum Zentrum des Buddhismus, der von Sri Lanka aus über ganz Asien verbreitet wurde.

Anuradhapura grenzt an die von Tamilen bewohnte Nordprovinz. Sie wanderten aus dem Südosten Indiens ein, gehören dem hinduistischen Glauben an, sind dunkelhäutiger als die indo-arischen Singhalesen und streben seit Jahrzehnten die Unabhängigkeit ihres Territoriums an. An einer Straßensperre mussten wir anhalten. Soldaten und Polizisten umringten unseren VW-Bus, die Türen wurden geöffnet, die Pässe, alle Koffer und Taschen überprüft, forschende Blicke unter die Sitze geworfen und mit Spiegeln die Unterseite des Fahrzeugs untersucht. „Bleiben Sie unbesorgt", gab Mo von sich, „die Kontrolle geschieht nur zu Ihrer Sicherheit." Wir blieben ruhig. Die Unruhen seien stark zurückgegangen, die Gefahr von Anschlägen aktuell sehr gering, so die Meldung des Auswärtigen Amtes vor unserer Abreise.

Das antike Gelände mit seinen Klöstern, Pagoden und Palästen konnten wir nur mit mehreren Autostopps bewältigen. Dazwischen nahmen wir uns viel Zeit zur Besichtigung der kulturellen Höhepunkte, zum Lauschen der von Mo erzählten Legenden und wahren Begebenheiten und zum Versuch des Begreifens der Schönheit der heiligen Plätze, ihres Sinngehalts und der Bedeutung für den Buddhismus.

Wir näherten uns zuerst einer gigantischen Dagoba, der Jetavanarama, die teilweise von Urwald überwuchert war und von Arbeitern gerade restauriert wurde. Mohamed ergriff das Wort. „Nur die Pyramiden von Gizeh übertreffen dieses Bauwerk an Größe, nicht aber an Heiligkeit. Wäre diese Dagoba den Historikern des Altertums bekannt gewesen, hätten sie von einem weiteren Weltwunder gesprochen."

In der Tat, zur Zeit ihrer Errichtung vor über zweitausend Jahren war sie das drittgrößte Bauwerk der Welt und fast so hoch wie die gewaltigen Grabmäler der Pharaonen. Pilger suchen sie noch heute als für sie heilige Stätte wegen der Reliquien in ihrem Inneren auf, während die Pyramiden nur noch für die Touristen eine Attraktion darstellen. Die Götter des alten Ägypten – Re, Amun und Osiris – und die Verehrung der gottgleichen Pharaonen haben den Islam nicht überdauert.

Auf dem Weg zu den Klöstern nahe der Nordgrenze des religiösen Bezirks verweilen wir kurz bei der ältesten Dagoba, der Thuparama. Als Ashoka in Indien von der gelungenen Bekehrung der Singhalesen durch seinen Sohn Mahinda vernahm, ließ er die Schlüsselbeine Buddhas auf die Insel bringen. Auf Geheiß König Tissas wurde ein glockenförmiger Stupa errichten, in dem noch heute die Reliquie aufbewahrt wird.

Gebeine hier, Haare dort und ein Zahn im Allerheiligsten in Kandy, dem Ort der Orte und heutiges buddhistisches Zentrum des Landes – Sri Lanka ist reicher an Reliquien des Religionsstifters als alle anderen buddhistischen Länder Asiens und zutiefst im Glauben verwurzelt.

Mohammed gab Wayan einen Wink, der mit uns zur Nordgrenze des heiligen Bezirks fuhr, wo wir rings um einen Teich auf eine gedrängte

Ansammlung von Klöstern, Dagobas, Bilderhäusern, Buddhastatuen und Wächterstelen stießen. Vor den Treppenstufen eines Eingangstors blieb Mo stehen.

„Sehen Sie sich diesen Mondstein genau an." Er deutete auf eine halbkreisförmige, mit einem Relief geschmückte Platte, die wie ein Abstreifer vor der ersten Stufe lag. „Die Skulpturen symbolisieren den Kern der buddhistischen Lehre, den Übergang von einem Leben voller Begierde in den Zustand des weder Lebens noch Nicht-Lebens vor dem Übergang in das Nirwana."

Mein Freund Wolfgang sah mich mit Erstaunen an. „Das kann ich gedanklich kaum nachvollziehen."

„Dafür leben wir zu erdverbunden", sagte ich zu ihm, „zu sehr im Hier und Jetzt. Der Vorwurf der Gier nach Geld, Sex und Verschwendung ist zurzeit in aller Munde, füllt Artikel der Tageszeitungen und Fernsehdokumentationen, als wären diese Eigenschaften der Menschen etwas völlig Neues. Die Menschen leben ihr ganzes Leben in vollen Zügen und, wenn sie an etwas glauben, wie Christen beispielsweise, dann hoffen sie auf ein weiteres Paradies danach. Mental einen losgelösten Zustand dazwischen in großer Mühsal und Entsagung zu erreichen, ist nicht ihre Sache."

Die Flammenzungen des äußeren Rings der Steinplatte spiegelten das Feuer der Leidenschaft alles Irdischen wider, hörten wir von Mo. Die Elefanten, Stiere, Löwen und Pferde im Halbkreis darunter symbolisierten den Kreislauf von Geburt, Alter, Krankheit und Tod. Verschlungene Pflanzen weisen auf die Gier des Menschen hin. Der folgende Bogen mit den klugen Gänsen stellte die Abkehr von der materiellen Seite des Lebens dar und der Lotossee im Zentrum schließlich den Zustand der Klarheit, der Überwindung des Daseins und die Hinwendung zum erlösenden Eintritt in das sehnlich erstrebte Nirwana – dem Zustand des restlosen Erlöschens von Gier, Hass und Verblendung.

Mo wandte sich nochmals uns zu: „Sukhavati heißt im Sanskrit das Land der Seligkeit, das mythische Paradies, in dem der unendliches Licht besitzende Buddha Amitabha residiert. Hier werden diejenigen wiedergeboren, die gläubiges Vertrauen erlangten und von hier aus gehen sie ins Nirwana ein."

Auf dem Weg zum Wagen vernahmen wir Kindergesang. Neugierig geworden umrundeten wir ein älteres Heiligtum mit einer Statue eines sitzenden Buddhas in lehrender Haltung. Davor standen im Licht der Sonne neun Novizen, kahlköpfig, barfuß, nur mit dem orangefarbenen Umhang der Bettelmönche bekleidet, und sangen ein Mantra. Eine Kuh weidete direkt daneben. Freudig lächelnd winkten mir die Knaben zu, als ich sie fotografierte. Leider sprach keiner Englisch und ihr Lehrer und Meister war nicht zu sehen. So blieben meine Fragen über den Nachwuchs der Mönchsorden unbeantwortet.

Auf der Weiterfahrt machte Wayan wieder rührend auf die Vogelwelt im Sumpfgelände eines Bewässerungssees aufmerksam. Er hielt kurz an. Suchend wanderten seine Augen über die Wasseroberfläche. „Soeben sahen Sie Lotos in Stein geschlagen." Aufgeregt wandte er sich zu uns um. Mit ausgestreckter Hand wies er auf eine nahe Stelle im See. „Hier leuchten seine Blüten zu uns herüber. Für uns Buddhisten das Symbol der Reinheit."

Nahe der Ruvanveli Seya Dagoba stiegen wir aus. Sie stellte den religiösen Mittelpunkt des heiligen Bezirks dar. Ihre Schönheit und Vollkommenheit war unübertrefflich. In die Umfassungsmauer des Sockels gemeißelte Elefanten schienen den Stupa wie mit Leichtigkeit zu tragen.

Mönche und weiß gekleidete Gläubige umrundeten in Scharen das Heiligtum, legten Opfergaben auf die Tische der vier Altäre an der Ost-, Süd-, West- und Nordseite oder auf die Stufen der Gesimse, beteten kniend oder stehend, zogen weiter und befestigten Gebetsfahnen an Schnüren, an denen bereits viele andere hingen. Wir begleiteten eine Familie für einige Zeit in aller Stille und mit Abstand, hielten mit ihr inne, ohne den tieferen Sinn ihrer Riten begreifen zu können, und folgten schließlich in großer Erwartung dem vorauseilenden Mo.

Im Gänsemarsch durchquerten wir Steinsäulen, die windschief wie betrunken beidseits des Pfades einen Wald ohne Kronen bildeten – die Überreste eines Palastes, der Mönchen und Pilgern einst als Unterkunft und Versammlungsort diente.

Obwohl ich wusste, was uns erwartete, waren meine Überraschung und die der anderen groß, als wir beim Sri Mahabodhi ankamen. Wir bewunderten seine Größe und hörten mit Ehrfurcht von seinem Alter und seiner Geschichte. Barfuß wie alle anderen standen wir unter den

Ästen eines der ältesten Bäume der Welt, der für alle Buddhisten als heiliger Baum gilt und größte Verehrung genießt.

Buddha erlangte Erleuchtung, Bodhi, unter einer Pappelfeige, Bodhi-Baum, in Bodh Gaya, dem Ort der Erleuchtung. Der Überlieferung nach brachte Sangamitta, die Schwester Mahindas in dessen Gefolge, einen Ableger dieses Baumes nach Anuradhapura, der auf dem großen Podest, auf dem wir standen, vor 2.300 Jahren eingepflanzt wurde und ehrfurchtsvoll bis heute Sri Mahabodhi genannt wird, Baum der Ehrenwerten Großen Erleuchtung. Ein vergoldetes Gitter umgab das heilige Naturdenkmal, das alt und gebrechlich von eisernen Stützen gesichert wurde. „Es mag ältere Bäume auf der Erde geben", sagte Mo, „aber dieser Bodhi-Baum ist geschichtlich dokumentiert der älteste von den Menschen gepflanzte Baum der Welt."

Ein Blatt fiel vor mir zu Boden. Ich bückte mich, hob es auf und legte es zwischen die Seiten meines Reiseführers. Wieder zuhause erhielt es hinter Glas und gerahmt einen Platz in meinem Arbeitszimmer.

* * *

Wir verbrachten die Nacht in einer Lodge auf einer kühlen Lichtung inmitten einer von Urwald überzogenen Hügelkette.

Am nächsten Morgen überreichte Wayan den Damen sich tief verbeugend mit höflicher Geste „The Flower of the Day" und sagte aufgeregt Unverständliches zu uns.

„Der Fahrer schlägt vor, heute unterwegs auf einen von den Bauern durch den Regenwald geschlagenen Arbeitsweg abzubiegen", übersetzte Mohammed. „Das kostet zwar Zeit, aber wie ich Wayan kenne, wird er Ihnen bestimmt die eine oder andere Überraschung bereiten."

Mit einem bezaubernden Lächeln, bei dem Wayans fehlerlose Zähne noch weißer erstrahlten als sein weißes Hemd, bat er Platz zu nehmen, sprang hinter das Lenkrad und fuhr los.

Die Straße schlängelte sich entlang senkrecht abfallender Felswände hinunter in ein weites vom Regenwald bedecktes Tal. Dort bog Wayan wie angekündigt auf einen Seitenweg ab und folgte nach einer Gabelung einem Bachlauf, der durch das Zusammenspiel mehrerer kleiner Bäche nach und nach zu einem Flüsschen anschwoll, das sich in einen der künstlich angelegten Bewässerungsseen ergoss, die ebenso alt waren, wie die zahlreichen Tempel und Klöster des Landes. An einer Stelle, die den Blick auf das Flussbett und das Ufer des Sees freigab, hielt er an.

Wir gingen durch hohes Gras und Büsche einen Abhang hinunter, blieben stehen, lauschten und beobachteten. Grillen zirpten, Frösche quakten, Vögel piepsten, Fische lauerten in einer Stromschnelle, Libellen schwirrten, Schmetterlinge flatterte umher und Insekten bevölkerten das Blütenmeer der Wildblumen und Sträucher. Dann sahen wir ihn alle gleichzeitig. Ein Eisvogel landete auf einem über dem Bach herabhängenden Ast. Sein blaues Gefieder leuchtete in der Sonne auf. Ansatzlos schoss er plötzlich wie ein Pfeil in das aufspritzende Wasser. Sekunden später tauchte der Eisvogel mit einem kleinen Fisch im Schnabel wieder auf und entschwand zwischen den Kronen des Waldes.

Nicht weit entfernt von unserem Standort kauerten Kormorane auf einem verdorrten Baum am Rande des Sees. Zwei schwangen sich auf und durchstachen Beute machend die spiegelnde Wasseroberfläche. Jenseits der Bucht, die wir überblicken konnten, erhob sich ein Schwarm Flamingos. Das schreckte die Kormorane auf, die sich nach aufgeregtem Umherflattern wieder niederließen.

Als wir zum abgestellten Wagen zurückkamen, umrundete eine Horde Makakken diesen neugierig. Sie stiebten hastig auseinander und auf die Bäume, als sie uns gewahr wurden und Wayan auf die Hupe drückte, bevor er startete und über schmale, ausgefahrene, holprige Pfade langsam weiter durch den dichten Wald fuhr.

„Befinden wir uns nicht in der Nähe der Veddas?", fragte ich Mo. Sie sind die indigene Urbevölkerung der Insel, die bereits vor mehreren zehntausend Jahren einwanderte; vermutlich zu der Zeit, zu der sich die Sentilesen auf den Andamanen im Indischen Ozean niederließen und die Aborigines noch weiter bis zum Kontinent Australien zogen.

„Die Veddas haben sich weiter südlich zurückgezogen. Sie siedeln jetzt in kleinen Gruppen nahe der Orte Heningala, Mahiyangana und im Maduru Oya Nationalpark. Ursprünglich ernährten sie sich von der Jagd mit Pfeil und Bogen und Hunden und dem Honig der Bienen. Die Hunde waren ihr größter Besitz. Leider verfällt ihre Kultur durch die Assimilation mit Tamilen und Singhalesen und deren Sprache und Gewohnheiten. Ihr Geisterglaube und Totenkult wird nach und nach durch hinduistische und buddhistische Bräuche verdrängt."

„Eine Entwicklung, die bei nahezu allen noch in ihrer Ursprünglichkeit lebenden Naturvölkern auf allen Kontinenten zu beobachten ist", bemerkte ich, ohne mir letztendlich klar darüber zu sein, ob diese aufgrund ihrer schwindenden Identität zu bedauern sind oder an einen höheren Lebensstandard und das was wir Zivilisation nennen bewusst herangeführt werden sollten.

Wayan riss mich aus meinen Gedanken. Er zeigte auf Orchideen am Wegesrand und einen betörend duftenden, weiß blühenden buschigen Baum, eine Frangipani, auch Plumeria genannt, fuhr langsamer, um einen Pirol nicht zu vertreiben, hielt gleich darauf an, wobei er mit dem Finger auf dem Mund das Zeichen gab, uns ruhig zu verhalten und stieg aus. Einige Schritte vor uns bückte er sich über einen dunkelbraunen Haufen. „Elefantendung", bemerkte Mo. „Eine kleine Herde muss ganz in der Nähe sein", übersetzt er Wayans geflüsterte Worte und deutete auf die abgeknickten Zweige und Äste des Buschwerks beidseits der Fahrspuren. „Die Losung ist noch frisch."

Tellergroße Fußabdrücke im Sand und weiterer Verbiss an den Büschen zeigten, dass die Herde vor uns herging. Wayan folgte ihr.

Das Gelände war flach. Nach einer Biegung des Weges wuchs unsere Aufregung. Baumkronen wackelten vor uns. Die Elefanten verdrückten sich gerade im dichten Laub des Unterholzes. Drei konnten wir noch ausmachen. Einer blieb stehen, ein Bulle, der die vom Leittier angeführte Gruppe nach hinten absicherte. Ungeduldig wiegte er den Kopf hin und her, als wollte er ein warnendes Zeichen geben, nicht näher zu kommen. Dann umschlang er mit seinem Rüssel einen dicht belaubten Ast, riss ihn zu sich herunter und verschwand mit diesem im Buschwerk, um der Herde zu folgen.

Was für ein einmaliges Erlebnis, Elefanten hautnah, und das nicht in einem Nationalpark, sondern in freier Wildbahn auf der Insel Sri Lanka!

Der Regenwald offenbarte sich uns als ein Wunder der Natur, als eine außergewöhnliche Region auf unserem Planeten, die uns einen Teil dessen bewusst machte, was wir gemeinhin Schöpfung nennen und aufzeigte, was Leben wirklich heißt. Ganz klein wird der Mensch, wenn er vor Felswänden steht, die vor Jahrmillionen entstanden und in den Tälern einer vielfältigen Flora und Fauna und nicht nur den ganz kleinen, sondern auch den größten Tieren begegnet. Wie lange dürfen wir diese traumhafte Welt noch erleben, diesen Garten Eden, dieses Elysium, dieses Paradies?

* * *

Dynastische Streitigkeiten und kriegerische Auseinandersetzungen führten im 10. Jahrhundert zu einem Zerfall Anuradhapuras und zur Gründung einer neuen Hauptstadt, Polonnaruwa, der wir uns näherten.

Zur Einstimmung darauf hob Mo zu einer Erklärung an. „In der Anschauung der Buddhisten ist das Leben Leiden, vorbestimmt durch das Karma, das Schicksal des Menschen. Deshalb versucht der Wiedergeborene durch Meditation das Leiden in der Selbsterlösung zu überwinden. Der Weg zur Leidenserlösung ist lang und achtgliedrig nach buddhistischem Verständnis und durch rechtes Erkennen, Wollen und Sinnen, Reden, Tun, Leben, Streben, achtsames Gedenken und Sichversenken gekennzeichnet."

Mo hielt inne, denn er spürte, dass wir mit unseren Gedanken und dem Empfinden noch ganz wo anders waren. Der Duft des Waldes strömte durch unsere Nasen und unsere Augen konnten sich an dem wechselnden Grün der sich öffnenden Landschaft nicht satt sehen.

Die ersten stummen Zeitzeugen tauchten auf – kunstvolle Bauwerke, die die Größe und den Glanz des singhalesischen Reiches erahnen ließen. Wir bewunderten die reichen Reliefarbeiten der Steinmetze, lauschten den Erklärungen Mohammeds und nahmen in uns auf, was wir erfassen konnten – einen Rundbau, der eine Dagoba umschloss, den alten Zahntempel, ein so genanntes Bilderhaus, das innen wie außen mit Darstellungen aus dem Leben Buddhas übersät war und von einer Kuppel gekrönt wurde, einen Shiva-Tempel aus der Zeit der hinduistischen Fremdherrschaft, die Zitadelle mit dem Königspalast und einer Audienzhalle mit einem Thron aus Stein, Buddhastatuen, Mondsteine und Wächterstelen und das Lotosbad.

Durch das Nordtor der Stadtmauer verließen wir den Palastbezirk. Der Driver steuerte den Bus auf Weisung Mohammeds über eine staubige Straße durch leicht welliges Gelände, das von Büschen und Bäumen lose bewachsen war. Eine dicke Dagoba tauchte auf und eine zweite, die uns in Erstaunen versetzten. Hohe Säulen bildeten ein Schiff, das den uns geläufigen Kathedralen glich. An der Rückwand der Schmalseite stand eine kolossale Statue Buddhas, ohne Kopf. An den Wänden des

Bilderhauses mit der uns fast vertrauten Architektur entdeckten wir Reste von Fresken, die wir jedoch nicht deuten konnten.

Wir verweilten nur wenige Minuten. Über einen schmalen Pfad durch lichten Wald und Unterholz erreichten wir den Rand einer Senke, in die wir hinab stiegen. Offenes Gelände lag vor uns, von einigen großen Bäumen mit ausladenden Schirmen durchsetzt. Wir waren in einem der größten buddhistischen Heiligtümer angekommen, im Gal Vihara genannten Felsentempel unter freiem Himmel. Meisterlich schlugen hier vor etwa 900 Jahren die Künstler aus einer Granitwand vier Statuen, vor denen wir staunend standen.

Mohammed, ein Moslem, erklärte uns, die wir Christen sind, mit knappen Worten diese von Buddhisten in hohem Maße verehrte heilige Stätte und zog sich zurück.

Ich blickte mich um. Wir vier waren die einzigen Besucher, keine weiteren Touristen störten die Ruhe, keine gläubigen Pilger waren zu sehen, nur ein in ein safranfarbiges Gewand gehüllter Priester. Kahlköpfig der vollen Kraft der Sonne ausgesetzt, kauerte er in sich versunken vor der Felswand mit dem „Buddha im Strahlenkranz". Seine Lippen bewegten sich. Unhörbar für uns sprach er Verse aus den alten Schriften vor sich hin.

Wir traten näher. In der Stille lärmte jeder Schritt. Also blieben wir wieder stehen. Dieser Ort strahlte Kraft und Frieden aus. Ein heiliger Ort. Ein Ort der Besinnung, der Einkehr und starken Verinnerlichung. Nichts lenkte ab. Alles führte dich hier zum Wesentlichen, zu dir selbst. Meine Gedanken begannen um die Frage nach dem Ursprung zu kreisen, nach dem Sinn des Lebens. Woher kommen wir, wohin gehen wir, was war, was ist, was wird sein? Andacht ergriff mich und, wie ich spürte, auch die anderen.

Die Sonne stand im Zenit des Firmaments. In ihrem Widerschein spiegelte sich eine schmale Sichel des Mondes. Für einen Moment schloss ich die Augen, um mir den Sternenhimmel der vergangenen Nacht vorzustellen, der mir noch prächtiger schien, als in unseren heimatlichen Breiten. Würde man diesen Ort im nächtlichen Glanz noch inniger empfinden?

Langsam näherte ich mich dem Mönch. Er betete noch immer unbewegt. Zweifel kamen in mir auf, ob ich ihn stören darf. Meine Neugier trieb mich weiter. Ich faltete die Hände, so wie es die Katholiken aber auch die Buddhisten tun, grüßte still mit einer Verbeugung des Kopfes und wagte ihn anzusprechen: „Verzeihung, darf ich Sie etwas fragen?" Langsam wendete er mir sein Gesicht zu. Mit einladender Handbewegung forderte er mich auf, neben ihm auf einem von den Fußtritten zahlloser Pilger blank polierten Felsen Platz zu nehmen. Irene, Rita und Wolfgang gesellten sich hinzu.

Bevor ich ihm auch nur eine Frage stellen konnte, begann er mit ruhigen Worten in astreinem Englisch uns sein Herzensanliegen nahe zu bringen. „Wir streben alle nach Glückseligkeit, nach einem besseren Jenseits, nach der Mühsal und Schmach des Diesseits." Nach einer Pause fuhr er fort: „Buddha lehrte uns die Wahrheit und den Weg. Dieser Buddha", seine schlanke Hand deutete auf die aus dem Granit geschlagene monumentale Figur, „dieser Buddha versinnbildlicht den Inhalt seiner Lehre."

Wieder folgte eine Pause. Dann ließen seine Augen eine Spur Fröhlichkeit aufkommen. „Nach langem Mühen ging Buddha in das Nirwana ein." Sein nun ausgestreckter Arm wies zum Ende der Tempelwand. „Sehen Sie die Gesichtszüge des ruhenden Buddhas." Seine Worte waren mehr feststellend als fragend gemeint. „Er fand Glückseligkeit." Sagte es, stand auf, ließ uns zurück und wandelte mit gefalteten Händen betend hinüber zu dem erlösten Buddha. Ich folgte ihm mit den anderen langsam, wagte jedoch nicht, ihn nochmals anzusprechen. Mit wenigen Worten sagte der Mönch mehr, als ich ihn zu fragen erhoffte.

Wir sammelten unauslöschliche Eindrücke. Wir versuchten in den unergründlichen Gesichtern der beiden großen Buddhastatuen zu lesen und das Wesen der buddhistischen Religion zu begreifen, so wie der Mönch es uns eben gelehrt hatte. Hier gibt es keinen Gott, der verehrt wird. Die Reinheit des vollkommenen Menschen wird angestrebt. Den großen, sitzenden Buddha umgaben züngelnde Feuer wie ein Strahlenkranz und ein Bogen mit zehn Lotosblüten und vier kleinen Tempelchen mit weiteren Buddhafiguren. Alles zusammen glich einem Heiligenschein. Dieser Buddha meditierte. Auf dem Siegesthron sitzend, die Beine in der Haltung eines Yogis ineinander verschränkt und die Hände mit nach oben geöffneten Handflächen im Schoß, empfing er die Erleuchtung.

In einer Höhle daneben ein zweiter Buddha umgeben von Gottheiten der Hindus und ein Stück weiter ein stehender dritter Buddha, der aber auch ein Jünger oder ein Wächter am Übergang vom Diesseitigen in das Jenseitige sein konnte.

Und dann der vierte Buddha, jener den der Mönch den ruhenden nannte. Der Erhabene in liegender Schwerelosigkeit war nicht mehr von dieser Welt. Seine Gesichtszüge waren gelöst und verklärt. Dieser Buddha strahlte in der Tat Glückseligkeit aus. Seine leicht versetzten Füße gaben Zeugnis vom Eintritt des Erleuchteten ins Nirwana, die Lotosblüten auf den Fußsohlen von der Reinheit seines Lebens. Sein Kopf drückte das mit Lotosblüten verzierte Kissen sanft nieder. Ein wunderbarer und für immer bleibender Anblick.

Buddhas Wege durch China

Als Unerschrockener bereiste ich erstmals China mit Freunden ein Jahr nach dem unsäglichen Massaker in der Hauptstadt Peking, das sich dort sinnigerweise auf dem berühmten Tiananmen Platz, dem Tor des Himmlischen Friedens, und, noch viel schlimmer, in den Einkaufsstraßen des beliebten und belebten Xidan Viertels in der Nachbarschaft abspielte, wo sich Jahre später KFC und McDonald's mit Filialen niederließen, obwohl die Wahrung der Menschenrechte von den Politikern der USA und anderer Nationen ergebnislos eingefordert wurde, so auch von Deutschland.

Die Lage vor Ort persönlich in Augenschein zu nehmen, einen eigenen Eindruck zu gewinnen und das eine oder andere Gespräch mit Einheimischen zu führen, schien mir damals wichtiger.

China blickt auf eine mehr als viertausendjährige Geschichte zurück. Die ersten Dynastien – die Xia, Shang und Zhou – herrschten über die Stämme, deren Gebiete sich von der Küste im Nordosten des Landes bis in die Nähe des heutigen Xi'an erstreckten. Der Regionalkönig von Qin war es dann, der mit kriegerischen Mitteln diese und alle weiteren rivalisierenden Kleinstaaten unterwarf und im 2. Jahrhundert v. Chr. zu einem Reich von bis dahin unvorstellbarem Ausmaß zusammenführte. Fortan nannte er sich Qin Shihuangdi, was in unserer Sprache ‚Erster erhabener Gottkaiser von Qin' bedeutete. Aus Qin wurde Chin und daraus China.

Als totalitärer Herrscher hatte er alle politischen, wirtschaftlichen und gesellschaftlichen Fäden in der Hand. Ein konfuzianischer Staat entstand, mit einem straff gegliederten Beamtenapparat, einer strengen hierarchischen Ordnung und klaren Pflichten und Tugenden von Herrschern und Untergebenen. Daneben oder darin hatte nur noch das Gedankengut Lao Tses Platz, der ein Leben im Einklang mit der Natur als Ideal pries und Liebe, Genügsamkeit und Demut forderte.

Der selbsternannte Kaiser ließ im Norden des Landes die Chinesische Mauer weiterbauen, errichtete ein Straßennetz mit West-Ost- und Nord-Süd-Achsen für den Handel und das Militär, vereinheitlichte Maße und Gewichte und die Schrift und führte eine einheitliche Währung ein.

Mehr als zweitausendeinhundert Jahre nach seinem Tod entdeckten Bauern durch Zufall das gigantischste Bauwerk des ersten Kaisers, sein Mausoleum, das in seiner Größe und Ausstattung auf der Welt seinesgleichen suchte.

Wir waren, von der alten Hauptstadt Xi'an kommend, auf der Nationalstraße unterwegs zum Huang He, dem Gelben Fluss, und machten ersten Halt in dem unscheinbaren Ort Lintong, wohin inzwischen jährlich einige hunderttausend, oder vielleicht sogar Millionen, einheimische wie fremde Touristen strömen, um wie wir das Mausoleum des ersten Kaisers Chinas zu besuchen.

War der Kaiser Qin Shihuangdi religiös? Vertraute er auf das Wirken von Göttern und Geistern? Die Aufzeichnungen über sein Leben sagen, dass er mehrfach die Heiligen Berge im Osten bestieg, Altäre errichten ließ und Opfer darbrachte. Offenbar hatte er Furcht vor dem Tod, vor der Ungewissheit des Danach. Seine offensichtlich gehegte Hoffnung auf Unsterblichkeit war gepaart mit der Furcht, auch nach dem Ableben, wie zu seinen Lebzeiten, verfolgt, angegriffen und malträtiert zu werden. Zu seinem persönlichen Schutz ‚rekrutierte' er eine ganze Armee aus Infanterie, Bogenschützen und Berittenen in Form von 7.278 Terrakottasoldaten und 130 vierspännige Streitwagen, die mit ihm in unmittelbarer Nähe begraben wurden.

Sein Grabhügel übertrifft jenen des Keltenfürsten am hessischen Glauberg an Größe um ein Mehrfaches. Das Gelände des Mausoleums erstreckt sich über 66 Hektar, der Grabhügel selbst gleicht einem Berg.

Was muss man von einem Menschen halten, der alle Architekten, Künstler und Bauarbeiter, die an seiner Begräbnisstätte mitwirkten, und das sollen hunderttausende gewesen sein, lebendig begraben ließ, damit sie den Ort seines Begräbnisses nicht verraten konnten? War er von Paranoia gezeichnet?

Die beträchtliche, künstlich aufgeschüttete, von Bäumen und Buschwerk wild begrünte Anhöhe hatte im Grunde nichts Beeindruckendes an sich. Sie befand sich unweit der Straße unscheinbar in der Landschaft, überragt von einem größeren Gebirgszug. Die chinesischen Behörden ließen in ihrem Langmut das Grab des Kaisers bisher unberührt. Welche Schätze mögen dort verborgen sein, wenn gleich nebenan eine ganze Streitmacht den Toten bewacht?

Die Soldaten waren in Reih und Glied wie in einer Schlachtordnung aufgestellt, von Brustpanzern geschützt oder in schlichtes Wams gehüllt. Kein Gesicht glich dem anderen. Selbst Barttracht und Haare wiesen Unterschiede auf. Das galt auch für die mitgeführten Waffen und die feurig schnaubenden Rösser. Beeindruckt schoss ich zwei Fotos von dem mit bloßen Augen kaum fassbaren Massenaufmarsch.

* * *

Am Tag darauf fuhren wir in die benachbarte Provinz Henan südlich der Ufer des Gelben Flusses ins Gebirge des Song Shan. Hier entfaltete eine der Wiegen der chinesischen Kultur ihre bis heute wirkende Kraft: Der älteste, kurz nach der Zeitenwende erbaute buddhistische Tempel des Landes bei Luoyang, die Akademie der klassischen, das heißt konfuzianischen Bildung in Dengfeng, der daoistische Tempel des Mittleren Berges, das Shaolin-Kloster des Chan-Buddhismus und die Grotten von Long Men geben lebendiges Zeugnis davon.

Als über die Seidenstraße die Kunde von einer neuen Religion nach China und bis an den Hof des Kaisers drang, hatte dieser der Legende nach einen Traum, in dem ein goldener, gottgleicher Mann erschien, der von seinen Vertrauten als Buddha gedeutet wurde. Kaiser Ming schickte eine Gesandtschaft nach Indien, die Jahre später mit zwei Mönchen und einem weißen Pferd zurückkam, das auf dem Rücken Abschriften der heiligen Sutras mitführte.

Ming war von der Lehre entflammt und ließ aus Dankbarkeit und zur Erinnerung und Verbreitung des Buddhismus den Tempel des Weißen Pferdes ‚Bai Ma Si' und ein Kloster erbauen.

Dort, auf dem weitläufigen Gelände und in den heiligen Hallen, war ich allein mit meinen Gedanken und den zur Vorbereitung der Reise verfassten Aufzeichnungen unterwegs. In einem historischen Bericht, den ich mit dem Rücken an der Tempelwand lehnend las, stieß ich auf die Erwähnung eines Festmahls zu Ehren der Mönche und erster frommer Laien. An anderer Stelle fand ich Hinweise, wonach der Daoismus am Hof der Han-Kaiser mit der Darstellung Buddhas als göttliches Wesen und der Hoffnung in Verbindung gebracht wurde, die gemeinsamen Kulte würden zur Unsterblichkeit in paradiesähnlichen Gegenden führen. Der Daoist strebt nach der Verwirklichung des rechten Weges durch Meditationsübungen des Qigong, durch Rituale und

Magie, um eins zu werden mit dem Universum und ewige Glückseligkeit als Unsterblicher zu erlangen – nicht physisch, sondern metaphysisch, wie der im fernen Indien ins Nirwana eingegangene Buddha.

Die meisten Besucher, Gläubige wie mir schien, kamen hierher zum Gebet, zum Aufsagen der Lehrverse Buddhas, um die Riten zu vollziehen, um zu bitten und zu danken. Und sie kamen, um nach dem rechten Weg der Erleuchtung und Erlösung zu suchen – allein oder gemeinsam mit den Mönchen. Räucherstäbchen wurden in der Glut einer Bronzeschale zum Glimmen gebracht, Yuan als Spende gegen Tempelgeld getauscht und symbolisch dem Feuer geopfert.

Einige wenige betrachteten teilnahmslos das andächtige Geschehen vor den Altären mit den vergoldeten Buddhastatuen. Sie durchwanderten den Tempel wie ein Museum. Soldaten in Uniform sah ich unter ihnen. Was führte sie hierher? War es das Interesse an den kulturellen, nicht durch Maos Kulturrevolution zerstörten Hinterlassenschaften des Landes oder suchten auch sie nach den Wurzeln des alten China und Zugang zum buddhistischen Glauben?

Im Garten ging ich zu den Gräbern der beiden Mönche, die China und den östlichen Teil Asiens mit dem buddhistischen Gedankengut vor fast zweitausend Jahren befruchteten. Steintafeln erinnerten an dieses große geschichtliche Ereignis – ebenso die Skulptur eines Pferdes im Vorhof, der ich zum Abschied einen Blick zollte.

**

Im Shaolin-Kloster auf dem heiligen Berg Song Shan lernte ich den ersten Chinesen kennen, der ein perfektes Englisch sprach. Er saß am Haupteingang des Tempels im Schatten des Vordachs und verkaufte aus unterschiedlichen Steinen gefertigte Buddhafiguren, Löwen, Amulette, Ringe, Armbänder und Halsketten, die er auf einem von der Sonne beschienen Tischchen vor sich ausbreitete.

Ich deutete auf einen Löwen aus schwarzem Speckstein. „Ja, das ist Handarbeit", antwortete er auf meine Frage und reichte mir eines der Stücke. „Der männliche Löwe mit dem Erdball unter seiner rechten Tatze galt als Symbol der kaiserlichen Herrscher, die China und die Chinesen schützten." Er zeigte auf einen flachen Stein, den er mir hinhielt. „Die Schriftzeichen auf diesem Siegel bedeuten ‚Glück und langes Leben'. Sie werden ihnen in China überall begegnen."

„Können Sie mir diese Zeichen in den Sockel eines Löwen gravieren?"

„Natürlich. Und wenn Sie wollen auch Ihren Namen."

Er reichte mir Bleistift und Papier. Ich schrieb meinen Namen in Druckbuchstaben und las ihn zur Umsetzung der Phonetik laut vor.

Während er die chinesischen Zeichen in den Fuß des weichen Steines schnitt, fragte ich, ob er Schüler des Klosters sei.

„Nein", gab er zur Antwort, „ich studiere an der Akademie in Dengfeng chinesische Geschichte und Philosophie und verdiene mir mit dieser Arbeit Geld zur Finanzierung des Studiums."

Nach einiger Zeit fuhr er ungefragt fort: „Das Siegelschneiden und die Arbeit eines Steinmetzen lernte ich von meinem Vater. Einen Teil der Einnahmen gebe ich dem Kloster."

„Kann die Bevölkerung in Ihrem Land wieder ungehindert die Religion ihres Glaubens ausüben?", fragte ich vorsichtig.

„Niemand wird mehr daran gehindert. Aber Religion sollte eine Sache der Privatsphäre bleiben. Das öffentliche Leben Chinas wird von der Politik der Partei bestimmt. Die Wirtschaft wurde inzwischen sehr liberal organisiert. Aber die Freiheit öffentlich geäußerter Gedanken kennt ihre Grenzen."

Dem war nichts hinzuzufügen, außer der Frage, ob er, der Künstler und Student, selbst ein gläubiger Buddhist sei.

„Ich betrachte die Religionen mehr von außen. Kommen Sie mit, ich zeige Ihnen das Besondere von Shaolin, wenn Sie Interesse haben."

Natürlich hatte ich, nickte mit dem Kopf und wir begannen unseren Rundgang. „Das Kloster besteht seit rund tausendfünfhundert Jahren. Seine Berühmtheit erlangte es durch Bodhidharma, einen indischen Mönch. Dieser begründete hier eine eigene Schule, die des Chan-Buddhismus, der in Japan und Korea als Zen-Buddhismus praktiziert wird – eine strengere Form." Vor einer der Wände mit Fresken blieb der Student stehen. „Wir hatten bereits die Darstellung der fünfhundert Schüler gesehen. Hier, auf diesem Wandbild hielt der Künstler fest, wie die zum Kampfsport ausgebildeten Leibwächter den Kaiser verteidigten. Der Mönch Bodhidharma ersann Techniken zum Ausgleich der stundenlangen Meditation und er erachtete ferner die körperliche Ertüchtigung als wesentliche Voraussetzung für eine Vertiefung des Glaubens.

Die von ihm entwickelten Bewegungsübungen waren Grundlage für die als Kung Fu bekannt gewordene chinesische Kampfkunst." Mit erhobener Hand deutete er zum Ausgang. „Lassen Sie uns zum Übungsgelände gehen", empfahl er und ging voraus.

Wir verließen die Hallen und durchwanderten zunächst ein von Nebelschwaden durchzogenes, sanftes Tal. Ich fröstelte trotz warmer Kleidung und einiger Sonnenstrahlen, die durch die Wolkenfetzen blitzten. Umgeben von Laubbäumen und Koniferen bildeten zahlreiche Pagoden einen steinernen Wald.

„Der Friedhof der Äbte", erklärte der Student. „Je nach ihrer Bedeutung der Beigesetzten, tragen die Pagoden drei, fünf oder gar sieben geschwungene Dächer." Ob auch der Mönch Bodhidharma hier begraben sei, wusste er nicht mit Sicherheit zu sagen und ging weiter zum Ausgang des Klosters.

Wir hörten und sahen sie schon von weitem. Drei Gruppen übten auf einem freien Feld vor den Mauern. Was heißt übten, sie exerzierten. Alle führten die schnellen Bewegungen gleichzeitig aus. Die Figuren wechselten in rascher Folge. „Drache, Kranich, Tiger", kommentierte der Student. Die Jugendlichen übten den Zweikampf und die Männer schlugen mit beidhändig gehaltenen langen Stöcken aufeinander ein. Das laute Klack-klack-klack-klack halte als Echo von den Bergwänden zurück. Die einen schlugen mehrfach zu, die Gegner blockierten. Dann wurde der Gegner zum Schläger und so weiter.

„Kung Fu ist die ‚harte' Art des Kampfes im Gegensatz zum Jiu-Jitsu der Japaner", erklärte der Student abschließend und verabschiedete sich.

* * *

Mit welcher Begeisterung die Lehre Buddhas in China aufgenommen wurde, erfuhren wir tags darauf am nahen Li-Fluss, der sich durch zwei Bergrücken seinen Weg bahnte. Long Men, Drachentor, nannten die Einheimischen den Durchbruch.

An der zur aufgehenden Sonne weisenden Seite einer langen, mit Grotten übersäten Felswand schufen die von den Kaisern beauftragten Künstler Höhlentempel in einem unvorstellbaren Ausmaß. An die 100.000 Figuren in fast 2.000 Höhlen sollen hier geschaffen worden sein. Die kleinsten Skulpturen, kaum daumengroß, faszinierten mich in ihrer filigranen Ausgestaltung fast mehr als der gigantische Buddha im Lotossitz, der 17 m aufragte und dessen Ohren allein 2 m maßen.

Der Amitabha, der Buddha des unermesslichen Lichts, verkörperte die Sehnsucht nach dem Paradies. Shakyamuni, der historische Sidharta Gautama, der etwa von 560 bis 480 vor unserer Zeit in Indien lebte, begegnete uns als lehrender, meditierender und erleuchteter Buddha. Schüler, Heilige, Himmelskönige und martialisch blickende Wächter umgaben ihn. Lotosblüten symbolisierten die Reinheit und Apsaras, die Tänzerinnen des Himmels, weckten mit animierenden Rundungen die Hoffnung, dass den schönen Seiten des Lebens noch schönere im Jenseits folgen könnten. Jungfrauen mit schwellenden Busen werden im Koran den Gottesfürchtigen versprochen. Wie sich die Dinge gleichen. Von schlicht bis barock könnte ich die Kunstwerke beschreiben, von archaisch über klassisch bis expressiv den Ausdruck. Wer hier mit offenen Augen zu lesen versuchte, dem wurde deutlich, welche Faszination die Lehre Buddhas vor tausendfünfhundert Jahren auf die Chinesen ausübte. Und, sie ist noch nicht erloschen.

* * *

Der Chinese Fu Hao führte uns durch Shanghai. Die Stadt entwickelte sich in ihrer jüngsten Vergangenheit zu einer Mega-City und zu Chinas größtem Industrie- und Handelszentrum. Hochhäuser wohin das Auge reichte – Verwaltungsgebäude, Türme der Banken und internationaler Großkonzerne, Geschäftshäuser sowie Apartmentkomplexe und eine nicht endende Flutwelle von Personenwagen, Bussen und Kraftfahrzeugen, noch immer das klassische Verkehrsmittel Fahrrad darunter gemischt, erdrückten denjenigen, der sich zu Fuß durch die Straßen wagte. Darin eingebettet und von einer Mauer eingekreist lag die Altstadt mit ihrem Irrgarten winziger Gässchen, in denen Garküchen, Teestuben und Krämerläden auf Kundschaft warteten. Eine zeitlose Welt mit kleinen Häusern, viele aus Holz, einige mit Obergeschoß, geschäftiges Treiben und Gedränge, Märkte auf den Straßen, Zähneputzen und Wäschewaschen vor dem Haus, Barbiere, die sich auch als Ohrenputzer betätigten, spielende Kinder, Mütterchen und Väterchen, die vor den Häusern still in sich versunken auf klapprigen Stühlen saßen, eine alte Chinesin, die sich erhob und mit kleinen Trippelschritten ins Dunkel einer Türöffnung verschwand. Ihre von Kindheit an abgebundenen und dadurch verkrüppelten Füße galten über Jahrhunderte als *das* weibliche Symbol, das auf die Männer sexuell anziehend gewirkt haben soll und seit der Zeit Maos als dekadent verboten wurde.

Das Labyrinth der Gassen nahm kein Ende. Angenehme Düfte wechselten mit Ekel erregenden, saubere mit dreckigen Ecken. Fu Hao entführte uns in die erste Etage eines Restaurants, dessen Lokalkolorit an mittelalterliche Zeiten erinnerte, wie er meinte. Im Eingang lagen Schweinehälften und abgetrennte Schweinsköpfe auf dem gefliesten Boden, noch den süßlichen Geruch des Blutes verströmend. Der Gastraum war von Stimmenlärm erfüllt und Rauch geschwängert. Heute gäbe es frische Innereien, übersetzte Fu Hao die Tagesempfehlung des Kellners, der uns ein Tablett mit Leber, Nieren und Hirn hinhielt. Wir bestellten einen schlichten Hühnertopf und tranken ein Qingdao dazu, ein nach dem deutschen Reinheitsgebot gebrautes Bier, und ließen uns von den Fettflecken früherer Gäste auf dem beigefarbenen Papiertischtuch nicht den Geschmack verderben.

Der Yu-Garten ganz in der Nähe offenbarte eine Wohltat für das Auge und alle Sinne. Wir schritten über eine Zickzackbrücke, die zwar böse Geister aber nicht uns abhalten konnte, und gelangten zu dem schönsten Teehaus Chinas, wie unser chinesischer Freund betonte. Dort saßen wir Seite an Seite mit jungen, arrivierten Chinesinnen und Chinesen, die dabei waren, die Geschicke ihres Landes in die Hände zu nehmen, um ein modernes China der Neuzeit zu gestalten. Gemeinsam Tee zu trinken ist für die Chinesen ein Ausdruck des harmonischen Zusammenlebens. Der bestellte Jasmin Tee schmeckte köstlich. Die Einheimischen ließen mehrfach heißes Wasser nachgießen. Ich verzichtete darauf, weil ich das Getränk blumiger mochte.

Wir schlenderten noch über den berühmten Bund, jene englisch geprägte Prachtstraße aus der Gründerzeit, wanderten in den Schluchten der Hochhäuser Pudongs, fuhren mit einem Boot über den Huangpu hinaus zu dessen Mündung in den Yangtsekiang und erlebten zum Abschluss noch einmal die wieder aufflammende Religiosität, insbesondere bei den älteren Menschen.

Taxis brachten uns zum Yu Fo Si, dem Jadebuddha-Tempel, einer der heiligsten Stätten des Landes. Ein Mönch erwarb auf einer Pilgerfahrt nach Birma mehrere Statuen des Shakyamuni, darunter zwei besonders wertvolle und hoch verehrte aus weißer Jade, die ihren Platz in den Tempelhallen eines Klosters fanden.

Ruhe umfing uns im Hof hinter den hohen Mauern trotz der Menschenmassen, die über den Platz drängten, zuerst zu den Dienern zum Kauf von Tempelgeld und Räucherstäbchen, sodann zur Opferschale.

Mit den rituellen Gebeten wurde bereits bei den Feuern begonnen, bevor die Gläubigen die Halle der Himmelskönige betraten, um das Aufsagen der Sutras vor dem vergoldeten Maitreya fortzusetzen, dem Buddha der Zukunft, der in der kommenden Weltperiode erscheinen wird.

Eng aneinander gedrängt zogen die Menschen weiter zur Halle der großen Helden, wo sie sich mit gefalteten Händen vor drei Buddhas verneigten oder niederknieten, die Erlösung und Erleuchtung in der Vergangenheit, Gegenwart und Zukunft symbolisierten. Und sie traten andächtig vor den Buddha Amitabha, der im Land der Seligkeit residierte, im mythischen Paradies des Westens.

Weiter ging die Prozession zur dritten und vierten Halle, dem eigentlichen Ziel. Dort verharrten die Gläubigen vor dem Sitzenden Jadebuddha und dem in das Nirwana eingehenden Liegenden Jadebuddha in großer Andacht und in der Hoffnung auf die eigene Erlösung und ein Erwachen im paradiesischen Jenseits.

Erlebt der Buddhismus im modernen China eine Renaissance auf breiter Front? Oder sind es nur die älteren Menschen und jene, die an der wirtschaftlichen Entwicklung auf dem Lande wie in der Stadt nur gering oder gar nicht teilhaben? Treiben Armut, Elend und Leid die vom Wohlstand ausgeschlossenen in die Tempel?

Im Kaufhaus Nr. 1 in der Nanjing Lu, der größten Geschäftsstraße Shanghais, kaufte ich einige Taschentücher aus feinstem, weißem Leinen für einen Euro das Stück, mit gerollter und von Hand gefädelter Kante, eine Qualität und Verarbeitung, die zu Hause das Zehn- bis Fünfzehnfache kosten würde. Wie niedrig müssen die Löhne der Weber und Näherinnen sein, die diesen Preis ermöglichten? Zum Leben bleibt ihnen nichts, nur die vage Hoffnung auf eine Erfüllung im Glauben.

Begegnungen im Regenwald von Sumatra

Als ein vom Fernweh Getriebener zog es mich mehrfach in die Inselwelt zwischen dem Indischen Ozean und dem Pazifik – zum Glück erstmals bereits zu einer Zeit, als der Tourismus noch nicht totalen Besitz von den faszinierenden kulturellen Stätten und idyllischen Dörfern mit ihrer noch weitgehend naturverbundenen Bevölkerung ergriffen hatte. Ich durfte auf Bali am Fuße des Agung – des Weltenbergs der Balinesen und Sitzes ihrer Götter, wo der hinduistische Shiva und altbalinesische Surya in friedlicher Eintracht thronen – im Muttertempel von Besakhi als einziger Nichtgläubiger gemeinsam mit meiner Frau am höchsten Tempelfest der Insel inmitten der hohen Priesterschaft und der Rajahs mit ihrem Gefolge teilnehmen. Der größere Dollarschein, der unser Dabeisein ermöglichte, wurde durch die Fülle hautnaher Eindrücke der balinesisch-hinduistischen Zeremonien mehrfach aufgewogen.

Tanah Air, Land und Wasser, wird das grüne Band aus mehr als sechzehntausend im Ozean verstreuten Inseln genannt, die sich vom asiatischen Festland bis nach Australien erstrecken und den Staat Indonesien bilden. Hier leben noch zahlreiche indigene Völker, wie die von Magie und Geisterglaube beherrschten Papuas auf Neuguinea oder die ehemals von der Kopfjagd besessenen Dayak auf Borneo. Von Java ist bekannt, dass hier der Homo erectus einst lebte und auf Bali bestatten die Aga ihre Toten in Tücher gehüllt auf Holzgestellen oder in den Astgabeln von Bäumen. Doch in dieser Erzählung soll über zwei weniger bekannte Gruppen berichtet werden, von den Batak auf Sumatra und den Toraja auf Sulawesi, zu denen ich eine besondere Zuneigung entwickelte.

* * *

„Salamt datang!", rief uns ein Mann in der Halle des Flughafens von Medan auf der Insel Sumatra zu. „Herzlich willkommen sage ich zu Ihnen, um Sie auch in Ihrer Sprache zu begrüßen." Mit einem gewinnenden Lächeln fügte er hinzu: „Ich heiße Mohammed, wie der Prophet, und bin Moslem, wie die meisten Menschen in Indonesien. Meine Mutter ist eine Batak und mein Vater Javaner. Jetzt sind alle Fragen beantwortet, bevor sie gestellt wurden."

Was für ein Schelm, dachte ich. Er war hoch gewachsen, schlank und hatte die feinen Gesichtszüge eines Javaners, allerdings mit dunklerem Teint als Erbteil seiner Mutter. Deutsch hatte er neben Englisch als zweite Fremdsprache im Goethe Institut in Jakarta gelernt. Englisch sei ein Muss für einen Reisebegleiter und die Deutschen fände er sympathisch, weil sie keine Kolonialmacht in seiner Heimat waren, hatte er uns noch wissen lassen.

Wir waren, von Singapur kommend, mit der indonesischen Garuda Airlines nach Medan geflogen. Garuda war ein hinduistisches Fabelwesen, das Reittier des Gottes Vishnu, das, halb Adler und halb Mensch, zugleich als Götterbote galt. Ich machte Mohammed darauf aufmerksam, dass sich in seinem Land die Anhänger des Islam über den Wolken auf den mythologischen Spuren der Religion Indiens bewegten.

Er versuchte sich erst gar nicht mit Erklärungen. „Auf dieser Reise mag Ihnen auf den ersten Blick vieles widersprüchlich erscheinen", hob er an, um sogleich beschwichtigend fortzufahren: „Wenn Sie erst einmal einige Tage unterwegs sind, wird das meiste auch für Sie zum selbstverständlichen Alltag."

Wir durchfuhren das nördliche, zuerst flache Sumatra, das von zahlreichen Flüssen durchzogen war, an deren Ufern sich Sumpfgebiete und stickige Mangrovenwälder ausdehnten. Wechselnden Feldern folgten großflächige Plantagen, in denen Kautschukbäume gemolken und Ölpalmen abgeerntet wurden. Die Straße wurde kurvenreicher, schmäler, holpriger und löchriger, als wir uns der vulkanischen Gebirgskette im Westen näherten, die Landschaft mit ihren Tälern und Wasserläufen malerischer und die Luft unerträglich stickig-schwülheiß, als wir bergan durch dichten Regenwald das Dorf Bukit Lawang am Fluss Bohorok ansteuerten, inmitten der Heimat der Menschenaffen.

In der tropischen Provinz Sumatara Utara in Äquatornähe haben sich in den feuchten Tälern und für Menschen nahezu undurchdringlichen Berghängen in abgeschiedenen Winkeln die letzten überlebenden Tiger, Nashörner, Elefanten und Orang-Utans zurückgezogen, die auf dem Archipel seit Jahrtausenden heimisch sind.

Zwei Tage hielten wir uns hier auf, durchstreiften in Begleitung eines einheimischen Batak auf schmalen Pfaden bei unerträglichen Temperaturen die Bergwelt, vom Kopf bis zu den Füßen aus allen Poren unaufhörlich schwitzend und häufig kurz vor dem Ende unserer Kräfte, was immer wieder längere Pausen erzwang, wobei die für die Pirsch vorgeschriebenen hellen Baumwollhemden mit langen Ärmeln, langen Hosen, festen Schuhe, Kopfbedeckungen und Halstüchern, die vor Moskitos, Kleintieren und Dornen schützen sollten, das Schweißbad verstärkten, und bei Temperaturen um 40 Grad und höchster Luftfeuchtigkeit jeden Schritt zur Qual werden ließen.

Mit großer Ortskenntnis und ausgeprägtem Spürsinn führte uns der junge Batak zu jenen versteckten Plätzen, an denen wir kreischend vorbei rennende Affen und tropische Vögel beobachten konnten, wenn er uns gestenreich bedeutete, Ruhe zu bewahren, Augen und Ohren zu spitzen, um gleich darauf nach oben zu deuten, wo auf einem Ast ein seltener Nashornvogel saß – ein schönes, schwarz gefiedertes Kerlchen mit einem überdimensionierten, gelben Schnabel, auf dem sich ein wulstiger Höcker befand – der zu uns heruntersah, seinen Platz behauptete und uns ungestört weiterziehen ließ.

Lautes Kreischen ertönte, als wir Makaken aufschreckten, die ihre Zähne fletschten und sich uns mit ihren nacktes Gesichtern und langen Fangzähnen Furcht erregend näherten, um uns mit Geschrei zu vertreiben, was uns zum Rückzug bewegte, auf dem wir wenig später kleinen, schlanken Languren begegneten, die sich rasch hin und her bewegten, dann zurück in die Bäume und dort von Ast zu Ast huschten, wo die lustig aussehenden Kerlchen mit ihren weißen Haarbüscheln auf dem Kopf unseren Blicken entschwanden.

Gut gelaunt und voll der Eindrücke stiegen wir wieder hinunter zum Dorf, ließen uns vom einsetzenden Nieselregen die Stimmung nicht verderben, lachten lauthals als die feuchte Luft, der Schweiß und der Regen aus den vor der Abreise leicht rotbraun getönten Haaren meiner Frau farbige Rinnsale an ihrem Hals bildeten, die vom Hemdkragen und dem Stoff ihrer weißen Bluse gierig aufgesogen wurden, freuten uns wie kleine Kinder angesichts eines lustig dreinschauenden Gibbonpärchens, das sich vom Rudel entfernt hatte und sich mit langen Armen in Sicherheit schaukelte und empfanden Glücksgefühle und Erleichterung, weil das feuchtwarme Klima des Regenwaldes wie einem Wunder gleich die seit Jahren vergeblich bekämpften Gelenkschmerzen meiner Frau für die Tage unseres Aufenthalts restlos ausschaltete.

Am Abend zupften wir die Blutegel von den Waden, die sich beim Gang durch das Unterholz trotz langer Hosen an den Beinen festsaugen konnten, kühlten die Insektenstiche mit unserem Speichel und Vademecum und bestrichen die Schrammen an Händen und Unterarmen mit jodhaltigen Mitteln. Dann tranken wir ausgelassen mit den anderen in der Lodge einige Biere zu einem bescheidenen Essen, vertieften in angeregten Gesprächen die Erlebnisse des Tages, die jeder anders für sich wertete und gingen voll der Hoffnung früh zu Bett, am nächsten Tag jene Spezies der Tierwelt zu entdecken, die uns, den Menschen, am nächsten sei – Orang-Utans. Und in der Tat, wir hatten Glück.

Wieder ging es steil bergauf, von einem ortskundigen Ranger begleitet, drangen tiefer als am Tag zuvor in den Regenwald hinein und stiegen weit höher hinauf, über steinige und vom nassen Laub der Urwaldriesen glitschige Pfade und an steilen Abhängen vorbei, bis wir nach langem Marsch so viel Höhe gewonnen hatten, dass die Wipfel der Bäume wie ein Dach unter uns lagen. Der Ranger suchte mit dem Fernglas die Baumkronen ab, ging langsam weiter und wir folgten ihm Schritt für Schritt, bis wir auf sein Zeichen regungslos verharrten. Schräg unter uns entdeckten wir einen rotbraunen Fleck im satten Grün. In einem runden Nest auf der obersten Astgabel räkelte sich ein Orang-Utan. Was für ein Anblick, es könnte auch ein Mensch sein! In dieser Pose unterschied sich der beobachtete Hominide nur durch sein Äußeres von uns, vom Homo sapiens, der sich genauso genüsslich in seinem Federbett auszustrecken pflegt.

„Das Tier ist ein Männchen", raunte der Ranger. „Es lebt außerhalb der Paarungszeit, wie auch die Weibchen, als Einzelgänger."

Ein zweites Nest kam in Sicht. Es war leer, sein Bewohner unterwegs. Wir erspähten ihn einige Äste tiefer, wo er gerade Nahrung aufnahm.

Ein Schatten verdunkelte plötzlich das Dach des Waldes. Eine Wolke hatte sich vor die Sonne geschoben. In Vorahnung des Kommenden flüchtete der Schläfer aus seinem Nest auf eine Astgabel unterhalb der Baumkrone. Dann ergoss sich ein Tropenregen von einem ohne Vorwarnung entfesselten Sturm gepeitscht über das Land und uns, die wir vom Nass triefend aber voll des Herzens zurückmarschierten.

* * *

Einige tausend Jahre vor unserer Zeit setzte eine große Wanderung von Völkern der austronesischen Sprachfamilie vom asiatischen Festland und Taiwan aus ein, welche die Inseln Indonesiens und des Pazifiks besiedelten – unter ihnen auch die Batak. Der Stamm der Karo setzte sich in den Bergen an der Grenze zu Aceh fest; die Toba im Westen an den Ufern und auf den Inseln des gleichnamigen Sees und das zu einer Zeit, als ganz Sumatra noch so wild und voller unberührter Natur war, wie wir sie zwei Tage lang erleben durften – mit dem Unterschied, dass die Neuankömmlinge die Tiere zur Nahrung jagten, die heute wegen ihrer Exotik und der Gefahr des Aussterbend unter Naturschutz gestellt wurden.

Auf der Fahrt in das Herz Tanahs, wie die Batak ihr Land nennen, versuchte Mohammed, uns auf die Begegnungen mit diesen Leuten vorzubereiten.

„Die Verfassung Indonesiens kennt als Prinzip den Glauben an einen allmächtigen und alleinigen Gott. Anders als die Malaien und Javaner, die fast alle Muslime sind, bekennen sich die Batak zum Christentum. Das hat einen guten Grund. Sie essen gerne Schweinefleisch und trinken ebenso gerne Alkohol."

Nach einer Gedankenpause fährt er, fast flüsternd und geheimnisvoll, fort: „In Wahrheit pflegen die Batak ihre alten Sitten und Gebräuche, die in einer Kultur des Animismus wurzeln. In den nächsten drei Tagen werden Sie dieses Volk intensiv kennen lernen."

Wir passierten das Dorf Lingga. Im neueren Ortsteil mit der Verwaltung, der Schule und einem Supermarkt las ich an einem einfachen Haus „Restaurant B 2".

„Ist das eine Kette? Ich hatte anderswo ein Restaurant B 1 entdeckt", wollte ich von Mohammed wissen.

„Das ist keine Kette", antwortete Mohammed sogleich. „Das B sagt, dass Fleischspeisen angeboten werden. ‚B1' bedeutet Bidang und heißt Hund, ‚B2' steht für Babi und das heißt Schwein." Lachend fügte er hinzu: „Die Batak essen gerne Hundefleisch. Aber keine Angst, ich werde Sie verschonen. Es sei denn, Sie möchten einmal probieren."

Vor etwa siebzigtausend Jahren entstand durch eine Supereruption als Folge einer tektonischen Plattenverschiebung im westlichen Bergland Sumatras der Tobasee, dreieinhalb Mal so groß wie der Bodensee. Sein

Inneres wurde in die Atmosphäre geschleudert, umkreiste jahrelang als Staubwolke den Erdball, kühlte das Klima um mehrere Grad ab, verursachte ein Sterben unter den Frühmenschen und sollte der Homo erectus auch auf Sumatra gelebt haben, hatte er keine Überlebenschance. In der Mitte des Sees bildeten im Lauf der Zeit die Überreste eines Vulkans eine große Insel, die Samosir genannt wird – unser nächstes Ziel, das wir nach langer Fahrt vom Fährhafen in Prapat aus per Schiff erreichten.

Mehrere tausend Batak wohnen auf Samosir und an den Ufern des Sees zur Landseite, betreiben dort Fischzucht und Landwirtschaft oder verdienen den Lebensunterhalt an den Touristen, die dort tagsüber für ein paar Stunden einfallen.

Wir hielten uns zwei Tage auf und fuhren mit einem Boot an die Nordspitze zur kleinen Ansiedlung Simanindo, von wo aus wir durch dichten Regenwald zu dem vor mehreren Jahrhunderten gegründeten Eingeborenendorf Huta Bolon auf einem hoch in den Bergen gelegenen Plateau vordrangen. In die wehrhaft durch einen undurchdringlichen Bambuswald vor Feinden abgeschirmte Siedlung gelangten wir durch die einzige, früher Tag und Nacht bewachte schmale Öffnung, an der wir von einem älteren Mann erwartet wurden, der die englische Sprache einigermaßen beherrschte, trotzdem meist kaum zu verstehen war, weil sein Tonfall und die immer wieder eingemischten Wörter seiner Muttersprache ein Kauderwelsch entstehen ließen.

Er führte uns in die Mitte eines Platzes zu einem mächtigen in den Boden gerammten Pfahl, dem Borotan. Dank Mohammeds Hilfe verstanden wir, dass der Mann sofort zum Kern der immerwährenden Fragen aller Völker nach dem Woher, Warum und Wohin und damit Sinn des Lebens kam.

Der Ursprung der Batak läge auf den aus der Tiefe des Sees emporgestiegenen Bergen, hörten wir, und alle Clans haben einen gemeinsamen Ahnherrn, wobei der Urvater ein Rajah war, ein Regionalfürst also, was die Vormachtstellung der Herrscher rechtfertigte.

Leben und Tod liegen in ihrem Kult eng beieinander. Das bringt der Pfahl des Todes zum Ausdruck, vor dem wir standen, der mit frischen, noch Blätter tragenden Ästen umwunden zugleich zum Lebensbaum wird, dem Waringin. Der Mann deutete auf einen am Pfahl befestigten

Strick und erklärte, dass bei traditionellen Festen daran ein Büffel festgebunden wird, den die Batak mit Klageliedern besingen und rhythmisch umtanzen, bevor sie das Tier schlachten, braten und verzehren.

Zum Ritus gehören auch Tänze der jungen Frauen und Männer, die während des Festes um einen Partner fürs Leben werben, wobei der Geist der Vorfahren den Erwählten seinen Segen gibt. Sie, die Batak glauben an die Seele der Lebenden, die sie Tondi nennen und die alle Energie bewirkt und auf andere übertragbar ist, ließ der alte Mann uns gestenreich wissen. Sie glauben aber auch an die Macht der Toten, deren Begu genannte Seele in einer neuen Existenz weiter besteht.

Mehrere Sippenhäuser flankierten den Ruhma Bolon, den inzwischen zum Museum gewordenen Palast des Rajahs. Die hohen Satteldächer der Pfahlbauten ragten wie der Bug und das Heck eines Schiffes hoch auf und die nach außen geneigten Vorder- und Rückseiten waren mit farbigem Schnitzwerk reich verziert. Die mehrere hundert Jahre alten und zum Teil noch bewohnten Häuser wurden aus Holz ohne einen Nagel errichtet. Zum Schutz vor Schlangen standen sie auf mannshohen Pfählen, zwischen denen Hühner und Schweine in Pferchen gehalten wurden. Kleinere Gebäude dahinter dienten als Speicher für Reis.

In der Versammlungshalle trafen sich die Ältesten, um über den richtigen Zeitpunkt der Ernte zu beraten, Streit zwischen Nachbarn zu schlichten und mit den Familien Feste zu feiern.

Die Verehrung der Ahnen spielt im Leben der Batak eine wichtige Rolle. Nach ihrem Verständnis beeinflussen sie das Schicksal ihrer Nachkommen, weshalb sie durch häufige Opfergaben und Riten deren Beistand zu beeinflussen suchen.

Das kunstvoll mit Schnitzwerk verzierte Ahnenhaus stand einige Schritte abseits und erhöht, davor drei lebensgroße und bekleidete Holzpuppen der vor einigen Tagen Verstorbenen. Sie werden Si Gale Gale genannt und gelten als Fürsprecher der Dahingeschiedenen. Wir gingen daran vorbei und im Schatten riesiger Bäume zum Ritualplatz, wo wir von einem zweiten älteren Mann erwartet wurden. „Der Schamane von Huta Bolon", flüsterte Mohammed uns zu.

Dieser hielt in den Händen einen aus rotbraunem Holz geschnitzten Zeremonienstab. Darauf symbolisierten fünf Figuren die Abfolge der Generationen, die oberste mit einem Büschel Affenhaare auf dem Kopf, alle mit mongolischen Augen und martialischem Kinn. Sie hielten ebenfalls Zeremonienstäbe in den Händen, die nach unten zur Erde zeigten, von der eine Echse nach oben kroch und die Spitze des ersten dieser Zauberstäbe berührend die Verbindung der Ahnen mit den Lebenden versinnbildlichte.

Der Schamane stand murmelnd vor uns, schwenkte den Stab und rammte ihn kraftvoll zentimetertief in den Boden, als würde er Kontakt mit den Verstorbenen aufnehmen wollen.

Dann zog er aus seinem Gewand einen zweiten, kleineren Stab. Dieser sei ein Glückskalender, übersetzte Mohammed, der aus einer Büffelrippe geschnitzt war. Mohammed deutete auf die Kerben und Löcher, 12 standen für die Monate und 30 andere für die Tage. Sie wurden zur Weissagung mit Schnüren auf rätselhafte Weise verbunden, die nur die Schamanen der Batak zu deuten wissen. Sie haben Kenntnisse der Astronomie und Astrologie und bestimmen die für die Riten geeigneten Tage. Alle sechs Jahre ergänzen sie den Kalender um einen Schaltmonat, erfuhren wir.

Mein Respekt vor diesem alten Volk wuchs. Sie wussten um den Lauf der Sterne, organisierten ihr Leben nach einem Kalender und beachteten eine Sozialordnung. Der Rajah führte sein Volk und dieses ließ gefangene Feinde und im Streit unterlegene Familien als Sklaven für sich arbeiten. Die Zauberpriester beherrschen magische Formeln und eine Art Schrift und ritzten ihre Orakelsprüche, Klagelieder, medizinischen Rezepte und die Abläufe der Riten für die Nachkommen in Bambushölzer, Rinden und Betelblätter.

Tags darauf fuhren wir mit einem Boot an der südlicher gelegenen Halbinsel Tuk Tuk vorbei und gingen im Dorf Tomok an Land. Dort legte eine Herrscherdynastie der Batak im Schatten großer Laubbäume ihre Nekropole an. Ein mächtiger Steinsarkophag dominierte die heilige Stätte. Die Stirnseite zierte ein Männerkopf mit archaischen Zügen und einem verwegenen Kinn. Sein Gesicht glich eindeutig der geschnitzten obersten Figur des Zeremonienstabes, den der Schamane am Vortag in Händen hielt, und die stilisierte Haube symbolisierte die Affenhaare. Ist das der Stammvater der Rajahs, der den hier begrabenen und ebenfalls dargestellten Herrscher auch noch im Tode beschützt? Mir schien, ich war dem Rätsel der Zeremonienstäbe ein Stück näher gekommen.

Mohammed stimmte einen Sprechgesang an, zuerst in der Sprache der Batak, den er dann übersetzte: „Ich beklage dich, mein Fürst, beklage deinen Tod. Du warst doch, mein Fürst, der Tiger an der Pforte."

Aufmerksam beobachtete er die Reaktion seiner Zuhörer. „Von den Batak sind viele Klagelieder überliefert. Ich beherrsche nur die ersten beiden Zeilen dieser Totenklage, mit der zuerst der Rajah geehrt und dann die Furcht vor der ungewissen Zukunft ausgedrückt wird. Mit ihren Klageliedern wollten die Schamanen der Batak Leid von ihrem Volk abhalten und das Schicksal günstig beeinflussen."

„Kennen Sie auch fröhliche Lieder?", fragte einer aus der Gruppe.

„Nein. Es gab nur Klagelieder, denn das ganze Leben wurde als Leid empfunden."

„Und wie sehen Sie das? Sie sind doch ein fröhlicher Mensch."

„Ich bin verheiratet und habe zwei Kinder. Wenn ich mit einem guten Trinkgeld von Ihnen nach Hause komme, machen Sie mich und meine ganze Familie glücklich", antwortet er schelmisch.

Ein Leben mit den Toten auf Sulawesi

Als Unvorbereiteter und Neugieriger wollte ich unbedingt einmal an einer Totenfeier der Toraja auf der Insel Sulawesi teilnehmen. Von den Strapazen der Anreise hatte ich gehört. Was ich vor dem Eintreffen auf der Insel über das Brauchtum dieses Volkes gelesen hatte, war ein Bericht über eine umfangreiche und kostspielige, mehrtägige Zeremonie, was ich auf einem Foto gesehen hatte, waren Särge und Puppen einer Begräbnisstätte in einer Felswand, was ich vorher nicht erfuhr, waren die Bestattungsriten für Kleinstkinder und was ich nicht im Entferntesten erahnen konnte, waren die bewegenden und den Atem stockenden Momente, die wir als Gast auf einer Totenfeier erleben durften.

Wir flogen von Surabaya kommend über die Javasee und die Straße von Makkasar zwischen Borneo und Sulawesi an; eine der gefährlichsten Passagen der Welt, in der Seepiraten Jahr für Jahr ihr Unwesen treiben und Schiffe kapern. Bugis nennt sich das Küstenvolk, das über kleine Dörfer entlang der Westküste verbreitet ist und mit allerlei Waren mit ozeanfähigen, Pinisis genannten Schonern von Insel zu Insel Handel treibt. Diese Pinisis werden nicht gekapert. Lässt dies den Rückschluss zu, dass auch Bugis Piraterie betreiben und dabei natürlich ihre eigenen Schiffe verschonen?

Wir landeten in Ujung Pandang, der Hauptstadt Sulawesis, die ich als Leser der Bücher Joseph Conrads und William Somerset Maughams unter dem Namen Makkasar kennen lernte, in deren Gassen, Spelunken und Bordellen die Romanhelden umherzogen. Zeit für eine Stippvisite blieb uns nicht. Unser Ziel, Tanah Toraja, das Land der Toraja, lag fast vierhundert Kilometer entfernt tief im Inneren der Insel und aus der angekündigten Fahrt von acht Stunden wurden zehn, eine Tortur, die wir zusammengepfercht in einem klapprigen Minibus zusammen mit einem übel aus dem Mund riechenden Nebenmann, einem ständig hustenden Vordermann, einer eiskalten, nicht regulierbaren Klimaanlage, zwei weiteren Personen und einem rücksichtslosen Fahrer erdulden mussten, der keines der unzähligen Schlaglöcher ausließ und seine Gäste auf der äußerst kurvenreichen Piste durch die Gegend schaukelte.

Milanda hatte uns am Flughafen abgeholt. Sie sei malaiischer Abstammung, hörten wir von ihr, und die Bugis und Torajas kamen wie die

Batak vor Jahrtausenden auf diese Inselwelt, haben dem Zwang der Verfassung folgend einen Glauben der großen Religionsgemeinschaften angenommen, sind überwiegend Protestanten und leben noch immer stark ihren alten Traditionen verbunden.

Was für eine Landschaft! Flaches, savannenartiges Gelände wechselte mit tiefgrünen, feuchten, von Flüssen und Seen durchzogenen Ebenen, denen ausgedehnte Reisfelder und Wälder folgten. Frauen schnitten Reisähren, Bauern pflügten abgeerntete Flächen mit Wasserbüffeln und Kinder hüteten Enten. Als sich die Straße die Berge hochwand, wurden die Täler enger, die Abhänge seitlich der Straße steiler und gefährlicher und der Himmel öffnete die Schleusen. Der Regenwald, den wir inzwischen durchfuhren, freute sich. Der staubige Bus wurde gewaschen und als nach wenigen Minuten die Sonne wieder durchbrach, begann überall vom Boden Dampf aufzusteigen. Die Hitze und Schwüle in Nähe des Äquators war unerträglich.

Mit den letzten Strahlen der Sonne kamen wir in Rantepao im Herzen des Toraja Landes an. Mehrere Berge umrahmten den in einem Hochtal gelegenen Ort, zwei von ihnen Dreitausender, die den Hintergrund einer malerischen wie märchenhaften Landschaft bildeten.

Unterwegs sahen wir bereits eines der Dörfer mit ihren Sippenhäusern, die, jenen der Batak ähnlich, den ausladenden Schiffen glichen, mit denen die Torajas das Meer bezwangen und in ihrer neuen Heimat landeten. Der Wohntrakt unseres modernen Hotels war im gleichen Stil mit aneinander gereihten Häusern mit Satteldächern erbaut.

Duschen, eine Runde im Swimmingpool, Abendessen von Musik und Tänzen Einheimischer begleitet, einige größere Biere und Whiskys bei sparsamer Unterhaltung und ein heftiges Tropengewitter bildeten den Abschluss des Ankunftstages.

Milanda hatte große Ortskenntnis; sie war uns über das örtliche Touristenbüro in Rantepao vermittelt worden und stand der aus nur sechs Personen bestehenden Reisegruppe drei Tage zur Verfügung. Sie war eine zierliche Person mit schwarzbraunen Kulleraugen und dem immerwährenden Lächeln asiatischer Insulanerinnen.

Wie bereits gestern erwähnt, kam sie nochmals auf ihre Abstammung zu sprechen: „Meine Mutter ist eine Toraja aus dem Hochland, mein Vater Javaner malaiischer Herkunft." Die Eltern, hörten wir, lebten als

Kaufleute in Surabaya und ermöglichten ihr nicht nur die Schulbildung, sondern ein Studium der indonesischen Volkskunde und der englischen als auch deutschen Sprache.

Ein Glücksfall für uns waren die familiären Bindungen ihrer Mutter, durch die wir vom Ältesten eines nahen Dorfes die Einladung zu einer Totenfeier für den dritten Tag unseres Aufenthaltes erhielten.

So brachen wir zunächst zu einer Rundfahrt ins zentrale Hochland der Insel nach Batutumonga auf. Wir überquerten den Fluss Sadan außerhalb von Rantepao und folgten kurz dem Trans-Sulawesi-Highway, der Manado im äußersten Osten der Insel mit der Hauptstadt Ujung Padang verbindet, um auf eine schmale Landstraße inmitten eines lieblich zu nennenden Landstrichs einzuschwenken, der von Feldern und Bambushainen begrenzt wurde, aus denen schroffe Karstkegel ragten. Dazwischen lagen Senken mit Wäldern und Wiesen, in denen Gruppen von Sippenhäusern den Eindruck vermittelten, als würden Schiffe ein vom Wind bewegtes grünes Meer durchpflügen.

Einen ersten Halt machten wir vor zwei riesigen Bäumen am Rande eines Dorfes. Ihre ausladenden Kronen ließen kaum Licht durch. Ein Schwarm fliegender Hunde hatte sich dort auf den entlaubten Ästen niedergelassen.

Im Dorf wurden Bretter und Balken für die Giebel der Sippenhäuser gefertigt. Geschickte Hände schnitzten in die Oberflächen eine reiche Ornamentik, die sie in den Farben Schwarz, Weiß, Gelb und Rot ausmalten. Dazwischen eingestreut verkündeten Sonnenscheiben und Hähne vom Leben und der Fruchtbarkeit.

Einer der Schnitzer führte uns durch das Dorf zu einem besonders prächtigen Sippenhaus. Milanda half bei der Übersetzung. Wir erfuhren, dass dieses Haus, Tongkonan genannt, von der Familie des Regionalfürsten bewohnt wurde. Der Giebel war so ausladend groß, dass er durch einen Mastbaum gestützt werden musste. An ihm waren die Hörner der vom Fürsten geopferten Büffel und der geschnitzte Kopf eines Wasserbüffels befestigt – ein Zeichen seines hohen Standes.

„Nach ihrem Verständnis leben die Toraja um zu sterben", erklärte Milanda. „Ihr Leben endet für sie nicht mit dem Tod, sondern ihre Seele verlässt den Körper, um das Reich der Toten aufzusuchen, das sie Puya nennen. Den Verstorbenen und seine Seele begleiten auf dieser

Reise alle Verwandten und die Bewohner der umliegenden Dörfer. Riesige Feste werden gefeiert und Totenlieder gesungen, die von der Verbindung mit den Ahnen künden. So lautet zum Beispiel eine Strophe:

> Er sitzt jetzt bei seinen Ahnen,
> sein Platz ist bei seinen Vorfahren.
> Seine Ahnen sind jetzt froh,
> seine Vorfahren sind nun glücklich.

Die Feiern werden von einem großen Gelage begleitet, bei dem viel Palmwein fließt. Zu Ehren des Verstorbenen werden Schweine und Büffel geschlachtet und je größer ihre Zahl, umso höher das Ansehen der Familie. Die Hörner der gespendeten Stiere werden als Statussymbol vor dem eigenen Sippenhaus ausgestellt."

Den Häusern gegenüber standen die ebenfalls reich geschmückten Reisspeicher des Dorfes. Der Schreiner ging zwischen ihnen hindurch. Dahinter befand sich eine Stallung, in der in getrennten Boxen zwei kraftstrotzende weiße Büffel wiederkäuend ihrem Schicksal entgegen sahen. Eine besonders wertvolle Züchtung, erfuhren wir. Der Fürst beschäftigte eigens einen Wärter, der sich Tag und Nacht nur um diese beiden Tiere kümmerte.

Über eine Schotterstraße fuhren wir zu einem weiteren Dorf, das für seine Webarbeiten bekannt war. An den Sippenhäusern und Reisspeichern vorbei gingen wir in den nahen Wald. In dessen Schatten trafen wir auf die gesuchten Werkstätten, in denen die Frauen Stoffe fertigten. Aus getrockneten Baumfasern und mürb geschlagenen Rindenstreifen webten sie Kopftücher, schmale Gürtelbänder und breite Bahnen für die Bekleidung – Blusen und Wickelröcke, festliche Hinggi, das sind Umhänge, und Maa, die zu besonderen Ritualen getragen werden. Eine der Frauen zeigte, mit welch komplizierter Technik für die kunstvollen, traditionellen Muster des Ikat die Fäden vorgefärbt und halbfertige Webarbeiten mit einem Model bedruckt werden. Die Farben – rot, violettschwarz und ockergelb – gewinnen sie aus Wurzeln, Rinden und Mineralien, erklärte sie, ohne weitere Geheimnisse preiszugeben. Sie führte uns zu einem mit bunten Stapeln bestückten Verkaufsstand.

Wortlos breitete sie Schals und Tücher aus. Sie beobachtete die Reaktionen der Frauen genau, um herauszufinden, was ankommen könnte.

„Das sind aber Stoffe aus Baumwolle und Seide", bemerkte eine. „Cotton and silk, not fibres", machte sie sich verständlich. „Nicht aus Baumfasern oder Rinde."

Die Weberin blickte auf. „Traditionelle Ware finden sie hier." Sie ging voraus zu einem zweiten Stand. Die dort aufgeschlagenen Tücher glichen Kunstwerken: Geometrische Muster, Pflanzen, Vögel, Hähne, Rehe, Dämonen. Die Begeisterung schwand, als sie Preise nannte.

Ich entdeckte einen Stapel mit kleineren Stücken. Schals, Kopftücher. Ein schmaler Wandläufer, auf dem eine fürstliche Gestalt in den Kampf zieht. In den Händen schräg vor der Brust ein Speer. Auf dem Kopf ein Tuch zu einer Krone gebunden. Pflanzen. Ein paradiesischer Vogel. Darüber schwebend eine Gestalt, vielleicht ein Schutzgeist oder ein Beistand leistender Ahne. Ich fand Gefallen daran, verhandelte und kaufte.

Wir setzten bald darauf die Fahrt fort, zuerst noch in nördlicher und schließlich in westlicher Richtung hinein in die Berge. Einige Zeremonienplätze und Begräbnisstätten waren unterwegs noch einen Besuch wert. Lebensgroße Wächterstatuen, Felsgrotten, aus denen Särge ragten, von Menschenhand geschaffene, offene und verschlossene Grabnischen, gestapelte Holzsärge, auch geborstene und abgestürzte, die ihren makabren Inhalt freigaben, Galerien mit Figuren der Bestatteten, Megalithgräber und mehrere Rante genannte Ritualplätze bestückt mit uralten Menhiren – die beeindruckende Palette war groß.

Vor dem prächtigen Tongkonan in Lempo trennten wir uns. Ein Paar scheute den Fußmarsch und fuhr voraus zu dem erhöht liegenden Ort Batutumonga. Irene und ich schlossen uns Milanda an.

Der Weg führte oberhalb steiler Reisterrassen straff bergauf. Eineinhalb Stunden waren zu verkraften. Die Belohnung stellte sich bald ein. Ein bestechendes Panorama erschloss sich uns. In der Ferne lag das Hochtal bei Rantepao, dahinter der Gunung Rantekomola, der mit 3.455 m höchste Berg Sulawesis und gegen das Licht der Mittagssonne konnten wir im Norden die zweithöchste Erhebung der Insel erkennen, den 2.950 m hohen Gunung Kambuna.

Die Wanderung wurde zu einem Fest der Sinne. Leichter Wind kühlte unsere erhitzten Wangen und trug zugleich den Duft des Regenwaldes heran, an dessen Saum wir entlang gingen. Über uns streiften Wolkenfetzen die Bergrücken und Gipfel, unter uns verschleierten zarte Nebelschwaden fast mystisch die Landschaft in den Tälern und neben uns blühten Gräser, die wir mit den Händen fühlten und zwischen denen kleine, langstielige Orchideen aufleuchteten.

Je höher wir kamen, umso kühler wurde die Luft, die uns schließlich frösteln ließ, als wir das unscheinbare Dorf Batutumonga erreichten, das rund 1.900 m über dem Meer lag. Schnell verschwanden wir im dort wartenden Wagen und brachen zur Rückfahrt auf.

* * *

In der Nähe der Ortschaft Londa hielten wir am nächsten Morgen an, stiegen aus und wanderten zusammen mit anderen im Gänsemarsch durch ein Tal und eine Anhöhe hinauf zur Totenfeier auf einem eigens eingerichteten Ritualplatz. Das Gedränge der Menschen war dort groß, die Zeremonien hatten bereits am Vortag begonnen, aber noch immer trafen Gäste ein, so auch wir.

Wir wurden mit Gongschlag vom Zeremonienmeister empfangen, der von Milanda ein Stange Zigaretten als unser Geschenk entgegennahm, dies über ein Mikrofon für alle hörbar bestätigte, unsere Gruppe aus fremden Landen vorstellte und uns einen Platz in einer der Logen zuwies, wo wir mit Tee und süßem Gebäck bewirtet wurden.

Milanda begann, das Geschehen zu erklären: „Alle Gebäude auf dem Rante wurden eigens für diese Totenfeier aus frisch geschlagenem Bambus errichtet. In dem auf Stelzen stehenden geschmückten kleinen Haus, zu dem die Leiter hinaufführt, wurde der Verstorbene aufgebahrt. Es ist der Bürgermeister." Sie machte eine Pause und fuhr uns zulächelnd fort: „Ihr Wort ‚Tomate' hat in der Sprache der Toraja eine andere Bedeutung. Wenn jemand krank ist, dann ist er ‚tomasaki', ereilt ihn der Tot, beginnt ein Nebeneinander von Leben und Tod, bis die ‚tomate' abgehalten wird, die Totenfeier. Der verstorbene Bürgermeister lag im hinteren Teil seines Hauses fast ein Jahr einbalsamiert und aufgebahrt bei seiner Familie, bis alle Vorbereitungen getroffen und vor allem genügend Geld angespart waren. Jetzt sitzen seine Frau und die Kinder bis zum Ende der Feier und dem Beginn der Bestattung an seiner Seite."

Weitere Gäste trafen inzwischen ein, mit Geschenken beladen, mit dicken Bambusröhren zum Beispiel, die mit Palmwein gefüllt waren, mit

Säcken voll Reis, mit Hühnern oder mit Schweinen, die sie, an den Füßen an Bambusstangen gebunden und mit dem Kopf nach unten, auf ihren Schultern trugen. Auch diese Gäste nahmen zuerst auf den Tribünen Platz oder zogen sich in die dahinter für die Dauer der Feier errichteten Gästehäuser zurück.

Uns gegenüber erhob sich das prächtigste Gebäude, eine offene wie ein Tongkonan gebaut Halle. Auf kostbaren Sesseln und Liegen hatten sich die Familienmitglieder samt Hofstaat und Dienern und der Rajah selbst niedergelassen, der nach offizieller indonesischer Staatsauffassung kein Amt inne aber doch das Sagen in seinem Bezirk hatte. Daneben saßen auf kleineren überdachten Tribünen die nahen Verwandten des Verstorbenen.

Von der Küche am Kopfende des Platzes drang Lärm herüber, Rauch stieg auf und einige Male ertönte ein lautes Quieken, als Schweine gestochen wurden. Das erhöhte die Vorahnung und den Pulsschlag; denn unmittelbar vor uns waren an Pfählen drei kräftige Wasserbüffel an Nasenringen angebunden, die geschlachtet werden sollten. Allerdings war es noch nicht soweit.

Auf dem Rante formierten sich die Ältesten in Gruppen – alle festlich bunt angezogen, schwarz nur die Angehörigen, die Männer in traditionellen Sarongs – bildeten Prozessionen, riefen wiederholt die Ahnen und guten Geister an, besänftigten die bösen Geister mit langatmigen Zauberformeln, führten zu Sprechgesängen Tänze auf und umkreisten in einer Art Polonäse in mehreren Ringen die Aufbahrungsstätte.

„Wir sollten hier noch etwa zwei Stunden bleiben", schlug Milanda vor, „und uns dann bei der Küche treffen, den Palmwein versuchen und eine kleine Mahlzeit einnehmen, wenn Sie möchten, und" – sie blickte auf die Uhr – „gegen ein Uhr aufbrechen."

Eine der älteren Frauen, die sich um den Ablauf kümmerten, forderte uns mit einem Wink auf, in die Reihe der Trauergäste zu treten und zur Mitte des Rante hinaufzugehen. Dort nahmen wir gemeinsam, wie alle anderen auch, unter dem spitzen Dach der Aufbahrungsstätte Aufstellung, blickten hinauf zum Sarg und der Familie und brachten mit einer Verbeugung unser Mitgefühl und unsere Ehrerbietung zum Ausdruck.

Dann zog ich mich mit meiner Frau zurück und suchte auf den seitlichen Stufen der fürstlichen Halle einen geeigneten Standort, um das weitere Geschehen auf dem Rante überblicken zu können.

Milanda kam an unsere Seite und meinte, einer der Dorfältesten würde gerade über das Leben des Verstorbenen berichten und alle Anwesenden um ihren Beistand für diesen bitten. „Im Mittelpunkt der kultischen Handlungen steht bei den Toraja Puang Matua, das oberste göttliche Wesen. Sie würden es vielleicht Schöpfer nennen", sagte sie zu uns gewandt und fuhr fort: „Der Übergang vom Erdenleben in das Land der Toten, nach Puya, und von dort in die Oberwelt, die sie Langi nennen, hat für sie größte Bedeutung, denn damit kommt die Seele des Toten Puang Matua sehr nahe. Diese Oberwelt erreicht die Seele des Verstorbenen aber nur mit Unterstützung der lebenden Verwandten, Freunde, der vielen Gäste und mit reichlichen Opfergaben. Deshalb diese großen, mehrere Tage dauernden Totenfeiern."

Noch während sie das sagte, scheint der dafür Verantwortliche zur Opferung der Büffel aufgerufen zu haben. Der Schlächter trat heran, ein drahtiger Bursche, in der Hand eine Art Schwert. Er holte aus und durchtrennte mit einem kräftigen Schlag von unten den Hals und damit die Schlagader des Tieres. Im Takt des Herzschlags schoss schwallartig Blut heraus, bis nach kurzer Dauer der Büffel zusammenbrach.

Das aufwühlende Schauspiel wiederholte sich unter reger Beteiligung vor allem der Männer und Jugendlichen. Der zweite und dann der dritte Büffel wurden losgebunden und herangeführt. Beim letzten spritzte das Blut in weitem Bogen, der Büffel sprang mehrfach mit den Hinterbeinen hoch und der Schlächter musste einen zweiten Schlag setzen, damit das Tier endlich fiel.

Dann traten Helfer herbei und zertrennten und portionierten mit langen Messen die toten Körper, die in ihrem Blut am Boden lagen. Den Großteil trugen sie in die Küche zum Braten und Garen, kleinere Stücke wurden an Gäste verteilt.

In der Halle mit den Feuerstellen und Kochtöpfen herrschte großes Gedränge. Die Gäste aßen und tranken reichliche bei lauter Unterhaltung. Wir gingen mit Milanda und den anderen, die inzwischen zu uns gestoßen waren, daran vorbei. Neben dem Pfad, der hinter der Küche zurückführte, lagen die Reste der geschlachteten Schweine, die Klauen, blutige Häute, Knochen und Köpfe von Hühnern inmitten ihrer Federn und Krallen.

„Die Macht der Tradition verlangt die meist alle finanziellen Möglichkeiten überfordernden Begräbnisfeiern und die Ohnmacht der nachfolgenden Generationen treibt viele Familien in den Ruin."

Mit diesen Bemerkungen schloss Milanda den Besuch der Totenfeier.

„Können wir als Gäste auch bei der eigentlichen Beerdigung dabei sein?", wollte einer der Gruppe wissen.

„Nein, dieses Ritual wird nur im engsten Kreis der Familie vollzogen. Aber ich zeige Ihnen noch einige der besonders interessanten Begräbnisstätten."

Die anschließende Fahrt nach Lemo war kurz. Wir parkten und liefen in einem Tal zu den nahen Bergen. Schroffe Kalksteinfelsen und zartgrüne Bambushaine begrenzten die Felder beidseits eines Flüsschens, in dessen Auen Reis und Gemüse angebaut wurden. An einem Wehr nässten und seiften Frauen ihre Wäsche, während Kinder spielten und ins Wasser sprangen. Nicht weit davon entfernt stand ein junger Mann im Schilfrohr und angelte. Stolz deutete er auf zwei kleine Fische in einem Korb, die ihm an den Haken gingen.

Noch ein paar Minuten des Wegs und wir standen staunend vor einer der bekanntesten, da auch in Büchern und Medien gezeigten Nekropolen der Torajas. In luftiger Höhe waren mehrere lange Nischen in die Felswand getrieben worden, aus denen hinter Holzbrüstungen Ahnenfiguren auf uns herabblickten. Tau-tau wurden die oft naturgetreuen Nachbildungen der Verstorbenen genannt, die als Mittler zwischen den ins Reich der Toten aufgestiegenen Seelen und den Nachkommen galten. Alle Figuren waren bekleidet und trugen Kopfbedeckungen, einige auch Schärpen quer über der Brust als Zeichen ihres Ranges.

Die Verstorbenen selbst waren in Särgen oder nur in Tücher gehüllt in Nischen oder in den Fels geschlagenen Kammern bestattet worden und unter einer überhängenden Felswand hingen mehrere Särge an Seilen frei schwebend festgebunden.

Fasziniert und berührt zugleich verharrten wir mehrere Minuten. Hier wurde nicht beerdigt, hier fanden keine Begräbnisse statt, hier wurden die Leichen beigesetzt, bestattet und für die Nachkommen möglichst sichtbar aufbewahrt.

Auf allen Erdteilen bewegt die Ungewissheit über das Danach die Menschen auf sehr unterschiedliche Weise. Die einen hoffen voll Sehnsucht auf ein Leben nach dem Tod in einem göttlichen Paradies, die anderen erwarten eine Wiedergeburt in einer privilegierten Kaste und in einer möglichst besseren Welt, bei den Batak auf Sumatra sahen wir Si Gale Gale Holzpuppen als Fürsprecher für die Verstorbenen und auch Steinfiguren und Zeremonienstäbe, mit deren Hilfe die Schamanen mit den Ahnen Kontakt aufnehmen, um deren Kraft auf die Lebenden zu übertragen, im Land der Toraja blicken die Tau-tau auf ihre Nachfahren herab und im angrenzenden und doch so fernen Pazifischen Ozean sind es die steinernen Moai auf Tahiti und den Osterinseln und die aus Holz geschnitzten Tikis auf Hawaii, die einen in Erstaunen versetzen und zugleich Rätsel aufgeben.

Milanda blickte auf die Uhr. „Wir haben noch Zeit für den Besuch einer ganz außergewöhnlichen Beisetzungsstätte." Sie eilte voraus zum Wagen, der uns in einer knappen halben Stunde in ein verstecktes Tal brachte. Unterwegs passierten wir in einer hügeligen Landschaft bei Suaya eine hohe Felswand, in der die sieben Fürsten von Sangalla samt ihrer Familien und ihrer Tau-tau Figuren bestattet wurden. Weder der fürstliche Tongkonan noch das Dorf Sangalla selbst schien Milanda kurz darauf einen Besuch wert. Sie eilte wieder voraus, wir in ihrem Gefolge hinterher.

Über einen Pfad gelangten wir zu einem aus dem Fels geschlagenen Tor, hinter dem sich eine bewaldete Senke öffnete, zu der wir hinab stiegen. Kühle umfing uns am Lauf einer Quelle, die einen Teich speiste. Ein idyllisches Plätzchen. Die Sonne blinkte durch die Stängel einer Bambusgruppe. Der Wind spielte mit den Blättern. Vögel zwitscherten. Im Schatten einiger knorriger alter Bäume hielt ein junger Mann seine weinende Frau fest an sich drückend in den Armen. Beide schauten noch einmal mit traurigen Blicken nach oben, bevor sie schluchzend auf dem Pfad an uns vorbei zum Tor zurückgingen.

Milanda ging auf den Baum zu, vor dem das Pärchen gestanden hatte, befühlte ihn mit ihren Händen und bat uns zu folgen. „Sehen Sie nach oben", sagte sie auffordernd. „An diesen Bäumen erkennen Sie dicke Narben in der Rinde und einige Spalten, die mehr oder weniger zugewachsen sind, als auch noch größere Öffnungen, die mit einem Bastgeflecht abgedeckt wurden." Sie ließ uns Zeit, die wir sprachlos und voll Ahnung nach oben blickten. „Babys, die bei der Geburt sterben oder noch ehe sie die ersten Milchzähne bekommen haben, bestatten die Torajas nicht in ihren Felsengräbern und auch nicht in der Erde." Sie deutete nach oben. „Die Torajas geben diese Kinder der Natur zurück, damit sie mit ihr und in ihr weiterleben."

Als mein Opa starb, der Vater meines Vaters, war ich zum ersten Mal bei einer Beerdigung – einer Erdbestattung im Sarg. Im Lauf der Jahre lernte ich den Ablauf von Trauerfeiern in Aussegnungshallen, Kirchen und Krematorien kennen, trug gemeinsam mit meiner Frau die Urnen der Schwiegereltern ans Grab, nahm an Verbrennungszeremonien in Indien und Sri Lanka teil und sah, wie Angehörige die Asche in den Ganges und ins Meer streuen, besuchte die Nekropolen der ägyptischen Pharaonen, der chinesischen Kaiser, die Hügelgräber der Kelten und Germanen, nahm an einem Begräbnis in einem Friedwald teil und warf Blicke auf Kindergräber, an denen ich mehr zufällig vorbeiging. Doch hier erwartete uns völlig unvorbereitet das bisher Unvorstellbare – ein zu Tot gekommenes Kind lebt mit und in der Natur weiter.

„Pasiliran sagen die Torajas zur Baumbestattung", raunte Milanda uns zu. „Sie schlagen eine Kerbe in einen der alten Bäume, wickeln ihr Liebstes in Tücher und stellen das Bündel hinein. Der Baum verschließt nach einigen Jahren seine Wunden und nimmt die toten Kinder ganz in sich auf, bis ihre Seelen mit ihm zusammenwachsen."

Schweigend und gerührt verharrten wir eine ganze Weile an diesem schönen und zugleich sehr bedrückenden Ort im Land der Torajas. Wir sammelten Eindrücke, von denen wir noch nie gehört oder gelesen hatten, noch nicht einmal in unseren Träumen erfuhren, die wir aber tief im Herzen bewahrten.

Im Abseits beim Uluru

Als Aussteiger aus dem Berufsleben zog ich mich, für meine bisherige Geschäftswelt unauffindbar, für mehrere Monate zuerst nach Neuseeland und anschließend nach Australien zurück. Der Übergang in den Ruhestand war von mir von langer Hand geplant und er sollte endgültig sein, was mir auch gelang.

Lizie empfahl uns, unbedingt auf ‚The Rocks' zu übernachten. Wir korrespondierten ein halbes Jahr vor der Abreise per Telefax – einer aus heutiger Sicht vorsintflutlichen, aber damals doch sehr praktischen und schnellen Methode des Schriftwechsels, die Kopien von Stadtplänen und Auszüge von Landkarten einschloss und den Austausch von Fragen und Antworten in rascher Folge über größte Entfernungen ermöglichte. Ich suchte ein Hotel im Herzen der Stadt mit einer Garage für den Mietwagen. Nur zwei hatten diese Vorzüge und das ehrwürdige Old Sydney Parkroyal auf dem Hügel zwischen dem Circular Quay mit den Landungsstegen der Fähren und Darling Harbour war das günstigere – von preiswert keine Rede.

Das Fremdenverkehrsbüro überhäufte mich per Post mit Informationsmaterial, das mehrere Ordner füllte. Sydney, das Umland und ganz Australien erschlossen sich mir ungefiltert und ausgiebig. Nur über die Ureinwohner blieben die Angaben dürftig.

Gelandet waren wir auf dem Internationalen Flughafen in der Botany Bay. Auch Captain James Cook setzte in dieser Bucht erstmals seinen Fuß auf den Boden der ‚terra australis incognita', auf jenen – der Meinung früherer Wissenschaftler nach – im Süden der Erde vermuteten Kontinent, der das Gleichgewicht zu den Landmassen des Nordens gewähren sollte und der englisch-umgangssprachlich als ‚down under' bezeichnet wird.

Auf der Dachterrasse unseres Hotels eröffneten wir mit einem kühlen Forsters in der Hand den zweiten Teil meines Ausstiegs aus dem Berufsleben. Wir saßen am Pool und genossen den großartigen Blick auf die beiden Wahrzeichen der Stadt – die als Kleiderbügel verballhornte Harbour Bridge und die eigenwillig geformte Dachkonstruktion des Opernhauses. Menschenmassen quollen aus den Türöffnungen, die sich auf den Stufen der breiten Freitreppe während einer Aufführungspause niederließen – ein Bild, das der Niederkunft einer schwangeren Auster glich, wenn der von den Berlinern für ihre Kongresshalle verwendete Vergleich von mir auch auf das Opernhaus der Stadt Sydney übertragen werden darf. Er passte hier einfach besser.

Wir verbrachten lebhafte Tage in der Stadt, ihrer Umgebung, in den Buchten, an langen Stränden, auf den Kaps und genossen ausgiebig die Küche origineller Restaurants in den Hafenvierteln und das Nachtleben in den Pubs und Jazzkneipen. Dann starteten wir zu einer ersten Fahrt in das Landesinnere.

Jahrzehnte lang suchten einst die Pioniere nach einem Weg und einer Passage in das Zentrum des australischen Kontinents. Ein mit dichtem Buschwerk und undurchdringlichen Wäldern bestandenes über 1.000 m hohes Sandsteinplateau, das immer wieder an steil abfallenden Felswänden endete, bildete eine schier unüberwindbare Barriere.

Die erste Durchquerung gelang einer Drei-Mann-Gruppe im Jahr 1813. Die Pioniere waren siebenundzwanzig Tage unterwegs, bis sie endlich einen Abstieg aus der Bergwelt fanden, der in fruchtbare Täler und weite Ebenen hinunter und hinaus führte.

Über den Great Western Highway, der Jahre später auf dem von den Entdeckern geschlagenen Pfad gebaut wurde, gelang uns die Anreise in weniger als zwei Stunden. In Wentworth Falls legten wir einen ersten Halt ein, dort wo bereits der große Naturwissenschaftler und Weltumsegler Charles Darwin rastete und die Gegend erforschte.

Am 28. Januar 1836 schrieb er an seine Frau: „Meine liebe Susan, zwei Tage nach meiner Ankunft in Sydney ritt ich nach Bathurst, ein 130 Meilen entfernter Ort, und zu den Wasserläufen, die in das weite unbekannte Landesinnere fließen. Nur bei solchen Ausflügen können die typischen Merkmale erkannt werden. Das Klima ist sehr trocken und der Boden leicht. Die Landschaft ist einzigartig in ihrer Gleichförmigkeit. Überall war offenes Waldland. Alle Bäume haben den gleichen Wuchs und ihre Blätter die gleiche Farbe."

Wir folgten den Spuren Charles Darwins, der fasziniert wie wir dem Lauf des Jamison Creeks bis zu den Klippen folgte. Der an der Falls Road beginnende Pfad wurde nach ihm Charles Darwin Trail benannt. Eine tiefe Schlucht öffnete sich vor uns, als wir nach langem Marsch die Abbruchkante mit dem weiten Blick auf die Wasserfälle und die Landschaft darunter erreichten. Regenwasser hatte über die Jahrmillionen aus dem Hochplateau ein breites und tiefes Tal ausgewaschen, das sich bis zum Horizont wie eine von schroffen Felswänden eingerahmte Meeresbucht ausdehnte. Tafelberge waren in der Ferne zu sehen, die, wie die ganze Landschaft und die Täler dazwischen, mit Eukalyptusbäumen bewachsen waren. Hervorgerufen durch die den Blättern entströmenden ätherischen Öle, in denen sich die Sonne brach, lag über allem ein fast unwirklich blauer Schimmer, der den Blue Mountains ihren Namen gab.

Wir blieben mehrere Tage in dieser faszinierenden und größtenteils sehr ursprünglichen Landschaft, wanderten durch Täler, Schluchten und Wälder, rasteten auf tiefgrünen weichen Mooskissen und atmeten den würzigen Duft einer uns meist unbekannten Pflanzenwelt. Wir begegneten zahlreichen Einheimischen wie Fremden; auf Ureinwohner stießen wir nicht.

Das war zur Zeit Darwins noch anders. Beim Ort Penrith, wo zwei Brücken den Fluss Nepean querten, musste er mit der Emu Ferry übersetzen. In seinem Buch „The Voyage of the Beagle" beschrieb er ein Zusammentreffen mit Aborigines, das sich in dieser Gegend ereignet haben muss:

„Beim Sonnenuntergang kam eine Gruppe schwarzer Aborigines vorbei. Jeder trug in der ihnen eigenen Weise ein Bündel Speere und andere Waffen. Für einen Schilling warfen sie ihre Speere zu unserer Unterhaltung. Alle waren nur teilweise bekleidet und einige sprachen ein bisschen Englisch. Ihre Gesichter waren gutgelaunt und freundlich und sie erschienen weit entfernt von solch völlig niedrigen Wesen, wie sie sich üblicherweise darstellten. In ihrer Art sind sie bewundernswert. Im Verfolgen von Tieren oder Menschen zeigen sie erstaunliche Klugheit und ich hörte verschiedene Bemerkungen, die beachtlichen Scharfsinn bekundeten. Sie werden jedoch nicht den Boden bewirtschaften oder Häuser bauen und sesshaft werden, oder gar die Mühe aufbringen, eine Herde Schafe zu hüten, die ihnen geschenkt wird."

Über seine Begegnung mit den Aborigines schrieb Charles Darwin weiter: „Es ist sehr merkwürdig, sie inmitten eines kultivierten Volkes zu sehen, eine Reihe umherstreifender Wilde, ohne zu wissen wo sie nachts schlafen werden und wie sie ihren Lebensunterhalt durch Jagd in den Wäldern sichern konnten. Die Zahl der Aborigines nimmt zusehends ab. Während meines gesamten Ritts sah ich nur noch eine weitere Gruppe. Dieser Rückgang wurde zweifelsohne teils durch die Einführung alkoholischer Getränke verschuldet, durch europäische Krankheiten und die teilweise Ausrottung wilder Tiere. Man sagt, dass zahlreiche ihrer Kinder zunehmend in frühester Jugend als Folge ihres Wanderlebens sterben."

Das sind alles weise Erkenntnisse aus der Anfangszeit der Besiedlung Australiens, die nicht nur ihm, dem Wissenschaftler, sondern auch den politisch Verantwortlichen bewusst waren, ohne dass diese daraus Lehren zogen oder ziehen wollten, um den Ureinwohnern ausreichenden Lebensraum zu lassen oder diesen in geeigneten Schritten eine auskömmliche Bildung zu vermitteln und sie an ein leichteres und wirtschaftlich stabileres Leben heranzuführen.

* * *

Die Chance zu einer eigenen Begegnung mit den Ureinwohnern ergab sich für uns erst im Herzen des Outbacks – irgendwo im Nirgendwo.

Auch das Innere Australiens hat sein besonderes Gesicht. Das Rote Zentrum rings um den Uluru und Alice Springs, zu dem wir von Melbourne aus starteten, wird von zahlreichen Wüsten umgeben – von der Victoria Desert und der Gibson Desert im Süden, der Simpson Desert im Nordosten und der Great Sand Desert im Nordwesten.

Schon bald nach dem Abheben unseres Flugzeugs verschwanden die grünen Flächen der Weingärten, Obstplantagen, Gemüse- und Getreidefelder und die Weiden der Schaf- und Rinderzüchter unseren Blicken. Eine Gebirgskette baute sich unter uns auf, die Flinders Ranges, von tiefen, grünen Schluchten durchzogen, mit Eukalyptuswäldern und Akazien an den sanfteren Hängen und von der Sonne verbrannten Ebenen in den weiten Tälern. Wir überflogen einen riesigen Salzsee, den Lake Torrens, an dessen Rändern sich die Sonne in langen Wasserstreifen und einigen Zuflüssen spiegelte. Ein weiterer, noch viel größerer See kam in Sicht, der Lake Eyre, der aufgrund heftiger Regenfälle reichlich Wasser, aber auch große, salzverkrustete Flächen zeigte. Dann verwandelte sich die Landschaft mehr und mehr in eine Wüste, bis schließlich die Sanddünen der Simpson Desert unter uns vorbeizogen. Kurze Zeit später verfärbte sich der Boden, wo er ohne scharfe Linie in das Herz des Outbacks, das eigentliche Red Centre überging.

Die Maschine setzte am frühen Nachmittag auf dem Connellan Airport von Yulara inmitten des scheinbaren Nichts auf. Mit einem gemieteten Land Cruiser – wir entschieden uns für einen 4WD, ohne zu wissen, ob wir Allradantrieb brauchen würden – fuhren wir die wenigen Kilometer zum Ayers Rock Resort, wo wir uns im Outback Pioneer Hotel einquartierten.

Vier Wochen waren wir in Australien bereits unterwegs, ohne zumindest bewusst mit den Ureinwohnern bisher in direkten Kontakt gekommen zu sein – weder in den Städten, noch auf dem Lande, anders als in Neuseeland, wo wir in Rotorua und auch anderswo häufig mit Maori oder mit maoristämmigen Menschen zu tun hatten.

Hier im Red Center verhielt sich dies anders. Wiederholt begegneten wir Aborigines, die sich selbst Anangu, Menschen, nennen – bei der Übernahme des Wagens am Flughafen, beim Buchen des Kuniya Walks im Resort, bei gemeinsamen Rundgängen und anderen Gelegenheiten.

Was mögen sie gefühlt haben, wenn wir sie betrachteten? Ob sie auch uns in besonderer Weise wahrzunehmen versuchten, ob sie sich fragten, wer wir sein könnten, woher wir kamen?

Natürlich warfen wir neugierige Blicke auf sie, mehr diskret und verstohlen als direkt, aber doch bemerkbar für sie. Spürten sie auch durch unsere Gegenwart die Ungerechtigkeit, die man ihnen und ihren Vorfahren angetan hatte, die Erniedrigung ihres Lebens, der sie ständig ausgesetzt waren, fühlten sie sich auch durch uns verletzt, die wir doch nur Gäste ihres Landes waren? Sie erschienen uns zur Bedeutungslosigkeit verurteilt, jeder Hoffnung beraubt, an Herz und Seele gebrochen.

Mehrere von ihnen, Männer wie Frauen, keine Kinder, standen in der schmalen, schattigen Gasse zwischen dem Supermarkt und der Post, der Telefonzelle und dem Bankschalter auf der anderen Seite. Ich versuchte sie mit einem Lächeln und einem „hello" anzusprechen, oder einem „hi", erzielte aber keine Reaktion. Strenger Geruch umgab sie in ihrer Armseligkeit, wie sie so dastanden oder mit dem Rücken an der Hauswand hockend kauerten.

Irene, die irgendwelche zu Ende gegangenen Toilettenartikel nachkaufte, während ich mich um die Wasserflaschen kümmerte, kam leicht verstört auf mich im Supermarkt zu.

„Ich habe gesehen, wie die beiden Frauen gerade vor uns auf ihre Art preiswert einkauften. Sie griffen zweimal im Vorbeigehen ins Regal und ließen irgendetwas in ihren Jackentaschen verschwinden."

Sie trugen eine Art Anorak mit großen Taschenschlitzen, weinrot die eine, dunkelblau die andere. Ob ihrer Körperfülle strebten sie langsamen und schweren Schrittes dem Ausgang und dort dem Parkplatz zu. Zwei Männer folgten ihnen. Einer öffnete die Schließanlage eines verbeulten, alten Holdens, mit dem sie gleich darauf wegfuhren.

Fotos nahm ich weder bei dieser noch bei anderen Gelegenheiten von den Ureinwohnern Australiens auf. Ich respektierte trotz ihrer phlegmatischen Einfachheit ihre Persönlichkeit, die im Grunde genauso unantastbar sein sollte, wie die unsrige.

Das bekannteste Felsgebilde Australiens, der Ayers Rock, wird von den Anangu Uluru genannt. Vom erhöhten Aussichtspunkt beim Hotel sammelten wir erste Eindrücke von der unendlichen Weite des Outbacks, das sich entgegen den Erwartungen gar nicht so rot zeigte. Verblasste Bündel reckten sich in die Höhe, scharfblättrige Spinifexgräser, deren Grün im Herbst zu schwinden begann, dazwischen eingestreut kleinblättrige Büsche und ein, zwei Eukalyptusbäume und am Horizont überragte der Uluru die flache Landschaft.

Wir brachen sogleich auf, um das Spektakel des Sonnenuntergangs vor Ort zu erleben, ein Muss für jeden Besucher des Roten Zentrums Australiens. Der Uluru-Kata Tjuta National Park ist Eigentum der Aborigines. Wir erwarben am Eingang Tickets, die für drei Tage galten – ausreichend für unsere Pläne – und fuhren hinein.

„Pukulpa pitjama Anaguku ngurakutu – Willkommen im Land der Aborigines", wir waren im Land der Ureinwohner angekommen.

Das Gewaltige und Faszinierende am Uluru war nicht so sehr seine absolute Größe, er ist etwa 3 km lang und 350 m hoch, sondern die Tatsache, dass er die einzige nennenswerte Erhebung in einer unendlichen Ebene darstellte – ein roter Felsblock inmitten des Nichts.

Die Aborigines verehrten ihn als heilige Stätte. Er war und ist für sie wie für uns Fremde ein magischer Ort, ein Ort des Zaubers, der in Wasserlöchern das zum Leben notwendige Nass spendete und Schatten bot, wenn die Sonne bei glühender Hitze im Zenit stand; er war und ist gleichzeitig ein mystischer Ort, von dunklen Geheimnissen umgeben, neugierig machend und anziehend, aber auch Furcht einflößend und abstoßend.

Hier, in der unmittelbaren Umgebung des Uluru, lebten Stämme der Aborigines Jahrtausende lang ihr einfaches Leben – und sie tun dies noch heute.

Anfangs waren wir fast allein auf dem Parkplatz im Westen des Uluru, von dem aus sich der beste Blick bot. Das änderte sich rasch, je näher der Zeitpunkt des Sonnenunterganges rückte. Wir beachteten dies kaum. Das gebotene Wechselspiel der Farben fesselte zu sehr. Bei der Ankunft zeigte sich der Fels noch als blasse Kulisse, die nach und nach eine kräftige hellrote Farbe annahm. Eine Wolke verfinsterte kurzzeitig die Szene. Sie verflog rasch und der Uluru erglühte in leuchtendem Feuerrot, um sich fast unvermittelt in eine drohende dunkle Wand in der beginnenden Dämmerung zu verwandeln.

Am nächsten Tag fuhren wir wieder hinaus zum Uluru. Wir wollten einiges über Geschichte und Brauchtum der Ureinwohner erfahren und gingen den Kuniya Walk mit einem Anangu als persönlichen Führer. Der bärtige Typ erzählte aus der von seinen Vorfahren überlieferten Schöpfungsgeschichte, „die wir nicht ‚Traumzeit' nennen, das ist ein von den Nicht-Aborigines geprägter Begriff", betonte er und sprach von der ursprünglichen Leere der Welt, von den zur Schöpfung fähigen Wesen, den ersten Menschen, Pflanzen und Tieren, die sich alle entfalteten und entwickelten und die Landschaft so gestalteten und formten, wie wir sie heute kennen. Eine besondere Rolle spielte dabei die Regenbogenschlange, ließ er uns wissen, sie formte Berge und Täler, ließ regnen, spannte über die Erde den Regenbogen und schuf die Wasserlöcher. Sie gilt als Symbol der Fruchtbarkeit und als Beschützer der Anangu wie auch aller anderen Stämme, aber auch als konsequenter Verfolger der Gesetzesbrecher.

Im Land der Anangu lebt der Geist dieser Schöpfung fort, hörten wir weiter. Plätze, an denen sich besondere Dinge ereigneten, werden von den Anangu ‚Iwara' genannt – Pfade, Wege oder auch markante Punkte des Landes – von denen einige heilige Stätten darstellen, wie der Uluru. „Besteigen Sie den Uluru nicht, er ist uns heilig", sagte er bittend und fuhr fort die ‚Tjukurpa' zu erklären, ein Begriff, hinter dem sich die Geschichte der Anangu, ihre Kultur, Moral und Gesetze verbergen, wie auch die Beziehungen und Bindungen zwischen den Menschen, den Pflanzen, allen Kreaturen und dem Land auf dem sie leben, und wie diese Beziehungen im täglichen Leben und in religiösen Zeremonien zu pflegen sind. Zum Abschluss seiner Erklärungen empfahl er uns, drei Wege zu gehen, den Liru Track, der zum Uluru hinüberführt, und dort den Mala Track als auch den Mutitjulu Track, der auch Kuniya genannt wird.

In der Maruku Galerie des Cultural Center verkauften die Anangu allerlei kunsthandwerkliche Dinge – aus Holz geschnitzte Schlangen, Katzen, Eidechsen, Vögel und Mäuse, Bumerangs, Speere, Schalen, Werkzeuge, Faustwaffen und andere Souvenirs. Wir erstanden einen mit einer Eidechse bemalten Bumerang und lernten, dass es nicht zurückkommende gibt, die zur Jagd verwendet werden, und zurückkommende wie der unsrige. Eine der kleinen Schalen, die Piti oder Wira heißen, gefiel uns wegen des eingebrannten Musters besonders. Mit ihr wird Wasser geschöpft und getrunken, aber auch im Boden nach essbaren Maden und Würmern gegraben, hörten wir von der Verkäuferin, die uns mit einem „Pulya, alles o.k.?" verabschiedete und schnell noch den Hinweis gab, dass wir uns jetzt in der Wildnis des Outback selbst versorgen könnten.

Auf dem sich durch eine Savanne mit Akazien, dornigen Büschen und Spinifexgras windenden Liru Weg gingen wir nur ein paar Meter, da wir den Wagen nicht zurücklassen wollten, mit dem wir zum großen Parkplatz am Fuß des Uluru hinüberfuhren.

Je näher wir kamen, desto mächtiger wirkte der Felsblock, der in hunderttausenden von Jahren aus dem Boden heraus gewaschen und von Regenwettern und glühenden Sonnenstrahlen zerklüftet und vernarbt wurde. Seine stark verwitterte Oberfläche war rau. Ameisengleich krabbelten zahlreiche Besucher hintereinander hinauf bis zur höchsten Kuppe des Heiligtums der Anangu, die Bitte ignorierend, den Uluru nicht zu besteigen.

Wir folgten dem Wegweiser des Mala Tracks, der sich, wie von dem Anangu angekündigt, größtenteils im Schatten des Felsmassivs an der Basis im Uhrzeigersinn nördlich schlängelte. Mala war der Name eines Clans, der mit ‚Rotes flitzendes Känguru' übersetzt werden kann. In ihren Wohnhöhlen waren Felsmalereien zu sehen, die wir nur bedingt deuten konnten. Einen Vogel entdeckte ich, eine Schlange und eine Spirale, die an die sich drehende Urwelt, an die Welt vor unserer Zeit erinnerte. Außer uns war niemand mehr auf dem Weg. Dafür trieben tausende Fliegen ihr Spiel mit uns. Die Wangen und Lippen waren ihre liebsten Landeplätze, sie versuchten in die Nasenlöcher und Ohrhöhlen hineinzukommen, wo sie Feuchtigkeit witterten und uns kitzelnd fast zur Weißglut brachten. Wild um uns schlagend setzten wir den Gang fort, vorbei an tiefen Spalten und Rissen, kleineren Schluchten und mehreren Höhlen bis wir die Kantju Schlucht mit dem zum Überleben wichtigen Wasserloch erreichten. Wenige Minuten danach stießen wir auf zwei weitere heilige Plätze der Ureinwohner, Waratuki und Tjukatjapi, die den Männern und Frauen für zeremonielle Handlungen dienten. Dann kehrten wir um.

Im Ininti Café des Cultural Centre nahmen wir einen Imbiss ein. Leider war die Broschüre „An Insight into Uluru" vergriffen. Wir mussten uns darauf verlassen, das Englisch des Anangu-Führers zu verstehen, meldeten uns zum gebuchten Rundgang und fuhren zum Treffpunkt auf der Südseite des Uluru am Parkplatz bei der Felsnase, die sie Pulari nennen, Große Frau.

Unter einem wilden, zottigen Haarschopf und buschig bestandenen Augenwülsten lugten warme braune Augen hervor. Sein Alter war schwer einzuschätzen – die dunkle grau-braune Haut, die breite Nase und die vernarbten dicken Wangen machten ihn zum Greis, der er noch nicht war – seine quakende Sprache war nicht zu verstehen.

Der Anangu-Führer deutete auf eine nahe Schlucht, sagte etwas und ging voraus. Ein jüngerer Guide, der unter einem breitkrempigen Hut hervorlächelte, übersetzte die Begrüßung ins Englische und wir folgten den beiden durch die dünn bewachsene rotbraune Steppe bis wir einen sanft nach oben führenden Hohlweg erreichten. Der Führer erzählte aus den Mythen der Vorfahren und fügte den am Vormittag gehörten Überlieferungen aus einer Zeit vor 50.000 Jahren weitere hinzu. An den heiligen Plätzen hinterließen die Schöpferwesen einen Teil ihrer Energie, erfuhren wir, und die Anangu versuchen in ihren rituellen Zeremonien die Kräfte der Ahnen auf sich zu übertragen. Die Überraschung war groß, als sich vor uns das Mutitjulu Wasserloch auftat, geheimnisvoll in der Basis des blanken Felsens versteckt und viel größer als erwartet.

Hier hält sich die Wanampi Wasserschlange seit alters her auf, ein heiliges aber nicht geheimes Wesen.

An der Wand eines Überhangs deutete der Führer einzelne Symbole der Felsmalereien: drei Kreise ineinander stellten einen Baum dar, eine Kreisfläche ganz aus Punkten ein Wasserloch, eine Spirale erinnerte an die Urwelt und das sich stets erneuernde Leben und eine Art doppelter Pfeil wies auf einen Pfad der Kängurus hin.

Auf dem weiteren Weg entlang der Südseite des Uluru hörten wir vom ursprünglichen Leben der Eingeborenen, bekamen Pflanzen und Büsche gezeigt, deren Früchte oder Wurzeln essbar sind, deren Blätter und Rinden ebenfalls der Nahrung dienen aber auch der Medizin.

Das Spiel von Licht und Schatten auf den Felshängen des Uluru faszinierte. Täler, Schluchten, Spalten und Höhlen wechselten einander ab; davor bildeten verdorrte Gräser, niedrige Akazien und schlanke Eukalyptusbäume mit mattgrünen Blättern einen bescheidenen Bewuchs. Der Guide deutete auf einen Felsen, der sich in einiger Entfernung wie eine Nase vom Sockel des Massivs abhob. „Der Kuniya Piti, ein weiterer Kultplatz", sagte er mit ausgestreckter Hand. „Hier huldigen die Männer dem Woma Python, einer gestreiften braunen Schlange, die ihre Eier schützend wie eine Kette um den Hals trägt." Er blieb geraume Zeit stehen, gab uns Zeit zum Betrachten, um dann mitzuteilen: „Die Führung endet hier, wir gehen zurück." Das Ende des Rundgangs kam unerwartet plötzlich.

„Wo wohnen Sie und die Anangu?", sagte ich zum Übersetzer, der diese Frage an den älteren Guide weitergab.

Dieser breitete beide Arme aus, deute in alle Richtungen und antwortete und der Jüngere ließ uns mit einer abschließenden Handbewegung wissen: „Hier überall und in Yulara."

Möglicherweise war die Frage unangenehm, denn mehr war aus den beiden nicht herauszubekommen.

Wir fuhren auf dem Lasseter Highway noch einige Kilometer tiefer hinein in den Uluru-Kata Tjuta Nationalpark zur Felsgruppe der Olgas, die von den Anangu Kata Tjuta genannt werden, viele Köpfe.

Der Uluru verschwand rasch im Rückspiegel. Ringsum war die Landschaft auf den ersten Blick trostlos, eine rot-braune Steppe aus der sich ein paar Eukalyptusbäume hervorhoben. Ein Känguru entschwand beim

Näherkommen mit ausladenden Sprüngen, das erste und einzige, das wir auf dieser langen Reise zu Gesicht bekamen. Kurz darauf bemerkten wir einige Anangu, die hinter den Büschen durchs Gelände streiften, doch sie verschwanden rasch, als wir hielten und ausstiegen. Dafür wurden wir mit blühenden Pflanzen belohnt, die verstreut in einer Senke wuchsen und weiß, gelb, rot, blau oder lila auf sich aufmerksam machten. Ein größerer, buschiger Strauch mit filigranen kaminroten Blütenständen gefiel besonders, eine Callistemon, der wir schon einmal in einem der Täler der Blue Mountains begegnet waren.

Das Leben der Eingeborenen, der Aborigines, zeigte noch immer Spuren ihrer Ursprünglichkeit. Sie kamen, wie alle Homo sapiens, also alle Menschen der Jetztzeit aus dem Great Rift Valley Afrikas stammend, vor geschätzten fünfzigtausend Jahren über eine damals noch existierende Landbrücke auf den unbekannten Kontinent. Sie breiteten sich dort als Jäger und Sammler aus, wurden nur bedingt sesshaft und betrieben weder Landwirtschaft noch Viehzucht. Jahrzehntausende lang lebten sie in unverändert archaischer Einfachheit.

Die Aborigines vermochten nicht, ihre Jahrtausende alte Mentalität und mystischen Bräuche und Riten weiterzuentwickeln. In ihren Reservaten und dort, wo sie an den Rändern von Städten untergekommen sind, herrschte eine vom Alkoholismus gezeichnete Verwahrlosung, in der Kindsmissbrauch und Kriminalität an der Tagesordnung ist. Die Regierungen bemühen sich, die Ursprünge der Aborigines als Kultur wieder aufleben zu lassen, was in simpler Folklore mit Digeridoospiel mündet und nur wenigen hilfreich ist.

Die Begegnungen und Beobachtungen führten zu sehr traurigen Erinnerungen. Aus der Vermischung langjährig dem sexuellen Entzug ausgesetzter, aus der Gefangenschaft entlassener britischer Sträflinge mit den Ureinwohnern entsprangen Halbblutnachfahren, die mit dem Lauf der australischen Geschichte durch neue Verbindungen weiter verblassten und einen hohen Prozentsatz der arbeitslosen Stadtrandbewohner der Großstädte stellen. Die Aborigines der Reservate vegetieren im Abseits stehend sich selbst überlassen vor sich hin.

Sonne über dem Titicacasee

Als Studienreisender durchquerte ich in mehreren Etappen Mittel- und Südamerika und besuchte die kulturellen Stätten der Aymara und Inka in Bolivien und Peru als auch der Maya und Azteken in Mexiko und Guatemala. Dort fand ich innig tiefen Glauben an die Heilslehre Christi vor. Die spanischen Missionare hatten bis heute nachhaltig wirkende Arbeit geleistet, ohne jedoch die ursprünglichen religiösen Überlieferungen der indigenen Volksgruppen gänzlich tilgen zu können.

Das Hammerwerk schlug nachts in meinem Kopf unaufhörlich, nicht regelmäßig, in unterschiedlichen Rhythmen, mit Schmerzen verbunden, von deren Existenz ich bis dahin bar jeder Ahnung war. Die Höhe forderte ihren Tribut. Noch nie war ich länger als eine Stunde auf den mit Seilbahnen erschlossenen Bergen der Alpen. Hier auf dem Altiplano Boliviens und Perus, der Hochebene, verbrachte ich bereits eine knappe Woche zwischen 3.500 und 4.000 m über dem Meer. Der Kokatee verdünnte das Blut, und ich trank reichlich davon, täglich mehrere Liter, ohne jedoch, zumindest in meinem Kopf, das Pochen und die damit verbundenen Schmerzen während der nächtlichen Ruhephase zu verhindern – lindern ja, aber nicht verhindern. Und dann noch der trockene und raue Hals, nachts, nicht am Tag, ohne eine Erklärung dafür zu haben. Irene musste sogar Blut spucken. Äderchen platzten während des Schlafens in ihrem Rachen, was sie erschrocken machte, ohne für sie wirklich beängstigend zu sein.

Erwartungsfroh fuhren wir von La Paz, der höchstgelegenen Großstadt der Welt, weiter hinauf und hinaus nach Tiahuanaco, eine von den Aymara erbaute und tausend Jahre vor und tausend Jahre nach Christus lebendige Verwaltungs- und Kultstätte, deren Geschichte in Vergessenheit geriet. Keine Aufzeichnungen, da keine Schrift, aber auch keine mündlichen Überlieferungen von einem Zentrum, das über Jahrhunderte die Welt der Anden beherrschte, großartige Bauwerke schuf, übermannsgroße Statuen aus Monolithen schlagen konnte, Tempel errichtete und aus einem riesigen Andesit-Quader ein monumentales Tor fertigte, vor dem wir nach kurzem Anmarsch staunend standen.

Sonnentor wird dieser triumphale Bogen genannt, der dem Lauf der Sonne entsprechend von Ost nach West ausgerichtet wurde. Eine in den Stein gemeißelte Gestalt zierte die Mitte des Bogens, eine als Viracocha gedeutete Götterfigur, von einem Strahlenkranz umgeben und mit vier Zeptern in den Händen, Schlangen, von denen eine den Kopf eines Pumas trägt – eine Verbindung des Weltenschöpfers mit dem Sonnengott, der Quelle des zum Leben notwendigen Lichts.

Die Sonne stand im Mittelpunkt der Weltanschauung und Religion der Andenvölker. Sie erkannten die Abhängigkeit allen Lebens von der Sonne, die nahezu ein halbes Jahr senkrecht über dem Land stand, dann aber nach Norden abwanderte, schräger einfiel und schwächer wurde. Aus Angst, sie könnte erlöschen oder nicht mehr aufgehen, wurde sie angefleht und angebetet und ihr wurden Opfer dargebracht – ein Kult der Aymara und Inka, der noch stärker bei den Maya und Azteken in Mesoamerika ausgeprägt war.

Der kulturelle Höhepunkt der Kultstätte Tiahuanaco der Aymara reichte von 300 v. bis 900 n. Chr. Sie lag in einer von der Cordillera Central im Osten, den Anden, und der Cordillera Occidental im Westen eingerahmten, kargen Hochebene. Der Rio Tiwanacu spendete das für die Landwirtschaft notwendige Wasser und Kanäle bildeten das für den Fischhandel wichtige Bindeglied zum nahen Titicacasee.

Ohne weitere, nachhaltige Spuren zu hinterlassen, versank die Kultur von Tiahuanaco im Lauf der Geschichte; eine mehrjährige Trockenperiode wird vermutet, ein früher El Nino-Effekt.

**

Obwohl die Sonne im Zenit des wolkenlosen Himmels stand, fröstelten wir. In der vorangegangenen Nacht fiel leichter Neuschnee und der von den Bergen heranwehende Wind strich kalt über unsere Wangen, als wir uns auf den Weg zum Titicacasee machten, unserem nächsten Ziel.

An Bord eines Bootes setzten wir nach der Anreise zur Isla del Sol über. Von hier aus, inmitten des Sees, stieg einst Inti, der Sonnengott vom Titicala-Felsen zum Firmament auf. Von dort entsandte er seinen Sohn Manco Cápac als Führer der Inka und dessen Schwester und Frau Mama Ocllo in das Andenreich. Fortan nannten sich die Herrscher Inka, Sapaya Inka, Einziger Inka und Sohn des Inti, direkter Nachkomme des Sonnengottes.

Welch eine schöne Legende! Eine steinerne Treppe führte hinauf zu einem Sattel unter der Felskuppe. Eukalyptusbäume spendeten reichlich Schatten. Jeder Schritt fiel schwer in der dünnen Luft des Hochlandes. Auf einem Felsblock ließen wir uns nieder. Noch nie waren wir der Sonne so nah. Das tiefe Blau und die Weite des Sees, die weißen Spitzen der Kordilleren, die Stille ringsum, die sich entfaltende innere Ruhe und die um diese Insel kreisenden Legenden strahlten eine magische Wirkung aus und wir versuchten zu begreifen, weshalb die Inka hier den Geburtsort der Sonne und des ersten Inkaherrschers sahen.

* * *

Der Bus brachte uns zum Abra del Raya, dem 4.335 m über dem Meer liegenden Pass, der die Grenze zwischen Bolivien und Peru bildete. Ganz in der Nähe entsprang der Urubamba. Die Straße begleitete von hier an den Fluss und führte beim Ort Raqchi an einem Viracocha geweihtem Heiligtum vorbei nach Cusco, der alten Hauptstadt des Inkareiches. Dort befand sich der heiligste Tempel der Inka, dem Sonnengott Inti geweiht und im Volksmund Coricancha genannt, Goldener Tempel, da pures Gold seine Wände innen wie außen bedeckte, die Mumien der Inka-Herrscher in den Wandnischen Goldmasken trugen, eine goldene Sonnenscheibe zu Ehren Intis im Sanktuar aufgehängt wurde und auch die Tiere und Pflanzen des Gartens aus Gold gefertigt waren, das die von ihrem eigenen Glauben verblendeten Missionare und Konquistadoren abreißen und einschmelzen ließen. Wir konnten nur noch die Reste der aus gewaltigen Quadern ohne Mörtel fugenlos gesetzten Mauern bestaunen.

Die Herrscher ließen sich in diesem Sonnentempel krönen, feierten dort Hochzeiten und folgten den Orakelsprüchen der Priester und den rituellen Opfern. Auch gewöhnlich Sterbliche durften den Zeremonien beiwohnen, allerdings barfuß, mit einem Bündel auf dem Rücken und voll Demut in gebückter Haltung.

In der Mitte eines Fensters erschien am Tag der Wintersonnenwende – die auf der Südhalbkugel der Erde am 21., 22. oder 23. Juni eintritt – die Venus als Glücksstern und Zeichen dafür, dass die Sonne wieder in das Land der Inka zurückkehren werde. Das war Anlass zum Inti Raymi, dem Fest der Sonne, der größten Zeremonie des Jahres, die auch heute noch in Cusco begangen wird.

Die Inka verehrten auch Pachacamaq, den Erdmacher als Schöpfergott. Mit Kay Pacha bezeichneten sie die Welt der Lebenden, mit Uku Pacha die innere, die Unterwelt und mit Hanaq Pacha die obere Welt.

Ob sie eine Jenseitsvorstellung in einem wie auch immer gestalteten Paradies hatten? Wenig ist darüber bekannt, auch wenn die Bestattung der Toten darüber zu Rückschlüssen ermutigt. So wurden die Leichen der Herrscher für ein Weiterleben mumifiziert und mit Grabbeigaben reich ausgestattet. Aus Anlass ihres Todes wurden Frauen, Kinder, tapfere Krieger und Gefangene geopfert und bestattet, die sie auf ihrem ewigen Weg begleiten sollten. Damit dieser nicht unterbrochen wurde, brachten die Bewohner Cuscos die Mumien der Herrscher, ihren kostbarsten Besitz, in Sicherheit, noch ehe die Spanier ihre Stadt einnahmen.

Mumien von Männern, Frauen und Kindern, die nicht dem Adel angehörten, sah ich im Museum von Lima. Eines der aufschlussreichsten Bündel wurde im nahen Ancón entdeckt, in dem sich eine Frau befand. Sie war in einem ärmellosen Kleid, barfuß und mit gekreuzten Beinen in ein Tuch gewickelt worden. Mehrere Ringe zierten ihre Hände. Ein geflochtener Korb mit Baumwollknäuel, Spindeln, Spulen und Farben wies sie als Weberin aus. In kleinen Beuteln wurden ihr Mais, Kürbisse, Bohnen und andere Früchte als Nahrung mitgegeben, auch Silberlinge und einige Kokablätter. Einem zweiten folgte ein drittes, kostbar gewebtes Wickeltuch und zusammengebundene Stäbe eines Webstuhls gaben dem Bündel Halt.

Bei Ausgrabungen wurden auch Kinder und junge Frauen gefunden, vermutlich Priesterinnen oder Dienerinnen des Sapay Inka, die dem Sonnengott als Menschenopfer dargebracht wurden. Erdrosselt oder mit aufgeschnittener Kehle wurden sie begraben oder im ewigen Schnee und Eis unter den höchsten Gipfeln der Anden zurückgelassen. Sie waren kostbar gekleidet, trugen Umhänge aus feinstem Alpaka oder Federn kleiner Vögel. Schmuckstücke zierten ihren Körper und Figürchen von Männern oder Frauen, geschnitzte Lamas und mit Koka gefüllte Beutel wurden ihnen auf ihren Weg ins Jenseits mitgegeben, wo sie ein wohlwollendes Urteil der Götter erwarten durften.

* * *

Wir folgten nochmals dem Lauf des Urubamba, diesmal im Valle Sagrado, dem Heiligen Tal der Inka, das sie besiedelten, terrassierten und landwirtschaftlich reichlich nutzten. In Ollantaytambo schlenderten wir durch die vollständig erhaltenen Gassen der historischen Inkastadt, wo wir Indios in ihrer althergebrachten, bunten Kleidung begegneten, als wäre die Zeit stillgestanden.

Unsere Augen glitten über die steilen Berghänge hinauf zu einer Felsnase, auf und unter der die Inka vor Jahrhunderten eine heilige Stätte und eine Festung von unglaublicher Monumentalität errichtete hatten. Wenn die Überlieferung stimmt, dann wurden in einem Schrein die in Gefäßen verschlossenen Herzen der verstorbenen Herrscher aufbewahrt, wie dies auch von den Pharaonen Ägyptens bekannt ist, während die einbalsamierten leiblichen Hüllen im Sonnentempel in Cusco von den Priestern gehütet wurden.

Wenige Kilometer nördlich von Ollantaytambo rückten die Berge bis an den Fluss und bildeten eine tiefe Schlucht. Der magische Ort Machu Picchu war von hier aus Jahrhunderte lang nur über einen geheimen Inka-Pfad nach einem Marsch von vier Tagen zu erreichen. Uns brachte die Peru Rail als einzige Fahrtmöglichkeit über eine in den Fels geschlagene Trasse zum 36 km entfernten Ort Aguas Calientes und ein Bus von dort hinauf zur alten Inka-Stätte.

Unser Begleiter hieß Carlos; ein spanischer Vornahme, doch er legte Wert auf die Feststellung:

„Ich bin ein Indio, stamme wie meine Familie von den Inka ab und spreche auch Quecha, ihre Sprache."

Das atemberaubende, magische und zugleich mystisch-mysteriöse Machu Picchu, übersetzt Alter Berg, lag auf einem Sattel zwischen dem Berg gleichen Namens und dem hinter den Ruinen steil aufragenden Huayna Picchu, dem Jungen Gipfel – von unten von keiner Seite einsehbar und auf unüberwindbaren, steilen Felswänden hunderte Meter über dem Fluss gebaut, was dazu führte, dass Pizarros Soldaten Machu Picchu nicht entdecken und einnehmen konnten.

Wir stiegen bis zum höchsten Punkt hinauf, dem Ende des Inka-Trails am Südtor, von dem aus Carlos das Terrain erklärte.

„Bis heute wurde das Rätsel Machu Picchus nicht gelüftet. Unbeantwortet blieb trotz aller Forschungen die Frage, von welchem Inka-Herrscher und zu welchem Zweck Machu Picchu überhaupt erbaut wurde, warum so weit entfernt von allen anderen Inka-Siedlungen und noch dazu so versteckt? Wer hielt sich dort auf? Waren es Astronomen, Priester und Jungfrauen zur Ehre und am Dienst des Sonnengottes? Diente der Ort den Herrschern zum Rückzug vor den feindlichen Angriffen der Konquistadoren?"

Die Anlage spiegelte die Dreiteilung der Gesellschaft wieder. Auf den höchsten Punkten standen die Paläste und Tempel für den Adel und die Priester, darunter Wohnhäuser für Gelehrte und Handwerker und noch weiter unten einfache Häuser für die Bauern.

Wir gingen zuerst hinüber zum Sonnentempel, einem kunstvoll gestalteten Bauwerk mit einem Turm, und dem sich anschließenden, zweistöckigen Giebelhaus.

„Residierten hier die Manacunas, wie Hiram Bingham, der Entdecker Machu Picchus, glaubte", wollte ich wissen? „Die von den Priestern auserwählten schönen und heiligen jungen Frauen sollen dort Roben gewebt, Speisen zubereitet und für die Priester und Adeligen das berauschende Getränk Chicha gebraut haben."

Carlos verzog die Augenbrauen. „Wer weiß?", antwortete er und ging weiter, vorbei am Brunnen für die rituellen Waschungen und hinauf zum Intihuatana, zu dem Stein an dem in den Vorstellungen der Inka die Sonne festgebunden wurde.

Im Winter werden die Tage immer kürzer, die Nächte immer länger, die Sonne zieht immer flacher werdend höher in den Norden, weit über die wasserreichen Gebiete des Amazonas hinaus.

Die Inka hatten Angst, sie könnte für immer entschwinden. Deshalb folgten sie dem symbolischen, mit Gebeten und Gesängen verbundenen Ritual, die Sonne während der Sonnenwende „festzubinden", bis sie ihre Rückkehr bemerkten.

Der Intihuatana, der in keinem Inka-Tempel fehlte, wurde so kunstvoll behauen, dass seine „Nase" zur Tagundnachtgleiche im Frühjahr und Herbst keine Schatten warf. Das ermöglichte den Priestern, die Zeit der Aussaat und der Ernte zu bestimmen.

* * *

Ich blickte hinunter auf den Urubamba, den heiligen Fluss der Ahnen, der die Berge durchschnitt, lärmend einen Katarakt hinunterstürzte, die hohe Felskuppe des Huayna Picchu umrundete, um direkt unter dem Intihuatana nordwärts im dunklen Regenwald zu entschwinden. Nach langem Lauf bildet er zusammen mit anderen Flüssen im Urwald von Ecuador den Amazonas. Dort, im Amazonasbecken, leben seit über tausend Jahren die Huaorani, die bis 1956 keinen Kontakt mit der Außenwelt hatten. Diesen Volksstamm zu besuchen, blieb aus vielerlei Gründen ein unerfüllter Wunschtraum. Ich lasse deshalb Jimmy Nelson zu Wort kommen, der vor einiger Zeit bis zu ihnen vorstieß:

‚Die Huaorani, was in ihrer Sprache Menschen bedeutet und Waorani gesprochen wird, sind außergewöhnliche Jäger und gefürchtete Krieger. Ihre Waffen sind Blasrohre und Speere mit Widerhaken. Sie sind in einer grünen, feuchten Welt und umgeben von dem Geräusch des Waldes heimisch. Geister sind in ihrem ganzen Lebensumfeld allgegenwärtig, das für sie nur aus dem Wald besteht.

Aufgrund ihrer totalen Abhängigkeit von der Natur haben die Huaorani große Kenntnis von Pflanzen und Bäumen, die sie für Gifte, Medizin, Halluzinogene, Baumaterial und anderes verwenden.

Sie tragen ihre Haare lang. Sie bemalen ihre Gesichter und Körper, für religiöse Zeremonien, um böse Geister abzuschrecken oder einfach um sich zu gefallen. Traditionelle Tänze, Gesänge und das Trinken von Bier aus der Manioc-Pflanze sind wichtige Bestandteile ihres Lebens. Mit großer Sorgfalt bereiten sie ihre Zeremonien vor, erziehen sich gegenseitig, schließen ihre Kinder mit ein und pflegen mit diesen die Tradition, damit sie an die nächsten Generationen weitergegeben werden.

Die vom Animismus geprägten Huaorani glauben, dass sie nach dem Tod auf einem Pfad ins Jenseits gelangen. Sie werden dabei von einer großen Anakonda begleitet, die sie daran zu hintern versucht, ihr Ziel zu erreichen. Jene Toten, die vor der Anakonda nicht fliehen können, scheitern daran, in das Reich der Totengeister einzutreten und kehren als Tiere auf die Erde zurück.

Die Huaorani leben in enger Verbundenheit mit ihren Ahnen. Sie fassen den Sinn ihres Lebens in einem einfachen Bekenntnis zusammen: Wie unsere Vorfahren lebten, so wollen auch wir leben, wie unsere Vorfahren starben, so wollen auch wir sterben'.

Das Blut der Maya und Azteken

Als Interessierter las ich im Popol Vuh, dem im Original überlieferten heiligen Buch der Quitché-Maya. Ich machte große Augen, denn darin werden erläuternde Antworten auf die Menschen bewegenden Fragen gegeben. So heißt es im Vorspruch:
„Hier werden wir sie aufschreiben, hier beginnen wir die alte Kunde vom Anfang und Ursprung von allem. Mächtig fürwahr die Beschreibung, die Kunde, wie alles geschaffen wurde, Himmel und Erde; wie die vier Weltenden, die vier Seiten bestimmt und die Male gesetzt wurden."
Und weiter steht geschrieben:
„Das ist die Kunde: Da war das ruhende All. Kein Hauch. Kein Laut. Reglos und schweigend die Welt. Und des Himmels Raum war leer.
So wird berichtet. In Dunkelheit und Nacht kamen der Gott des Himmels und der Gott der Harmonie von Himmel und Erde zusammen und sprachen miteinander.
Sie beschlossen die Schöpfung und den Wuchs der Bäume und Schlingpflanzen, den Beginn des Lebens und die Erschaffung des Menschen."
Im Vorspruch steht ferner:
„Wir aber schreiben dies schon unter dem Wort Gottes, schon im Christentum lebend. Wir heben es ans Licht, denn das Popol Vuh ward unsichtbar."

Das Popol Vuh, das Buch des Rates, der Ratsversammlung mächtiger Maya-Stämme, birgt in der Tat Einflüsse der Missionierung und gibt zugleich Kunde von alten Legenden aus der Zeit vor der spanischen Eroberung, vom Schöpfungsmythos, von der anfänglich missglückten Erschaffung der Menschen, den Kämpfen der Göttlichen Zwillinge in der Unterwelt, von der Erschaffung der Mütter-Väter, der großen Flut und den Dürreperioden – Geschichten, die in Teilen auch in den vier Codices enthalten sind, die vor der Verbrennung durch die Missionare versteckt wurden.

* * *

Am Taxistand beim Alameda-Park im Herzen von Mexiko-City hielten wir Ausschau nach einem Fahrer, der uns vertrauenswürdig für einen Tagesausflug auf eigene Faust erschien. Aus einem verblassten, weinroten Chevrolet mit weißem Volant und Weißwandreifen lächelte uns freundlich Miguel entgegen, wie er sich mit Namen vorstellte.

„Wir wollen nach Teotihuácan", erklärte ich ihm, „und natürlich wieder zurück." Sein Lächeln erstrahlte. Wir wurden schnell handelseinig und reichten einander die Hände. „80 US$", bestätigte ich ihm mit festem Druck. Er nickte. „Und wenn Sie Ihre Sache gut machen, gebe ich Ihnen 100 mit Trinkgeld."

„Ich werde Sie sicher zum Alameda zurückbringen", versicherte er daraufhin in gutem Englisch.

„Stadt der Götter" nannten die Azteken diesen äußerst geheimnisvollen Ort. Weder sie, die Azteken, noch ihre Nachkommen, die Mexikaner, noch wir wissen, wer diese sorgfältig geplante Kultstätte mit ihren gewaltige Flächen bedeckenden Wohnbauten und Sakralzentren von monumentaler Größe errichtete. Teotihuácan war nicht nur ein Ort der Götter, sondern ein hoch entwickeltes Gemeinwesen, das 200 Jahre vor bis 700 Jahre nach Christus in seiner Blüte stand.

Miguel hielt seinen Chevi auf einem Parkplatz unweit der Paläste und Pyramiden. Ich schlug meinen Reiseführer auf, doch Miguel winkte ab.

„Ich schlage vor, wir gehen zuerst bis zur Mondpyramide, besteigen diese und ich erkläre Ihnen von oben die Anlage. Auf dem Rückweg können Sie sich dann selbständig machen und Einzelheiten erkunden." Das klang überzeugend und ich willigte ein. „Wissen Sie", ergänzte er, „ich bin zwar nur ein Taxifahrer, aber in Teotihuácan kenne ich mich aus wie in meiner Hosentasche."

Dies sollte sich bewahrheiten. Der Zufall führte uns mit einem Mann zusammen, der mit schlafwandlerischer Sicherheit die Höhepunkte vorstellte und seinem Spaziergang durch die Geschichte einen dramaturgischen Aufbau gab.

Bis zur Mondpyramide mussten wir etwa zwei Kilometer zurücklegen. Der Aufstieg über die extrem hohen Stufen war anstrengend, ließ den Atem stocken und erzwang mehrere Pausen.

Die Azteken überlieferten der Nachwelt Namen und Bedeutung der kunstvoll gestalteten Bauwerke. Vom Plateau der dem Mond geweihten Pyramide blickten wir über die im fernen Dunst verschwindende ‚Straße der Toten' hinweg bis zu den verschneiten Spitzen des Popocatépetl und Ixtaaccíhuatl, die sich am südlichen Horizont majestätisch erhoben.

Links vor uns ragte die Sonnenpyramide empor, das gewaltigste Bauwerk, dessen Geheimnisse noch nicht gelüftet werden konnten. Grabungen führten zu einer Lava-Höhle und brachten Opfergaben ans Licht. Liegt hier das Geheimnis von Teotihuácan? Wollten die Erbauer das Feuer aus der Unterwelt mit dem Feuer der Sonne und der Welt der Götter verbinden?

Wir stiegen wieder hinunter und wanderten durch die freigelegten Ruinen der Paläste, Heiligtümer und Wohnblocks der Herrschenden, der Priester, Kriegsherren und Hofbeamten.

Fresken und Reliefs schmückten Wände, Simse, Türstürze und Säulen. Die Farbenpracht funkelte an sonnenbestrahlten Stellen, als wären das Rot, Gelb, Blau und Grün erst gestern aufgetragen worden.

Die Darstellungen vermittelten die enge Verbundenheit von Religion und Natur in den Mythen der Bewohner Teotihuácans. Ein Vogel, ein Quetzal, symbolisierte Quetzalcoatl, die Gefiederte Schlange. Bilder mit geheimnisvollen Tieren und Szenen der Landwirtschaft weckten unsere Aufmerksamkeit; ebenso Singvögel, Schmetterlinge, ein Adler, Männer beim Ballspiel, Krieger auf dem Kriegspfad und ein Jaguar mit einem Federbusch auf dem Kopf, der in ein Muschelhorn blies.

Ein frontal gemaltes, großköpfiges Porträt wurde als Darstellung der Großen Göttin der Vegetation und Fruchtbarkeit gedeutet. Ein anderes Gemälde zeigte eine kostbar gekleidete und künstlerisch dekorierte Person, an deren Seite Wächterfiguren standen. Hier sprachen die einen ebenfalls von der Großen Göttin, während andere in diesem Bildnis Tlaloc sahen, den Gott des Regens, Gewitters und des Ackerbaus, der an mehreren Tempelwänden als Steinskulptur mit fratzenartigen Zügen aus den Mauern hervorstach.

Fest steht, dass in Teotihuácan wie in ganz Mesoamerika mehrere Götter verehrt wurden. Das genaue Aussehen aller kennen wir nicht, nur ihre aztekischen oder die von den Maya überlieferten Namen der wichtigsten.

Am häufigsten begegneten wir Quetzalcoatl, dem gefiederten Schlangengott, der auch als Schöpfergott und Gott des Windes, des Himmels und der Erde bezeichnet wurde – ein nach ihm benannter Tempel trug sein Bildnis mehrfach. Er befand sich im Zentrum einer Palastanlage.

Stellte eine der Abbildungen in den sakralen Stätten möglicherweise Tonatihu dar, den Leben spendenden Sonnengott? In der Basis der beiden großen Pyramiden entdeckten Archäologen Skelette. Sie wiesen gewaltsame Schnittstellen und Brüche auf. Lässt dies den Schluss zu, dass den Göttern Menschenopfer dargebracht wurden?

* * *

Was in Teotihuácan mangels schriftlicher Überlieferung im ungewissen Dunkel der Geschichte verborgen blieb, war bei den Mayas und Azteken an der Tagesordnung, wie – trotz der missionarischen Zensur und Vernichtung alter Aufzeichnungen – in Wort und Bild überliefert wurde. Das Blut strömte unaufhörlich. Menschen wurden der Sonne geopfert, das Herz herausgerissen und den Göttern als höchste Gabe dargeboten.

Das Weltbild dieser Völker war verworren, defätistisch, von ständiger Angst und Untergangsstimmung geprägt. Die großen mathematischen und astronomischen Kenntnisse führten zu einem Zahlendenken des Unheils, zum Zweifel an der dauerhaften Existenz der Welt und der Furcht vor dem Zerfall ihrer Ordnung und deren restlosen Zerstörung.

Nach dem Kalender der Maya sollte die Welt am 21. Dezember 2012 untergehen. Ich schrieb an diesem Tag die ersten Stichworte zu diesem Buch nieder, ohne dass dergleichen passierte. Die Azteken wähnten sich in der fünften und letzten „Sonne", wie sie ihr kalendarisches System selbst nannten. Niemand wird dem Weltuntergang entrinnen, davon waren sie überzeugt, doch sie versuchten dieses Ereignis unaufhörlich durch beschwichtigende Menschenopfer hinauszuzögern.

Tonatihu, der Sonnengott, streckt mir von der Wand meines Arbeitszimmers seit Jahren seine nach Blut lechzende Zunge aus Obsidian aus der Mitte des aztekischen Kalenders entgegen, den ich auf dem Zocalo von Mexico-Stadt kaufte, dem Platz auf dem einst der Palast des letzten Aztekenherrschers Moctezuma II stand.

Das Jahr umfasste 18 Monate mit 20 Tagen und 5 Ausgleichs-Tagen, in Summe 365 Tage. Ein kurzer, ritueller Kalender kannte 13 Zyklen mit 20 Tagen, also 260 Tage. Nach Ablauf von 18.980 Tagen gleich 52 Jahren stimmten der lange und der kurze Kalender überein und am Ende eines Baktum genannten Zeitraums von 1.872.000 Tagen gleich 5.128

Jahren würde die Zählung von vorne beginnen – wenn nicht die Welt, wie befürchtet, untergehen und das Ende der Zeit anbrechen würde.

Im Codex Magliabechiano wird über das grausame Ritual der Menschenopfer berichtet. Auf der Plattform der Tempel öffnete der Priester den Brustkorb des vermutlich betäubten Opfers mit einem Messer aus Obsidian, riss das Herz heraus und hielt es der Sonne entgegen. Das verströmende Blut gab der Sonne neue Kraft, damit sie sich bei ihrem nächtlichen Gang durch die Unterwelt nicht auszehren würde, sondern wieder aufgehen konnte. Die Leichen wurden die Stufen hinunter gestoßen, die Köpfe abgetrennt, auf einem Tzompantli genannten Gestell gestapelt und zur Schau gestellt.

Die Menschen brachten ihr eigenes Blut auch als Selbstopfer dar. Sie stießen sich Dornen und andere spitze Gegenstände durch ihre Zungen, Lippen und Ohrläppchen, fingen das Blut auf und verbrannten es vor den Götterstatuen.

Zahlreiche Reliefs auf Wänden und Stelen und Piktogramme in den Codices hielten diese rituellen Szenen fest.

In Chichén Itzá stand ich sichtlich bewegt vor der Darstellung eines Menschenopfers an der zentralen Wand des Ballspielplatzes. Wurden die Verlierer enthauptet?

Ebenso nachdenklich machte mich am Vorplatz des Kriegertempels eine steinerne, auf dem Boden sitzende und sich zurücklehnende Männerfigur mit einer Schale auf dem Bauch, die vermutlich das Blutopfer aufnahm.

Schräg gegenüber stand die Pyramide des Kukulcán, wie die Maya den Gott Quetzalcoátl nannten. Von vier Seiten führten jeweils 91 Stufen hinauf zur Plattform, die 365te hinein in den eigentlichen Tempel, vor dem die grausamen Handlungen vorgenommen wurden. Versteckt unter der dem großen Platz der Zuschauer zugewandten Treppe führte ein geheimer Gang zu diesem Tempel hinauf, den die Priester benutzten und plötzlich im weißen Gewand durch das Tempeltor wie eine göttliche Erscheinung hinaustraten und sich dem wartenden Volk zeigten.

Katharina, eine Mexikanerin aztekischer Abstammung, wie sie verriet, stieg mit uns hinauf zum Tempel, der ein weiteres Geheimnis barg. In einem heiligen Raum traten wir vor den sagenumwobenen roten Jaguarthron der Maya. Die Augen der Raubkatze aus Jade funkelten. Furcht erregend ragten die vier weißen Fangzähne aus dem aufgerissenen Maul. In den Tempeln von Palenque war auf einem Relief ein Herrscher auf einem Jaguar thronend abgebildet. Dies in Erinnerung konnten wir uns vorstellen, wie einst hier in Chichén Itzá die Mächtigen den Zeremonien beiwohnten.

Von einem weiteren Bildnis eines Jaguars versteckt im Inneren der Pyramide, von dem ich gelesen hatte, wusste Katharina nichts. Während die anderen hinunter stiegen, um den Ballspielplatz aufzusuchen, ging ich unbemerkt um den Tempel herum. Die Treppe auf der Südseite war nicht mehr begehbar. Auf Händen und Füßen musste ich über verwitterte Stufen hinunterklettern. Fast hätte ich die Öffnung übersehen. Hinter einem der zerborstenen Treppensteine entdeckte ich jenen gesuchten schmalen Schacht, der waagerecht in die Pyramide führte.

Vorsichtig schaute ich hinein. Etwa einen Meter breit und ebenso hoch und dreifach so tief, schätzte ich ab. Am Ende konnte ich einen Lichtschein von links erkennen. Auf dem Bauch kroch ich mit wachsender Beklemmung hinein, in der rechten Hand meine Rollei haltend.

Ob mir Skorpione oder Schlangen gefährlich werden könnten? Ich ignorierte die Gedanken und beschäftigte mich mit der Frage, wie ich eigentlich wieder heraus komme? Ich hielt inne und versuchte rückwärts zu robben. Wenn ich die Ellbogen gegen die Wände und die Hände auf den Boden drückte, dann schaffte ich einige Zentimeter, stellte ich fest. Also weiter, wieder nach vorne, sagte ich mir.

Nach mehreren Minuten erreichte ich die Biegung des Schachtes, der nach etwa einem weiteren Meter in eine schräg von oben nach unten verlaufenden größere Höhle mündete. Licht fiel von oben herab. Ich hatte das Gefühl, gleich am Ziel zu sein. Das musst du schaffen, sagte ich zu mir und drückte mich langsam, halb auf der Seite liegend, bis zur Hüfte um die Ecke. Noch weiter wagte ich mich nicht vor, aus Angst nicht mehr zurückzukommen. Als ich meinen Kopf wieder aufrichtete und nach vorn blickte, brach ein lautes „Ja, ja, ja" aus mir heraus. Vor mir erkannte ich im fahlen Licht die Umrisse eines weiteren geheimnisvollen Jaguars der alten Maya-Kultur. Seit etwa einem Jahrtausend ruhte die aus gelbem Sandstein gehauene Skulptur auf einem Sockel der alten, inneren, später überbauten Pyramide. Meine Hände zitterten vor Aufregung. Ich führte die Kamera an mein Auge und fing diese für mich außergewöhnliche Entdeckung in Farbe für mich ein. Mehrere Minuten verharrte ich in meiner unbequemen Lage, alle Einzelheiten in mich aufsaugend. Dann machte ich mich auf den Rückweg.

Katharina zeigte sich in heller Aufregung, als ich am großen Ballspielplatz wieder zur Gruppe stieß. „Wo haben Sie gesteckt? Wir waren in echter Sorge", kam es über ihre Lippen. „Wie siehst Du denn aus?", ergänzte meine Frau. Erst jetzt bemerkte ich den gelben Staub und Dreck an meiner Safarijeans und meinem Hemd.

„Ich war in der Pyramide, oben auf der Rückseite und fand, wonach ich suchte, den zweiten geheimen Jaguar."

Als ich schilderte, wie ich mich durch einen engen Schacht auf dem Bauch zwängen musste, kam Katharina ganz aus dem Häuschen. „Sie müssen verrückt gewesen sein. Zwischen den Steinen auf der zerstörten Seite wimmelt es nur so von Skorpionen."

„Dann habe ich Gott sei Dank Glück gehabt", gab ich zurück, nahm Irenes Hand und schlenderte mit ihr langsam davon.

Beim Schreiben und Nachrecherchieren, sechsunddreißig Jahre nach unserer Reise durch Mesoamerika, konnte ich feststellen, dass ich nicht den Jaguarthron der alten Pyramide, sondern den Chac Mol genannten Opfertisch im schwachen Schein des einfallenden Lichts gesehen hatte, auf dem der Priester die Brust von Männern, Frauen und Kindern aufschnitt und deren Herz herausriss. Schauer lief mir über den Rücken, als ich die Aufnahme des Fotografen I. Rudolp sah, der bei der letzten Restaurierung dem Kultobjekt näher als ich gekommen war.

Das Blutopfer, das Vergießen des eigenen und fremden Blutes in scheußlichen Ritualen, galt als heilige Handlung zur Erhaltung der Welt.

Für die Maya und Azteken teilte sich das Universum in den Himmel, die Erde und die Unterwelt. Die guten Taten spielten für den Verbleib nach dem Tod keine Rolle. Wer gewaltsam starb, durch Blitz, Ertrinken oder Menschenhand, stieg in eine der himmlischen Ebenen auf. Im finsteren Reich der Unterwelt landeten alle, deren Leben ein natürliches Ende nahm. Ein erbarmungsloses und auswegloses Schicksal.

Die Azteken kannten ein höchstes Wesen, das sich jenseits von Zeit und Raum befand – Ometeotl. Dieser Gott war die Quelle des Lebens und er war es, der die anderen Götter schuf. Sie wohnten in einer paradiesischen Sphäre, in Tamoanchan, einem Ort, der vom Weltenbaum überragt wurde und an dem ewiger Sommer herrschte.

Diese göttlichen Gefilde waren den Menschen verwehrt. Sie lebten in Angst vor dem Erlöschen der Sonne und dem Untergang der Welt.

Macht und Kraft des Manitus

Als Student lernte ich Ernie kennen, einen nordamerikanischen Indianer, der bei der US Army seinen Dienst tat. Ich hielt im Jazzstudio Nürnberg einen mit Blue Note Schallplatten unterlegten Vortrag über den Pianisten Erroll Garner, der mächtigen Salven von Bluesakkorden zarte, fast romantische und teils barocke Melodien folgen ließ, um gleich darauf in einen schnellen Swingrhythmus zu verfallen – eine mich damals sehr begeisternde Art des Spiels.

Peter Herbolzheimer, Jahre später als Leiter der Bigband Rhythm Combination & Brass in die deutsche Jazzlegende eingegangen, spielte anschließend auf der Gitarre, begleitet von den Musikern des Clubs, als Ernie sich zu mir setzte. Es war nicht die erste Begegnung und weitere folgten, die mir eines Tages den Mut gaben, ihn, ob seines markanten Gesichtes und seines Teints, nach seiner Herkunft zu fragen. Indianer kannte ich zu dieser Zeit nur aus den Büchern Karl Mays, J. F. Coopers und dem Brockhaus. Winnetou, der Häuptling der Apachen, der um das Überleben der Indianerstämme kämpfende letzte Mohikaner und der Lederstrumpf genannte Johann Adam Hartmann aus dem pfälzischen Edenkoben stammend – diese und andere waren mir vertraute Figuren, die von ihren Namen gebenden Erfindern in schriftstellerisch überhöhter Form verklärt wurden. Mit Ernie gewann ich einen Freund, der mir die Augen über das wahre Schicksal der Ureinwohner Nordamerikas öffnete, nie von sich aus, nur dann, wenn ich ihm Stichworte gab und bat, mir sein Wissen weiterzugeben und sein Herz zu öffnen.

Ich würde sicher Elvis Presley kennen, meinte Ernie eines Abends, ohne dabei auf dessen Country & Blues Musik und die Frage einzugehen, wie aufregend oder gleichgültig ich der von ihm initiierten Rock 'n' Roll Bewegung gegenüberstand. Elvis Urgroßmutter sei eine Cherokee gewesen, er, Ernie, sei stolz ein Cherokee zu sein.

Ernie erzählte, wie die Cherokees zuerst aus ihren Stammesgebieten vertrieben und 1830 nach Oklahoma umgesiedelt wurden. Anhaltende Dürreperioden und Sandstürme in den Jahren 1935 bis 1938 führten zu einem Exodus über die legendäre Route 66 in den Westen. Okies wurden die Auswanderer genannt. Sie erhofften in Kalifornien ihr Paradies zu finden. Doch im Gegenteil, Arbeitslosigkeit und ghettoähnliche Verhältnisse in Massenquartieren erwarteten sie, eine von John Steinbeck in seinem Roman „Früchte des Zorns" geschilderte Tragödie.

„Meine Eltern blieben, sie waren Indianer, Cherokees, die zur Schule gegangen waren und in der Verwaltung der Stadt Broken Arrow Arbeit gefunden hatten. Das war gut für mich, denn ich wurde ein paar Jahre später im alten Indianerland geboren, zu dem ich mich sehr hingezogen fühle, obwohl auch ich die Schule besuchen und studieren konnte."

„Was hast du studiert?", wollte ich von ihm wissen.

„Ich habe einen Abschluss als Lehrer und werde nach meiner Militärzeit in einem der Reservate unterrichten wollen. Darauf freue ich mich, das wird mir das Gefühl verleihen, zwar auf Erden, aber wie im Paradies leben zu können."

„Du hast Paradies gesagt!?", stellte ich zugleich fragend fest.

„Ja, das meine ich wörtlich und erdverbunden. Ich liebe die Weite der Great Plains in Oklahoma, auch die nahen Berge im Osten und den Arkansas River, der an meinem Elternhaus vorbeifließt. Daraus schöpfe ich meine spirituelle Kraft." Schmunzelnd ergänzte er gleich darauf: „Und einmal im Jahr werde ich mich an Bayern erinnern, wenn ich in die nahe Stadt Tulsa zum Oktoberfest gehen werde, das dort jährlich abgehalten wird."

Ob Kevin Costner, Johnny Depp und Burt Reynolds, deren Vorfahren auch Cherokees waren, ebensolche Empfindungen haben, kann ich nicht nachvollziehen. Für Ernie jedenfalls war die Freiheit, als Lehrer für seine indigenen Landsleute in einem freien Land und in der landschaftlichen Schönheit Oklahomas arbeiten zu dürfen, eine viel versprechende Perspektive.

* * *

Auf einer Reise durch den Westen Kanadas durchstreiften wir auch die Siedlungsgebiete der Indian Natives, der Tlingit, Haidas und Salish, und verbrachten einige Tage in Vancouver. Dort, im Anthropologischen Museum der Universität von British Columbia, lauschten wir aufmerksam am Head-Set der Schöpfungsgeschichte der Haida. Nach ihrer Legende entdeckte ein Rabe am Strand von Rose Spit auf der Insel Haida Gwaii eine Muschel, aus der die ersten Menschen hervor krochen. Bill Reid, ein Meister der Schnitzkunst vom Stamm der Haida, hatte diese Geschichte in einer großen Holzskulptur verewigt. Aus dem Kopfhörer vernahmen wir weiter, dass die Haida wie alle Natives an die Beseeltheit von Pflanzen, Tieren und Menschen glaubten. Die Schamanen nahmen bei ihren rituellen Zeremonien, je nach Anlass, Verbindung zu bestimmten lebenden Wesen wie auch zu einzelnen Toten ihres Stammes auf, um sich dadurch Kraft zu holen, damit sie dann, durch Rauschmittel und Tanz in Trance versetzt, ihre Prophezeiungen verkünden konnten.

Verwitterte Totempfähle sahen wir am Rande einer aufgegebenen und zerfallenen Indianersiedlung – traditionelle Stammeszeichen und Fetische zugleich. Im Stanley Park von Vancouver fanden wir eine ganze Reihe neuerer davon. Tiere aus der indianischen Mythologie wurden darauf dargestellt, der Rabe natürlich, der Bär, Wale als Herrscher des Meeres und der Adler als Donnervogel. Bei ihren Tänzen trugen die Indianer Masken mit vergleichbaren Bildnissen und ihre Wigwams schmückten sie mit geschnitzten und bemalten Schilden als Ausdruck ihres Standes oder zur Abwehr böser Geister.

Die meisten Indianervölker wanderten im Lauf der Jahrtausende weiter südlich in das Land, das wir heute Amerika nennen, die Shoshonen in den Nordwesten nach Oregon, Montana und Wyoming, die Apachen, Hopi, Anasazi und Navajo nach Arizona, Colorado, Uta und New-Mexico im Südwesten und die Cheyenne, Comanchen, Omaha und Dakota- und Lakota-Sioux breiteten sich in den Great Plains aus, der endlosen Prärie auf der Hochebene zwischen den Rocky Mountains und der Sierra Nevada.

Die Lebensbedingungen waren in diesem größtenteils dürren, unwirtlichen Land hart, ja grausam, gezeichnet von heißen Sommern und eiskalten Wintern mit einhergehenden Tornados und Blizzards, die das Land verwüsteten oder mit meterhohem Schnee bedeckten. Pferde zum Jagen gab es nicht. Erst die Spanier brachten sie ins Land und die Filmindustrie verbreitete leichtfertig die Illusion des seit ewigen Zeiten reitenden Indianers. Nein, die Tiere wurden auf der Pirsch mit Pfeil und Bogen erlegt und Bisons waren nur selten darunter.

Der Pionier Kit Carson begleitete einen Zug von Händlern und Siedlern auf dem berühmten Santa Fee Trail vom Missouri in den Wilden Westen. In Taos im Tal des Río Grande verbrachte er einige Jahre als Trapper und Pelzjäger. Wir besuchten das damals von ihm bewohnte Haus. Am Abend saß an der Bar des Taos Inn ein sehr gesprächiger

Indianer neben uns. Er wollte über alles reden, nur nicht über seinen Stamm, der im nahen Taos Pueblo wohnte, geschweige denn von den Sitten und Gebräuchen seiner Landsleute. Beim Verabschieden lud er uns zu einem Rundgang in seinem Dorf am nächsten Tag ein und wir nahmen danken an.

Wir parkten auf einem staubigen Vorplatz neben einer Reihe meist verbeulter und zum Teil verrosteter Oldtimer, Pickups mit großer Ladefläche in der Regel. Erstaunt sahen wir uns um. Taos Pueblo am Ufer des Red Willow Creek gilt als die älteste, ständig bewohnte Siedlung in den USA mit meist mehrstöckigen, zu Wohnblocks aneinander gereihten Häusern – gebaut aus Lehmziegeln und beigebraun verputzt.

Wir wurden erwartet. Mit Gesten führte uns der Pueblo-Indianer, genauer ein Tano, ein Nachfahre der Anasazi, um eine Häusergruppe in einen Hof zu einem alten Mann, der auf einem Hocker vor dem Eingang eines Hauses saß. Unser Begleiter wechselte mit dem Alten einige für uns unverständliche Sätze und verabschiedete sich mit dem Hinweis, dass sein Vater uns die Geschichte seines Volkes erzählen würde. Dann waren wir allein mit dem betagten Indianervater mit faltigem Gesicht.

Dieser streckte mir die offene Hand entgegen – nicht zur Begrüßung, sondern zur Entgegennahe eines Obolus. Er war erst mit dem fünften Dollarschein zufrieden und bat uns in sein Haus.

Tief gebeugt schritten wir unter dem niedrigen Türsturz hindurch in einen kleinen Raum mit einem groben Holztisch, um den vier Stühle auf dem gestampften Lehmboden standen, einem Wandregal mit ein paar Tellern und Bechern aus Blech und einer Feuerstelle in der Ecke.

Der Alte griff zu einer an der Wand hängenden Trommel und begann, sich selbst rhythmisch begleitend, ein mehr gesprochenes als gesungenes wehmütiges Lied in seiner Sprache. Höflich warteten wir auf das Ende des Gesangs und applaudierten. In Englisch bat ich ihn, er möge doch etwas über die Geschichte des Pueblos und seines Stammes erzählen, worauf er erneut zu singen begann, was uns veranlasste, ihm unseren Dank mit einem Nicken auszudrücken und den Rückzug anzutreten.

Wir lernten, dass die Pueblo-Indianer Besuchern zwar ihr Dorf zeigen, über ihre traditionelle Lebensweise jedoch Stillschweigen bewahren. Von ihren spirituellen Vorstellungen und Riten erfahren Außenstehende nichts.

Zwei Tagesreisen von Taos entfernt, suchten wir die magischen Plätze am Oberlauf des Colorado und in den Schluchten von Mesa Verde auf, um die spirituellen Erfahrungen der Indianer nachempfinden zu können, die sie an diesen versteckten und geheimnisvollen Orten suchten. Nach dem vergeblichen Versuch in den berühmten Klippenhäusern von dem indianischen Führer das zu hören, was der Alte nicht von sich gab, dieser aber auch nicht wusste oder sagen wollte, trafen wir im Monument Valley auf einen Navajo, der geschäftstüchtig und bereitwillig durch eine hinter Felsnasen versteckte Siedlung führte, in der sogar Touristen gegen Bezahlung in einem Wigwam übernachten konnten.

Sie bauten wie seit alters her ihre fensterlosen Rundhütten, die sie als Hogans bezeichneten, aus Ulmen- oder Hickorystämmen, die sie von weit in das baumlose Tal herholen mussten. Mit Grasmatten und gewebten groben Tüchern belegt, erhielten sie als Schutz gegen die Witterung noch eine Abdeckung aus Lehm. Durch ein Loch in der Decke zog der Rauch ab.

Der Navajo, dessen Namen ich trotz nachfragen nicht verstand, lud zu einem Glas Tee ein, das uns eine Squaw servierte, und erzählte zuerst vom handwerklichen Geschick seiner Landsleute, von der Herstellung von Kunsthandwerk wie Silberschmuck, Flechtkörben, bunt gewebten Tüchern als Umhänge oder Teppiche und von Sandbildern, die früher aus rituellem Anlass gefertigt und nach der Zeremonie wieder zerstört wurden und heute auf Leinwand oder Papier geklebt den Fremden zum Kauf angeboten werden.

„Mit Tänzen und Gesängen versuchen wir die Geister wohlwollend zu stimmen, damit Regen fällt und der Feldanbau eine gute Ernte bringt, Kranke geheilt werden und Manitu, der Große Geist, unserem Volk Kraft und Mut gibt, uns vor Feinden und Unwetter schützt und unseren Kindern große Fähigkeiten für das Leben mit auf den Weg gibt."

Während er von den guten und bösen Geistern sprach, legte er seinen Federschmuck an und begann zu tanzen. Es war inzwischen dunkel geworden und ein zweiter Navajo schaltete das Licht eines Pickup ein, um den Tänzer zu beleuchten. Ein dritter Navajo trommelte und alle drei sangen ein traditionelles Lied.

„Haben die Navajo eine Vorstellung von einem Leben nach dem Tod?", fragte ich nach der Beendigung des Tanzes.

„Ein Paradies, wie es sich Christen oder Muslime erhoffen, kennen wir nicht. Die ersten Menschen gelangten aus der Dunkelheit tief unter der Erde ans Licht. Maulwürfe und Dachse halfen dabei, indem sie Gänge gruben und die Spinnenfrau schickte einen Seidenfaden, damit sich die Menschen hochziehen konnten. Unsere Toten geben wir der Erde wieder zurück, wenn auch auf unterschiedliche Weise. Wir haben sie früher durch ein eigens in den Hogan geschlagenes Loch ins Freie gebracht, nicht durch den Eingang, und verbrannt. Andere Stämme wickelten den Leichnam in Tücher und legten ihn den Himmelgeistern nahe hoch auf ein Gestell bis er gänzlich verwest war. Die Knochen wurden in einem Tuch zu einem Bündel verschnürt und an einen der spirituellen Orte vergraben oder mit Steinen bedeckt, zur Erinnerung an unsere Ahnen, aber auch um sie anzurufen und um Beistand zu bitten. Sie würden sagen, an einer *heiligen* Stelle, doch dieses Wort haben wir erst von den Missionaren gelernt."

Er wandte sich zur Seite und sang mit zu den Sternen erhobenem Gesicht ein kurzes Lied, das er für uns übersetzte und dessen Bitte mir in Erinnerung blieb:

> Schöpfer des Westen und des Osten,
> Du bist stark.
> Lass auch mich stark sein.

Das war der Kern ihrer traditionellen Vorstellungen: Die Indianer lebten und leben im Jetzt. Lass auch mich stark sein. Sie flehten um die spirituelle Kraft und Energie, die ihnen die Macht gab über ihren Stamm, den Wind und den Regen und über alles, was ihnen ausreichend Nahrung garantierte.

Bevor wir uns verabschieden konnten, ging der Navajo zu einer von Tüchern verhangenen Stelle des Hogans, nahm ein Bündel von der Wand und kam mit einem daraus hervorgeholten Kalumet zurück.

„Das Rauchen einer Pfeife besiegelte das Ende einer Versammlung der Häuptlinge, des Rates eines Stammes oder auch einer spirituellen Zeremonie. Mit dem Rauch stiegen die Bitten um Regen, Gedeihen der Ernte, um Kinderreichtum oder um Frieden auf zum Großen Geist, zu Wakan Tanka der allmächtigen Lebenskraft." Während er die Pfeife wieder in das Bündel zurücklegte, schloss er mit dem Hinweis: „Wir nennen das in unserer Sprache ein Kalumet. Das Wort Friedenpfeife ist eine Bezeichnung der Weißen."

* * *

Auf einer der letzten Reisen in die Vereinigten Staaten wollten wir ‚*das andere*' Amerika kennen lernen, jenen konservativen Teil im Nordosten, in dem die Geschichte der USA ihren Anfang nahm – New England. Wir landeten in Boston, fuhren die meist raue Küste von Massachusetts und Main nach Norden bis zum Acadia National Park, von dort nach Westen zu den White Mountains in New Hampshire und den Green Mountains in Vermont, begleitet vom Indian Summer nach Süden zu den Birkshires, dann östlich bis Rhode Island am Atlantik, um unsere Tour mit Faulenzertagen auf Cape Code und der benachbarten Insel Martha's Vineyard ausklingen zu lassen.

Die Slogans der Nummernschilder an den Autos gaben eine treffende Zusammenfassung der Geisteshaltung und Weltanschauung der dort lebenden Leute, die von einer überzogenen Selbsteinschätzung strotzt: „The Spirit of America" behaupteten die Menschen von Massachusetts von sich, und „Live free or die" galt als Devise in New Hampshire.

Nirgendwo sonst in den Staaten häuften sich auf meinen vorangegangenen Reisen die Elite-Colleges und Universitäten so sehr wie in Massachusetts und dem benachbarten Connecticut. Freiheit, Selbständigkeit und Eigenverantwortung ohne Einmischung des Staates sind unabdingbare Selbstverständlichkeit in diesem nahezu ausschließlich von Weißen bewohnten Landstrich. Da bleibt kein Platz für soziale Reformen eines Präsidenten mit Namen Barack Obama – trotz oder gerade wegen der religiösen Fundamentalisten, deren Kirchtürme zahlreicher als Fabrikschornsteine in den Himmel ragen und deren Glaubensgemeinschaften und Sekten eine schier endlose Liste füllt.

Die gottesfürchtigen Bibelkenner und asketischen Puritaner feuerten den ersten Schuss im Kampf um die Unabhängigkeit von der englischen Krone und schafften bereits lange vor dem Sezessionskrieg per Gesetz die Sklaverei ab. Von den indigenen Ureinwohnern wollten sie allerdings wenig wissen. So betrug die Quote der in New England zur Zeit unseres Besuches lebenden Indianer weniger als ein halbes Prozent aller Einwohner. Sie starben zu tausenden an Masern, Scharlach und anderen eingeschleppten Krankheiten der Europäer, wurden beim geringsten

Widerstand gnadenlos getötet oder in Reservaten zusammengepfercht, die von ihrer kargen Natur her nur einen geringen Spielraum für ein Überleben boten. Das größte, erbarmungslose Massaker an Männern, Frauen und Kindern fand am Wounded Knee Creek im Jahr 1890 statt, das zweihundertfünfzig Lakota das Leben kostete. Black Elk fasste als einer der wenigen Überlebenden diese Tragödie mit bitteren Worten zusammen: „Der Traum eines Volkes starb."

Das alles reizte mich, nach einer Begegnung mit den Nachkommen der Ureinwohner zu suchen, die ich am letzten Tag unseres Aufenthalts in der Plimoth Plantation finden sollte.

Nur wenige Meilen von jenem Felsblock am Sandstrand entfernt, wo die Mayflower 1620 mit den Pilgervätern landete, die Auswanderer den neuen Kontinent betraten und einige Zeit später die Stadt Plymouth gründeten, entstand vor Jahren ein Museumsdorf, das dem Besucher Einblick in das bescheidene Leben der ersten Siedler gab. Am längsten verweilten wir bei den Wigwams der Wampanoag, einer Gemeinschaft mehrerer Indianerstämme, deren Häuptling Massasoit vor vierhundert Jahren den Neuankömmlingen friedlich entgegentrat.

Zwei Männer höhlten mit Feuer und Werkzeug einen Baumstamm, um daraus ein Kanu zum Fischen zu fertigen. Ein weiterer schälte die Haut von noch jungen, grünen und langen Ästen, die ein anderer, der stolz verkündete, dass sein Kopfschmuck aus den Borsten eines Stachelschweins bestehe, mit scharfem Messer in dünne, biegsame Stäbe schnitt. Eine junge Frau flocht schließlich aus beiden Körbe.

Im Versammlungshaus lernte ich Tapenum kennen, einen Indianer, der aus der Geschichte der Wampanoag berichtete, die südlich von Plymouth und auf der Halbinsel Cape Cod lebten und noch immer leben.

„Unsere Stammesbezeichnung wird mit *Volk des ersten Lichts* gedeutet, was jedem verständlich wird, der den Sonnenaufgang über dem von Ihnen Atlantik genannten großen Meer beobachtet, was die Vorfahren mit rituellen Zeremonien begleiteten." Er machte eine ausladende Handbewegung und schilderte den Bau ihrer mit Rinden und Matten bedeckten Hütten, die sie nicht Wigwam, sondern Wetu nennen, erzählte vom Anbau von Mais, Kürbis und Bohnen, vom Sammeln von Kräutern, Wurzeln und Beeren, von der Jagd nach Hasen, Bieber, Rehen und

Elchen und vom Fischfang. „Noch heute essen wir gern Kabeljau, der küstennah geangelt werden kann, aber noch lieber Schalentiere, Lobster und Muscheln, die nirgendwo so gut schmecken wie hier."

Eine Hand voll Besucher und wir saßen auf Fellen von Rotwild und Bären rings um die Feuerstelle und lauschten angespannt seinen Worten. „Meine Vorfahren bemalten das Gesicht und den Oberkörper nicht nur, wenn sie gegen andere Stämme Krieg führten, sondern auch bei rituellen Zeremonien und Tänzen. Heute tätowieren wir unsere Körper, wie es überall auf der Welt geschieht." Tapenum hielt seinen Zuhörern seinen linken Oberarm entgegen. „Diese Schlange ist das alte Zeichen meines Stammes. Ich bin ein Narraganset. Meine Vorfahren lebten in den Buchten von Rhode Island."

Als Tapenum zum Ende seines Vortrags kam, setzte ich mich neben ihn und bat, er möge uns doch etwas über seinen religiösen Glauben sagen. Ohne lange zu überlegen, kam er auf den Punkt.

„Die Native American glauben ebenso wie Sie, wie Menschen mit einer christlichen Konfession, an einen Schöpfungsakt, wer immer ihn auch vollbrachte – der Gott der Christen oder Moslems oder Hindu oder der Große Manitu der Indianer." Er blickte in die Runde, bevor er fortfuhr: „Aber alles andere auf Erden ist ein Teil unseres ganz eigenen Spirit's, unseres Geistes und unserer Energie", und umkreiste bei dieser Aussage mit seinem Zeigefinger seinen Kopf. „Wir fürchten uns vor bösen Geistern und sind gleichzeitig hoffnungsfroh, dass gute Geister uns helfen werden, auch die Ahnen, die wir oft anrufen."

Big Thunder vom Stamm der Wabanaki in Main drückte das so aus: „Der Große Geist ist unser Vater, aber die Erde ist unsere Mutter."

Und Crowfoot, ein Blackfoot sagte auf dem Sterbebett: „Liebe ist das Blinken eines Leuchtkäfers in der Nacht, der Atemhauch des Büffels im Winter und der kleine Schatten, der über das Gras läuft und sich im Sonnenuntergang verliert."

Diese Worte und Tapenums Darlegungen hinterließen bei mir tiefe Eindrücke, weckten unerwartete Gefühle, wie auch die erlebte Natur der letzten Tage sie uns spüren ließ – die wildzerklüftete Felsküste, die tiefen, ursprünglichen Regenwälder, die lieblichen grünen Täler mit den bunten Farben des Herbstes in einer rauen Berglandschaft und die fast endlos weitläufigen Dünen. Von all dem war ich angetan und beflügelt ein Gedicht zu schreiben. Als ich im Flugzeug saß, holte ich meinen Notizblock hervor, ergriff einen Bleistift und schrieb:

> Wenn du
> den Geruch des frischen Grases liebst,
> gerne den Duft der Blumen atmest,
> dem Gesang der Vögel lauschst
> und das Summen der Insekten vernimmst,
> die salzige Brise der Seeluft auf deinen Lippen schmeckst
> und den zarten Hauch des Windes auf deinen Wangen spürst,
> dann bist du nahe bei Gott.

Verzaubernder Kontinent

Als Urlauber durchfuhr ich mehrfach im Safaridress die Savannen und Wälder des afrikanischen Kontinents, ging mit dem Fotoapparat in der Hand in den Nationalparks auf Pirsch nach den Big Five und anderen exotischen Tieren der Wildnis, erfreute mich an der umwerfenden Schönheit und Vielfalt der Landschaft und versank in tiefe Nachdenklichkeit bei Begegnungen mit Schwarzafrikanern, die über ihr Land, ihr Volk, ihre Tradition und Kultur berichteten.

Die Landkarte der Religionen zeigt für diesen Erdteil, grob gesehen, einen islamischen Norden und einen christlichen Süden. Doch ist das wirklich so? Für den Maghreb und die Staaten der Mittelmeerküste bis Ägypten trifft das zu und auch noch für einige angrenzende Länder, die weitgehend muslimisch geprägt sind. Meine Beobachtungen in den südlicheren Staaten Kenia, Tansania, Südafrika, Namibia und im kleinen Swaziland zeigten mir ein ganz anderes Bild. Dort konkurrierten die christlichen Kirchen mit einer lebendigen Welt der Rituale und Magie.

In Südafrika und Namibia leben, viel zu wenig beachtet, die beiden ältesten Volksgruppen der Menschheit, die San und die Khoi, die aus dem Ursprungstal des Homo sapiens, der Olduvaischlucht im Great Rift Valley in Kenia, die auch Wiege der Menschheit genannt wird, vor weit über einhunderttausend Jahren bis ans südlichste Ende des Kontinents wanderten. Sie hinterließen ihre Spuren in der Garden Route genannten Südostküste in Klippenhöhlen direkt über dem Meer und als Felsmalereien in den Drakensbergen und an anderen Orten.

Wir hielten uns zuerst mehrere Tage in der exotischen Kapprovinz Ciskei beim Volk der Xhosa auf, dessen bekanntester Vertreter, Nelson Mandela, nach langem Gefängnisaufenthalt während der Apartheid erster Präsident der freien Republik Südafrika wurde. Die bei der Anmietung eines Toyota Ventures von AVIS ausgehändigten Sicherheitshinweise lösten Stirnrunzeln aus:

„Halten Sie die Türen und Fenster immer geschlossen.
Schließen Sie alle Wertsachen in den Kofferraum.
Nehmen Sie auf keinen Fall Anhalter mit.
Nehmen Sie keine Abkürzungen auf unbekannten Nebenstraßen.

Steigen Sie nicht aus, wenn ein anderer Fahrzeugführer Sie auf einen angeblichen Schaden an Ihrem Fahrzeug aufmerksam macht oder Sie von hinten anfährt. Rufen Sie die Polizei unter 10111.
Polizeilichter sind blau. Halten Sie nicht wenn weiße Lichter blinken.
Leisten Sie keinen Widerstand, wenn ein Fremder Ihre Wertsachen fordert. Ihr Wohlbefinden ist wichtiger.
Helfen Sie nicht, wenn Sie einen Unfall passieren. Es könnte eine Falle sein. Rufen Sie die Polizei.
Haben Sie selbst einen Unfall, bleiben Sie im verschlossenen Wagen, stellen Sie die Warnbeleuchtung an und warten Sie auf die Polizei."

Wir ignorierten diese Warnungen und fuhren mit dem angemieteten, als SUV bezeichneten Sports Utility Vehicle mit großer Bodenfreiheit für Schotterstraßen und Pirschfahrten in mehreren Etappen 4.250 km ohne irgendeine Belästigung, auch nicht in Ciskei.

Zuerst verbrachten wir drei Nächte im Mpekweni Sun Marine Resort am in der Tat wilden Küstenabschnitt der Wild Coast, machten Bekanntschaft mit den Xhosa in dem von ihnen geführten Hotel, betrachteten interessiert das auffallende Äußere der Frauen, die sich in ihrer bunten Kleidung, mit langen Strängen von Glasperlen um den Hals, Bemalungen der Wangen und kunstvollen und farbigen Gebinden aus Tüchern auf dem Kopf gefielen, und erfuhren einiges von ihren kulturellen Bräuchen, aber nichts von ihren religiösen Vorstellungen.

Auf der Weiterfahrt Richtung Kapstadt pirschten wir durch den Addo Elephant National Park, den Tsisikamma National Park, dessen Name in der Sprache der Khoi ‚wasserreicher Platz' bedeutete und wanderten jeweils ein Stück des Dolphin und des Otter Trails beidseits des Storms River. Am felsigen Kap vorbei gelangten wir weit in eine Schlucht bis zu einer Hängebrücke. Der Fluss hatte sich dort ein tiefes Bett in die 40 m hohen Klippen beidseits der Mündung in den Ozean gegraben. Der Pfad schlängelte sich weiter durch immergrünen Wald entlang der Küste und gab mehrfach Blicke auf den Ozean frei als auch auf einige von den Urgewalten der Natur in die Steilküste geschlagene Höhlen.

In einer wurden Spuren von Menschen entdeckt, die hier bereits vor einhundertdreißigtausend Jahren Unterschlupf suchten. Es müssen San oder Khoi gewesen sein, die Muscheln sammelten und verzehrten. Das mit modernen Methoden festgestellte Alter der hinterlassenen Schalen gab Aufschluss über die ungefähre Zeit, zu der die Urbevölkerung an diesem Küstenabschnitt im Einklang mit der Natur lebte.

Vergeblich suchten wir hier, in den Nationalparks und in den nahen Orten Knysna und Wilderness Kontakt zu noch heute lebenden Nachfahren der San und Khoi. Auch eine Fahrt in die Kleine Karoo, jene unwirtliche Landschaft, die sich bis an die Grenze Namibias ausdehnt, bescherte unseren Bemühungen auf ein Zusammentreffen mit den Vertretern der Urbevölkerung keinen Erfolg. Wir überquerten dorthin die Outeniqua Berge, was in der Sprache der Ureinwohner bedeutet, dass dort ‚die Männer Honig tragen', die Redewendung einer Sprache, die ihre Kraft auch aus den vielen blühenden Pflanzen am Wegesrand und den zahlreichen Honig liefernden Bienenvölkern schöpfte.

Zuerst waren es die Bantustämme, die den Altsiedlern das Gebiet streitig machten und diese in den Südwesten Afrikas vertrieben; dann waren es die Buren und Briten, die den San und Khoi das Leben schwer machten, sie in die Flucht in die Große Karoo bis nach Namibia zwangen oder aufrieben.

Wir machten Station in der Rosenhof Country Lodge, deren exklusiver holländischer Charme im krassen Gegensatz zur Wüstenlandschaft stand, in die wir uns tags darauf hineinwagten. Einige wenige Felsmalereien in den Cango Caves und Ausstellungsstücke in einem Show Room waren die einzigen Hinweise auf die einst hier siedelnden Menschen.

Die San gehören der ältesten auf dieser Welt lebenden Volksgruppe an, wie die Untersuchungen ihrer genetischen Variationen und DNA-Stammbäume belegten. Die früher verächtlich als Buschmänner bezeichneten Menschen waren Jäger und Sammler in einer Gesellschaft ohne Hierarchie, ohne Häuptlinge, Tabus und Gesetze. Probleme wurden im Clan einvernehmlich gelöst. Sie bauten sich einfache Hütten, bewahrten Wasser in Straußeneiern auf, sammelten Früchte, Zwiebeln und Samen, jagten mit vergifteten Pfeilspitzen und befragten Orakel, riefen Geister in Trancezuständen an und setzten Mixturen aus Pflanzen als Hilfsmittel ein – so wie sie es heute noch in Namibia zu tun pflegen, wohin sich die meisten zurückgezogen haben. Ein Sprichwort der San lautet: „Du kommst und du gehst. Aber wenn du wiederkommst, wirst du bleiben." Die Frauen gebären außerhalb der Siedlungen. Erst mit der

Rückkehr in die Siedlung wird das Neugeborene in die Gemeinschaft aufgenommen.

Uns blieb der Kontakt mit den San versagt, obwohl wir uns weit über die Swartberge hinaus nördlich in die Steppenlandschaft der Karoo hineinwagten. Wir stießen auch auf keine Khoi, die etwa vor dreitausend Jahren in den Süden einwanderten, sich mit den San vermischten oder noch immer in versprengten kleinen Gruppen leben.

Am Abend saßen wir in der Lodge auf Wunsch des Hausherrn beim Dinner und danach auf der Terrasse mit Clubjacke und Krawatte herausgeputzt zusammen und unterstützten die Verdauung der Straußensteaks mit einem doppelten Amaro als Digestif. Da meine Gedanken noch immer um die Ureinwohner kreisten, fragte ich den Chef des Hauses, ob hier in der Gegend San und Khoi leben würden.

„Die Buschmänner sind alle verschwunden", gab er barsch zurück und ließ durch sein Minenspiel erkennen, dass ihm eine Unterhaltung darüber zuwider sei.

Von Buschmännern oder gar Hottentotten zu sprechen ist ebenso verpönt wie die Bezeichnung Neger bei uns. Ich ließ nicht locker. „Sie beschäftigen doch im Service und in der Küche Schwarzafrikaner, wie ich sehe. Welchen Stämmen gehören Ihre Mitarbeiter an?"

„Für uns sind das einfach Schwarze. Die sind doch alle gleich."

Seine Borniertheit war nicht zu übertreffen und mehr war aus ihm nicht herauszubekommen. Die Sehnsucht nach der Apartheid sprach aus seinem Gesicht.

Am nächsten Morgen steuerten wir den Toyota Venture zur Küste zurück und dort zuerst zum Point in Mossel Bay. Indirekt wollten wir dort den Ureinwohnern nahe kommen. Über die Marsh Street fuhren wir hinaus zum Kap, dem Vasco da Gama den Namen St. Blaize gab, als er bei seiner Erstumrundung Afrikas auf dem Weg nach Indien 1488 hier vorbeikam. Wir parkten in der Nähe des Leuchtturms und gingen auf einem Pfad bis an die Steilküste und weiter zu einer Höhle, die geschützt oberhalb der anbrandenden Wellen des Ozeans lag.

Hier, und in einer weiteren Höhle ein Stück westlich am Pinnacle Point, lebten bereits Menschen in der Steinzeit. Unter den Kotbergen der Vögel stießen Forscher auf ganze Haufen von Muschelschalen, bearbeitete Gegenstände aus Stein und Stücke gebrochenen Rotockers, die bewiesen, dass in dieser Gegend Menschen bereits vor etwa 165.000 Jahren siedelten und großes Geschick zeigten. Sie schlugen und schärften aus Quarzit Schaber, Messer und Pfeilspitzen und sammelten nicht nur Muscheln, sondern fischten und gingen zur Jagd.

Eine Schrift entwickelten die San nicht und ihre von Klicklauten durchsetzte Sprache blieb bis heute rudimentär. Einige Tiere, wie die Gottesanbeterin, als auch die Sonne und der Mond setzen in ihrer Vorstellung übernatürliche Kräfte frei, und vom Stamm der Gwikwe, die sich nach Botswana zurückgezogen haben, wird erzählt, dass Namida, ein unnahbares Wesen, den Regen hervorbringt. Gebete und Opfer sind ihnen fremd. An wen sollten sie auch gerichtet sein. Dafür treten Heiler, Wahrsager und Zauberer in Erscheinung, die versteckte Zeichen mit Worten deuten, die für alle rätselhaft bleiben – so wie es für uns unerklärbar bleibt, weshalb die San und Khoi bisher keine Chance nutzten, ihr Leben in gesellschaftlicher und kultureller Weise weiterzuentwickeln.

* * *

Im kleinen Königreich Swasiland vollzieht sich Tag für Tag und Jahr für Jahr eine Symbiose aus Moderne und Tradition. Die Menschen gehen tagsüber ihrer Arbeit nach – überwiegend in der Landwirtschaft, wo sie Zuckerrohr, Zitrusfrüchte und Ananas zum Export anbauen, oder im Bergbau, in der Asbestproduktion und den wenigen ausländischen Betrieben der Metallindustrie – und verfallen anschließend im Kral oder einem der städtischen Mietshäuser ihren naturreligiösen Riten, obwohl sie meist einer christlichen Gemeinschaft angehören. Der Ahnenkult steht hoch im Kurs und die Medizinmänner haben das Sagen, das häufig auch Frauen an sich ziehen.

Wir kamen von der Malelane Lodge am Crocodile River nahe des Südportals des Krüger Parks angereist. Bereits beim Grenzübertritt wurde uns bewusst, wir waren endlich in Schwarzafrika angekommen. Jovial winkend und einen guten Aufenthalt wünschend drückte uns der Zollbeamte die abgestempelten Pässe nach dem Inkasso einer Gebühr in die Hand, während sein Kollege gemächlich die Schranke hob. „Enjoy our Swasi people and nature", rief er hinter uns her.

Nach einer halbstündigen Fahrt durch eine hügelige grüne Landschaft, in der immer wieder Rundhütten Einheimischer auftauchten, von denen meist drei oder vier je nach Anzahl der Frauen des Mannes zusammenstanden, überquerten wir den Pigg's Peak Pass, der den Blick auf die Felsnase gleichen Namens und den höchsten Berg des Landes freigab, den Emlembe.

Zwei braune Straßenschilder wiesen den Weg nach Osten. „Bushmen Paintings – 7 km" und „Rock Art" las ich darauf. Einfach zusammen gezimmerte Verkaufsstände standen beidseits der Abzweigung. Einige hatten geöffnet. Käufer waren nicht in Sicht. Wir fuhren daran vorbei und einem Fluss folgend hinein ins wilde Nkomati Valley, durch das wir zum Nsangwini Rock Shelter gelangten, wo wir auf Spuren der San stießen.

Wir lösten Eintrittskarten und stiegen mit einem Führer über einen steilen Pfad und Treppen hinauf zu einem Felsüberhang, der einst den San als Unterschlupf und zugleich Ort der Mythologie gedient hatte.

„Diese Felsmalereien entstanden vor vielen tausend Jahren", hob der Guide fast noch außer Atem an. „Wir sehen viele Bilder, ohne genau zu wissen, was sie bedeuten. Wir können nur vermuten."

„Das sind Büffel, Kaffernbüffel um genau zu sein", meinte einer der Besucher voreilig.

„Sehen Sie, die Hörner dieser Tiere sind stark nach vorn gebogen und sie haben einen schlanken Körper. Sie stellen Wildebeest dar, Gnus, keine Büffel." Er zeigte auf eine übergroße, menschliche Figur dazwischen. „Möglicherweise handelt es sich hier um eine mystische Figur aus der Schöpfungsgeschichte, um die Mutter der Fruchtbarkeit, die auf der Erde neues Leben bringt."

Er ging ein Stück weiter und zeigte zur Decke des Überhangs. „Dieses in kräftigem Rot gemalte Tier symbolisiert den Regenmacher. Er wird von eigenartigen Wesen umtanzt, von Menschen mit Köpfen von Vögeln und Echsen."

Ohne Worte über die dargestellten beiden Fettschwanzschafe und einen überdimensionalen Elefanten zu verlieren, ging der Guide zu einer die Decke des Felsens durchziehenden tiefen Spalte. „Hier stehen wir vor der wohl bedeutendsten mythologischen Darstellung des gesamten Bilderreigens. Vier Männer, vermutlich Schamanen, tragen Bündel in ihren erhobenen Händen. Es könnte Buchu sein, ein aromatisches Kraut, das sie den Geistern opfern, die sie anrufen. Die Spalte scheint für die San Eingang und Ausgang zur Welt der Geister gewesen zu sein, die sich für sie hinter der Felswand verbarg. Wie sonst wäre zu erklären, dass", er deutete mit einem Zeigestock nach oben, „zwei geflügelte mystische Wesen aus der versteckten Welt hervoreilen, um den Schamanen zu helfen."

„Glauben die Swasi noch immer den Schamanen mehr als einem Doktor?", wurde gefragt.

„In unserem Land ist die traditionelle Heilung noch weit verbreitet, der Inyanga, der einheimische Doktor also, befragt die Ahnen, wirft Knochen aus und heilt je nach deren Lage mit hausgemachter Medizin, die Sangoma, die Wahrsager, meistens Frauen, rufen die Geister an, um mit deren Hilfe die Probleme der Familie, der Ehe, des Kinderkriegens, der Krankheiten und Streitigkeiten zu lösen, und die Umtsakatsi, unsere Zauberer, auch Hexendoktor genannt, hypnotisieren die Menschen durch ihre Magie und versetzen sie in Trance."

„Und was macht einer, wenn er sich ein Bein bricht?"

„Dann geht er ins Hospital zu einem Chirurgen. An den glauben die Swasi auch."

„Und glauben die Swasi auch an einen Gott?"

„Nein, nicht wie die Missionare es lehren. Die Welt war schon immer da. Die Geister bestimmen das Geschehen. Wir rufen unsere Ahnen und die guten Geister an, damit sie vor den bösen Geistern schützen."

Mit einer Handbewegung deutete der Guide das Ende der Führung an. Wir schlenderten zum Wagen zurück und fuhren weiter, den Schlaglöchern ausweichend, soweit die guten Geister auf unserer Seite standen, manchmal auch wie von den Zauberern verhext mitten durch sie hindurch, hielten an einer langen Tischreihe, wo Frauen Kunsthandwerkliches anboten, kauften als Andenken einen aus rotbraunem Holz geschnitzten Steckkamm, hielten nochmals an einer Aussichtsterrasse, die den Blick in ein fruchtbares Tal freigab, sahen vom Gesang angelockt begeistert fünf mit Schilfrohrröcken bekleideten Mädchen beim Tanz zu, für die ein Junge die Trommel schlug, drückten diesem einige Rand in die Hand, woraufhin die Mutter vor dem Kral stehend uns auf siSwati etwas zurief, was vermutlich ein Dankeschön war, während die Kinder uns zum Abschied mit fröhlichem Gelächter zuwinkten, setzten die Fahrt fort und steuerten unser Hotel in der Nähe der Landeshauptstadt Mbabane in einem malerischen Tal an, das die Swasi Ezulwini nannten.

Noch vor dem Abendessen lockte uns, gar nicht afrikanisch aber einladend, die fidele Musik einer irischen Folk Band in die Bar, wo wir uns am Tresen zu einem erfrischenden Bier niederließen.

Mit einem „Hello!" erklomm ich einen der Hocker, worauf der Barkeeper „Sawubona" erwiderte. „So grüßen wir auf siSwati; das heißt Guten Tag, Guten Morgen oder auch Guten Abend, je nach Uhrzeit."

Er ließ das Bier in den Krügen richtig aufschäumen, so wie wir es von ihm erbeten hatten. Mit einem „Cheers! Wohl bekomm's!" stellte er die Gläser vor uns hin und ergänzte: „Fühlen Sie sich wohl in Ezulwini, im Tal des Himmels, wie es auf siSwati heißt."

Ich blätterte in einer Broschüre, die in der Lobby auslag – Swaziland The Royal Experience – und fand einen Artikel über die rituellen Tänze der Swasi. Die Vorführung der Kinder, die wir am Nachmittag sahen, war Teil des Fests der Früchte, des iNcwala, das am Tag des letzten Neumonds im Dezember abgehalten wird, dem Beginn des Sommers. Die Männer tanzen im Beisein des Königs, der die Geister der Vorfahren um Regen für eine gute Ernte anruft, aber auch um Wohlstand für das Volk und Frieden bittet.

Eine Weisheit der Swasi und Bantu lautet: „Die Sonne geht an keinem Dorf vorüber." Leider hat sich diese Hoffnung nur für die wenigsten Swasi erfüllt. Sie gehören zu den ärmsten Menschen in Afrika, die noch dazu von der Geißel der Menschheit gequält und dezimiert werden, von AIDS. Fast zwei Drittel der sexuell Aktiven sind von dem grausamen HIV-Virus infiziert. Das große Sterben hält seit Jahren an und senkte die Lebenserwartung auf dreiunddreißig Jahre.

Wenn die grausame Krankheit im letzten Stadium sichtbar zum Ausdruck kommt, dann ziehen sich die Betroffenen dorthin zurück, woher sie gekommen sind, um ihr Ende zwischen den grünen Hügeln abzuwarten, wo das Gras schnell über ihre Gräber wachsen wird.

König Mswati III führte 2001 für alle unverheirateten Frauen das Keuschheitsgelöbnis ein, was unter Strafandrohung einem Sexverbot für Jungfrauen gleichkam und ihm selbst eine gewisse Sicherheit bei der Auswahl neuer Bräute gab. Dies geschieht jährlich beim Umhlanga, dem Schilfrohrtanz im August, an dem stets mehrere tausend Jungfrauen teilnehmen, die sich beim Kral genannten Palast des König in einem Überwurf in den Farben ihres Clans zusammenfinden, der an einer

Schulter gerafft wird und mindestens eine Brust und die Beine freigibt. Zum symbolischen Schutz der Mutter des Herrschers bauen die Jungfrauen aus dem mitgebrachten Schilfrohr einen Windfang.

Der König hat sich in den Jahren seiner Amtszeit dreizehn unberührte Frauen ausgesucht und geheiratet. Er blieb gesund und wurde bereits achtundvierzig Jahre alt. Die jährliche Zeremonie nehmen inzwischen auch andere Männer zum Anlass, aus den in ihrer ganzen Schönheit nahezu unverhüllt auftretenden Anwärterinnen eigene neue Bräute auszuwählen, sobald der König selbst sich entschieden hat.

* * *

Das Land der Zulus, KwaZulu-Natal, grenzt unmittelbar an das kleine Königreich der Swasi. Wir hatten auf unserer großen Südafrikarundfahrt mehrere Tage dafür eingeplant, gingen zuerst auf Pirsch im Gelände der privaten Bushland Game Lodge, mit der Kamera und nicht mit der Büchse in der Hand, durchstreiften den tierreichen Hluhluwe Umfolozi Park, der mit noch mehr Tierbeobachtungen und einer abwechslungsreicheren Natur erfreute als der Krüger Park, besuchten das DumaZulu Cultural Village, ein Museumsdorf wie sich herausstellte, wo Männer Eisen schmiedeten, Frauen töpferten, Stoffbahnen aus Bastfasern herstellten, bunte Glasperlen zu kunstvollen Strängen fädelten und Männer in Fellen von Leoparden und Springböcken gekleidet mit Speeren und Schilden in der Hand Kriegstänze aufführten. Dann machten wir uns voll Zuversicht auf die nächste, geheimnisvolle Etappe.

Satour war mir bei der Planung der Reise behilflich, das South African Tourism Office. „Wenn Sie das ursprüngliche Südafrika erleben wollen, dann sollten Sie den Zulu Kral von Simunye aufsuchen und im Pioneer Settlement übernachten", lautete die Empfehlung, die ich aufgriff und buchte. Der Bestätigung lag eine kopierte Handskizze mit der Anschrift bei: „Zwischen Eshowe und Malmoth, ab der R34/66 und weiter auf der D256." Das war jedem klar, der sich dort auskannte, nur nicht mir. Dann gab es noch zwei weitere Hinweise: „Halten Sie Ausschau nach einem Wagenrad mit einem großen S", und, „Die Gäste sollten um 3 Uhr 30 eintreffen, damit der Transport auf Pferden oder mit Ochsenkarren am Nachmittag um 4 Uhr starten kann." Auf der Zeichnung fand ich ein Haus, neben dem Pioneer Camp geschrieben stand und handschriftlich Old Trading Post ergänzt wurde – offenbar der Treffpunkt.

Die Buren und die Briten hatten während ihrer Kolonialzeit den Urwald abgeholzt, die Savannen durch Brände gerodet und die Landschaft mit langweiligen Eukalyptuswäldern für die Papierherstellung und endlosen Zuckerrohrplantagen übersät. Je weiter wir uns von der Nationalstraße entfernten, umso hügeliger und natürlicher wurde das Gelände. Wir querten Flüsse und Bäche und fuhren ein Stück am Mhlaluze River entlang, wie die Skizze verriet. Schließlich wand sich die kurvenreich gewordene Straße zum Nkwalini Pass hinauf. Dann sahen wir es alle gleichzeitig – ein großes Wagenrad mit einem ‚S' in der Mitte.

Ein Schild verriet die angekündigte Straßenbezeichnung, D256. Doch wohin sie führte, blieb ein unbeantwortetes Geheimnis. Eine Ortsangabe fehlte. Wir bogen ab und folgten nunmehr einem besseren Feldweg, rotbraun und staubig, der sich auf einem sanft fallenden Bergrücken kilometerweit dahinschlängelte. Waschbrettartige Rillen und tiefe Schlaglöcher versuchten unsere Rücken zu zermürben. Weit und breit war niemand zu sehen. Empangeni, die letzte Siedlung, lag mehr als eine Stunde Fahrt hinter uns. Erleichterung war erst zu spüren, als ein betagtes Haus und ein Holzschuppen auftauchten – die alte Poststation. Wir standen vor verschlossenen Türen und Fenstern; nur ein paar Pferde weideten auf der Koppel nebenan.

Lange mussten wir nicht warten. Motorengeräusche wurden laut und lauter und aus einer riesigen Staubwolke kam über die Bodenwellen hüpfend ein roter Pickup mit Getöse zum Vorschein, der gleich darauf neben uns hielt.

Der Fahrer rief uns ein herzliches „Welcome" zu und schüttelte jedem die Hand, während die beiden Beifahrer sich mühsam aus den Sitzen quälten, zur Koppel hinüber gingen, sieben Pferde einfingen, denen sie Zaumzeug anlegten, um sie halten und satteln zu können.

„Ich heiße Lungani", stellte sich der Anführer vor, als ein weiteres Fahrzeug eintraf, mit einem Pärchen aus Australien, wie wir hörten, freundlich grinsend, aber wenig gesprächig. Lungani öffnete das große Tor des Schuppens und der Australier als auch wir parkten dort unsere Wagen, nachdem wir unser Gepäck auf dem Pickup verstaut hatten, der von den Einheimischen zum Camp gesteuert wurde.

„Wir erwarten noch drei weitere Gäste aus Holland, die verspätet eintreffen werden, ohne zu wissen wann. Wir brechen trotzdem pünktlich auf, um vor Einbruch der Dunkelheit die Lodge zu erreichen. Es kann losgehen, die Pferde sind gesattelt."

Alle Hinweise meiner Frau, dass Ochsenkarren als Transportmittel zur Verfügung stehen würden, halfen nichts. Lungani deutete lässig auf das Durcheinander eines Holzhaufens, die Reste des zusammengebrochenen Wagens. Wohl oder übel musste auch sie ein Pferd besteigen.

„Nehmen Sie die braune Stute, sie ist alt, sehr zahm und läuft ruhig", meinte Lungani und half ihr in den Sattel. Unser Freund Wolfgang, ein erfahrener Reiter, übernahm die Spitze, das heißt sein Schwarzer tat dies, der den Weg von alleine fand. Am Schluss ritt der Australier.

Eine herrlich grüne Landschaft tat sich vor uns auf. Der Weg gabelte sich und der Pfad, auf den der Schwarze einschwenkte, fiel steil ab. Vor und unter uns lag das weite und tiefe Tal des mäandernden Mfule Rivers, dessen von Sandbänken durchzogene Wasser im Licht der Sonne glänzten. Schroffe Felswände und Schluchten an der anderen Uferseite wechselten mit dicht bewaldeten Hängen, die von zahlreichen heranströmenden kleineren Flüssen und Bächen durchfurcht waren, während sich auf unserer Seite von Büschen durchzogenes Grasland hinstreckte, in dem versteckt gruppenweise Rundhütten standen.

Lungani ließ anhalten. „Das ganze Land vor uns gehört unserem Stamm. Wir sind eine große Familie, die in mehreren Kralen im Tal lebt. In der Senke im Süden sehen Sie Rinder. Wir leben in erster Linie von der Viehzucht und was wir sonst brauchen, bauen die Frauen auf den Feldern an." Sagte es und schnalzte laut mit der Zunge, worauf sich Wolfgangs Schwarzer wie automatisch in Bewegung setzte. Die anderen Pferde folgten langsam, sie kannten ihren Weg, der in mehreren großen Schleifen durch Grasland hinunter zum Fluss führte.

Die Szene wurde romantischer, fast märchenhafter, je näher wir dem Ufer kamen und die Natur ließ uns ihre ganze mystische Kraft spüren. Vor uns floss der Mfule in einer langen Schleife am Fuß einer hohen Bruchkante entlang, die über und über von Büschen bedeckt war. Wo der Berghang abflachte, war er von dichtem Regenwald bewachsen.

Der Fluss führte wenig Wasser. Lange Sand- und Kiesbänke zogen sich seitlich und in der Mitte hin. Der Pfad, auf dem wir kamen, endete direkt am Ufer. Eine Brücke war nicht zu sehen.

„Wir überqueren hier den Fluss", sagte Lungani gerade so, als stünden wir an einem Zebrastreifen. „Die Pferde sind sehr trittsicher und in guter Übung. Das Wasser steht hier an der Furt nicht sehr hoch. Sie legen sich jetzt auf das Pferd, umfassen den Hals mit den Armen und halten die Füße möglichst hoch. Dann bringt Sie das Pferd trocken auf die andere Seite."

Der Schwarze ging wieder voran. Die anderen Pferde folgten zögernd, während mein Apfelschimmel sich einige Schritte stromaufwärts eine eigene, flachere Stelle suchte, um vorsichtig in den Fluss und durch den Fluss zu gehen. Irenes Brauner schloss sich meinem Apfelschimmel an. Das Wasser ging den Pferden bis an die Brust und schneller als gedacht erreichten alle das sichere Ufer, wo wir kurz rasteten.

Aufkommender Wind schob dunkle Wolken vor die plötzlich stechende Sonne. Gewitterstimmung kam auf.

„Wir müssen aufbrechen", rief Lungani die Führung übernehmend und trieb sein Pferd an. „Vor uns liegt noch eine gute halbe Stunde."

Der Pfad, auf dem wir ritten, folgte dem Uferverlauf, führte in den Wald, über eine Lichtung und anschließend wechselnd durch dichte und dann wieder lichtere Waldstücke, die ab und an Blicke auf das Schilf am Fluss zuließen. Wohnhütten der Zulus standen auf der anderen Seite am Hang. Leichter Regen setzte ein. Der erste Blitz verkündete Böses. Ein Wolkenbruch ergoss seine Wasser über das Tal des Mfule. Der Wind peitschte uns mit dem Regen. Im Nu waren wir bis auf die Haut tropfnass. Der zweite Blitz fiel mit dem Donner fast zusammen. Irene bekam panische Angst. „Ich bin auf dem Pferd der höchste Punkt. Mich trifft er zuerst!" Lungani versuchte sie mit dem Hinweis zu beruhigen, dass die Blitze oben am Berg oder in den Fluss einschlagen. Der zuckende Lichtschein verwandelte die Landschaft in die Kulisse eines geheimnisvollen Psychothrillers. Die Pferde nahmen das Unwetter gelassen hin. Unermüdlich suchten sie sich ihren Weg.

Der Sturm trieb die Regenwolken wieder rasch davon. Jetzt bemerkten wir, dass die Nacht inzwischen die Abenddämmerung verdrängt hatte. Es herrschte Stille. Die Vögel hatten sich bereits auf ihre Schlafplätze zurückgezogen. Der Wind beruhigte sich. Bevor wir in der nassen Kleidung zu frösteln begannen, trieb die einsetzende Schwüle den Schweiß aus allen Poren. Gespräche kamen nicht auf. Die Pferde zogen langsam mit uns auf ihren Rücken weiter. Kinderstimmen durchbrachen die Stille des Waldes. Wir näherten uns der Lodge. Die Bewohner des Dorfes hatten sich dort versammelt. In den Gesang der Kinder fielen nach und nach die Erwachsenen ein. Die Melodien klangen in unseren Ohren fremd und doch gewinnend. Was für ein warmer Empfang.

Lungani ergriff das Wort, als wir von den Pferden stiegen. „Willkommen in der Simunye Lodge und im Dorf des Biyela Clans. Wir werden Sie jetzt zu ihren Steinhäusern führen. Wenn Sie sich umgezogen haben, treffen wir uns am Herdfeuer zum Abendessen. Die Dorfbewohner haben für Sie eine Überraschung vorbereitet."

Eine Frau ging über eine steile, in den Fels geschlagene Treppe voraus zu den Rock Rooms im Dunkel der Felswand. Wir folgten ihr im Lichtschein einer Petroleumlampe. Elektrizität gab es in der Lodge nicht. Die Umfazi, wie Frau auf isiZulu heißt, zündete die auf dem Waschtisch und dem Nachtkasten bereitstehenden Kerzen an. „Stellen Sie nichts auf den Boden, auch keine Schuhe, dann sind Sie vor Schlangen sicher. Am Waschtisch finden Sie einen Krug mit kaltem Wasser, in der Dusche gibt es warmes und kaltes Wasser, das sie sparsam verwenden sollten und das Wasser in der Toilette reicht für zwei Gänge." Bevor sie sich zurückzog, deutete sie auf die weißen Stoffknäuel über den Betten. „Schließen Sie beim Schlafen das Moskitonetz."

Das Steinhaus mit einem Dach aus Schilfrohr, die einfachen, aber ausreichenden sanitären Zellen, der Holzfußboden und die spärlichen Möbel waren von den Dorfbewohnern mit großem Geschick aus den Baumaterialen geschaffen worden, die sie ringsum in der Natur fanden. Die Betten standen auf dünnen, runden und fast einen Meter hohen Füßen; das Kofferbänkchen und der Nachtkasten ebenso. Statt eines Schrankes waren Seile quer durch den kleinen Raum so hoch gespannt, dass ich sie gerade noch mit meinen Händen greifen konnte. Schilfrohrvorhänge in den Türrahmen und Fensteröffnungen sorgten für eine private Atmosphäre. Hier wurde die Pionierzeit zum Erlebnis. Auf den ersten Blick erschien die Unterbringung einfach – als ungewöhnlich und einmalig blieb sie uns in Erinnerung.

Die kleine Lodge war ausgebucht. Die Holländer trafen inzwischen mit dem Pickup ein – ein Ehepaar zusammen mit einer älteren Frau, vermutlich der Mutter des Mannes, wie den Gesprächen zu entnehmen war. Sie bewohnten zwei der fünf Steinhäuser; die anderen drei die Australier, unsere Freunde und wir.

Erwartungsvoll nahmen alle – neun Gäste waren es, wenn ich richtig zählte – nach und nach auf den derben Stühlen und Bänken Platz, die einen großen von Kerzen beleuchteten Tisch umstanden. Während die Sterne des Südhimmels über unseren Köpfen ihre Bahn zogen, bereiteten zwei Zulu Frauen in der offenen Küche direkt nebenan Fladenbrot, Fleisch und Gemüse. Zwei weitere servierten die „von der Natur im Fluss gekühlten Getränke", wie der Australier bemerkte – Bier, Wasser und Säfte. Ich entschied mich für ein Glas Rotwein. „Von der Natur gewärmt", raunte ich dem Mann von „Down Under" zu.

Dann trugen die Frauen das Abendessen auf. Das gegrillte Steak vom Kudu war scharf gewürzt. Ich musste mit einem Bier nachspülen.

Der Klang von Trommeln ließ aufhorchen, zuerst ganz leise, dann anschwellend. Stimmen erklangen rhythmisch – mehr einen Sprechgesang als ein Lied ausdrückend. Im Schein von Fackeln näherten sich die Männer, Frauen und Kinder, die „indoda, umfazi und ingane" des Dorfes. Vergeblich hielt ich nach Lungani Ausschau. Meine Fragen musste ich bis zum Morgen zurückhalten. Staub wirbelte auf, wenn die Füße den Boden stampften. Ein Junge trat als Solotänzer hervor. Die anderen klatschten mit den Händen, bildeten einen Kreis, der sich mehrfach schloss und wieder öffnete, sangen und lachten bis ein zweiter Junge sich nach vorn wagte und das Spiel sich wiederholte. Je länger wir den fröhlichen Dorfbewohnern bei ihren Darbietungen zusahen und in ihre Stimmen hineinhorchten, je weiter entschwand das pionierzeitliche Ambiente der Lodge aus unserem Bewusstsein und umso mehr wurden wir e i n s mit den „izwe" des „umunzi", den Bewohnern des Dorfes – ganz wie es der Bedeutung und Übersetzung des Namens Simunye entsprach: Wir sind alle eins.

Die lange Fahrt mit dem Auto, der Ritt von zweieinhalb Stunden und die nicht gezählten und nur von der Natur gekühlten Biere und der Rotwein sorgten für eine ungewöhnliche Bettschwere. Das Ende des Abends und die Nacht verschwammen schemenhaft in meiner Erinnerung, als ich noch schlaftrunken bemerkte, wie eine Zulu Frau den Schilfrohrvorhang zur Seite schob und „Ubaba" flüsterte. „Ubaba,

Ubaba" wiederholte sie, was Mister, Herr, bedeutet, bis ich aufblickte. „Breakfast" fügte sie dann hinzu. Mehr kam nicht über ihre Lippen.

Während ich nach meinen Schuhen griff, um sie anzuziehen, entdeckte ich sie – eine riesige Spinne auf dem Rahmen des Spiegels über dem Waschtisch. Nicht nur die langen Beine imponierten, auch der fette und behaarte Körper. Vorsichtig näherte ich mich dem Tier, das ich, obwohl es mir Leid tat, mit dem Schuh in der Hand erschlug.

„Was machst du für einen Lärm?" Aufgeschreckt und ärgerlich sah Irene durch einen Spalt des Moskitonetzes zu mir herüber.

„Du kannst dir Zeit lassen. Ich brauche noch ein paar Minuten." Sie hat panische Angst vor jeder Spinne, ist sie auch noch so klein. Diese hätte möglicherweise einen Schock bei ihr ausgelöst. Deshalb sprach ich nicht darüber, ging mit dem Schuh in der Hand durch die Tür ins Freie und säuberte die Sohle von dem daran klebenden, matschigen Rest.

Die überdachte, halbrunde Lounge und die Feuerstellen lagen direkt unter uns. Es duftete nach Kaffee und frischem Fladenbrot. Beim Hinuntergehen sahen wir, dass alle fünf Steinhäuser wie Schwalbennester an die Felsen der Klippe gemauert waren. Die Morgensonne glitzerte im Fluss. Eine Brücke verband die beiden Ufer und ein Stück oben am Hang ragten die Dächer einiger Rundhütten aus dem Buschwerk. Ein Mann überquerte die Brücke – Lungani.

„Wir haben Sie gestern am Abend vermisst."

„Dafür stehe ich Ihnen heute wieder zur Verfügung", sagte er gutgelaunt. „Ich kann weder singen noch tanzen, aber Geschichten erzählen." Er setzte sich zu uns und ließ die Vergangenheit und Gegenwart des Biyela Clans durch seine Worte und Gesten lebendig werden. Sie alle seien Blutsverwandte des Königshauses der Zulu, erzählte er. Der Stammesführer Dingane verliebte sich einst in die hübsche Tochter seines Bruders. Da eine Heirat nicht möglich war, entschied er sich, seinen Bruder und dessen Familie aus dem Stamm auszuschließen. Einige Zeit später nannte Dingane die verbannte Familie „Biyela", was „Die Beschützer" bedeutet. Mit dem neuen und fremden Namen war es ihm nun möglich, die begehrte Tochter seines Bruders zu heiraten. Die ins Leben gerufene Biyela Dynastie wurde mit dem Titel „Ndabezitha" ausgezeichnet, was der Bezeichnung „Königliche Hoheit" entsprach.

Gleich nach dem Frühstück brachen wir auf. Lungani führte die kleine Gruppe zum Kral der Biyelas, der von einem dichten, hohen Zaun aus Baumstämmen und groben Ästen umgeben war. Wir durchschritten ein Tor und gingen den Hang hinauf zum größten Rundhaus, das zwar mit Schilfrohr gedeckt war, aber eine verglaste Holztür und zwei Fenster besaß.

Ein Mann trat heraus. Sein Alter war schwer einzuschätzen. Er war über siebzig, erfuhren wir später. Seine Ausstrahlung faszinierte jeden von uns auf Anhieb. Brust und Schulter waren von einem Leopardenfell bedeckt. Das Kopfband war ebenfalls aus Leopardenhaut gefertigt. Zur Abdeckung des Gesäßes und der Genitalien hatte er sich eine zweiteilige Schürze um die Hüften geschlungen. Mit festem Händedruck begrüßte er jeden seiner neun Gäste einzeln. Ich bewunderte seine blütenweißen Zähne, die, umrahmt von einem weißen Kinnbart, bei jedem „Welcome" sichtbar wurden.

Lungani stellte ihn vor. „Inkosi khulu, Big Chief, Prince Gilenya", was mit großer Häuptling und Prinz Gilenya übersetzt werden kann.

Dieser deutete mit ausgestreckter Hand in die Runde. „Der Biyela Clan lebt seit langer Zeit im Tal des Mfule River. Hier, im Herzen des Zululandes, trafen wir mit den ersten weißen Pionieren und Händlern in friedlicher Absicht zusammen. Als die Briten eintrafen und uns das Land wegnehmen wollten, kam es zum Krieg. Mein Vorfahr Mkhosuna führte die Zulu gegen die Briten, die unser Volk jedoch bei Isandlwana besiegten." Der Chief legte eine Pause ein. Mit einem Blick, der Verklärung, Entrücktheit und Entzücken gleichermaßen erkennen ließ, fuhr er fort: „Mit Ihrem Kommen nach Simunye erweisen Sie uns Ihre Ehre und ich segne dieses Ereignis. Gehen Sie in unserem Land wohin Sie immer wollen, Sie werden überall willkommen sein. Denn, wie der Name Simunye sagt, wir sind alle eins."

Während Gilenya zu uns sprach, verschwand Lungani. Dieser kam in traditioneller Kleidung eines Zulumannes zurück mit dem Unterschied, dass er kein Leopardenfell trug, sondern einen Lendenschurz aus der Haut eines Springbocks, wie er sagte. Er hatte zwei lange Holzstäbe mitgebracht. Einen reichte er dem Chief, den anderen hielt er mit beiden Händen fest umklammert quer vor der Brust. „Wir führen Ihnen jetzt einen Stockkampf vor, der große Tradition genießt und als Spiel aber auch im kriegerischen Ernst ausgeübt wurde."

Noch ehe er den Satz beendete, führte der Alte den ersten Schlag oder besser gesagt Stoß aus. Lungani parierte und schlug zurück. Angriff und Abwehr wechselten in schneller Folge einander ab; mal oben, mal unten ausgeführt, mal seitlich. Klapp, klapp, klapp-klapp-klapp klangen die Hölzer. Der Jüngere versuchte den Alten durch eine schnelle Pirouette aus dem Takt zu bringen. Doch vergeblich, der Chief schlug noch schneller zurück, rechts links, links rechts. Lungani hatte zuerst Mühe dem Stockwirbel zu folgen, erhöhte selbst die Schlagzahl, wurde aber gekonnt von dem Alten pariert. Schließlich ein Kommando des Chiefs, und der Kampf war zu Ende.

Applaus. Danke. Abschied. Lungani zog sich rasch um und drängte zum Aufbruch. Beeindruckt kehrten wir zur Lodge zurück, nicht ohne auf dem Weg einige Hütten des Krals zu besuchen, deren Einrichtung zu bestaunen und Sauberkeit zu bewundern. Hier im Kral der Biyela Dynastie spielte sich das Leben in und mit der Natur ab. Bequemlichkeit und Konsum waren Fremdwörter, Einfachheit Trumpf. Die Elektrizität war auch bei den Biyelas noch nicht angekommen.

Nur einige Frauen und kleine Kinder waren zu sehen. Die anderen bestellten die Felder und hüteten die Tiere. Fast alle Männer befanden sich in Johannesburg, Durban oder Kapstadt, erklärte Lungani. Sie suchen dort Arbeit und nehmen alles an, was ihnen einige Rand einbringt. Nach drei bis vier Monaten kehren sie zurück, bleiben ein bis zwei Monate bei ihrer Familie, um dann erneut Arbeit in einer der großen Städte zu suchen.

„Sie haben noch nichts vom Glauben und Aberglauben der Zulus erzählt." Der Australier wandte sich an Lungani. „Lebt im Kral auch ein Schamane?"

„Kommen Sie mit." Lungani schritt auf eine Hütte zu und ging hinein. Wir hörten ihn sprechen und als er wieder herauskam, bemerkte er: „Die Sangoma bittet Sie herein, aber immer nur zu zweit."

Neugierig blickten wir uns um. Eine Frau saß am Boden auf ihren untergeschlagenen Beinen, die Knie nach vorn hin zu einem erloschenen Feuer gestreckt. Die geflochtenen Haare hingen ihr ins Gesicht. Sie lächelte zum Gruß. In den Händen auf ihrem Schoß hielt sie eine Art

Fetisch, an einem Griff zusammengebundene lange schwarze Haare. Rechts und links von ihr lagen Bündel mit weiteren magischen Utensilien sowie Gläschen und Töpfe mit allerlei Medizin.

„Die Sangoma kümmert sich um die Seele unserer Stammesmitglieder, sie versucht die Ursachen herauszufinden, wenn diese von Krankheiten und anderem Unglück betroffen sind und vertreibt die bösen Geister", ließ Lungani uns wissen. „Sie ist gleichzeitig Inyanga, die Heilerin des Stammes. Ihre Medizin, die Muthi, fertigt sie aus Blättern, Wurzeln und Rinden von Pflanzen und der Essenz von Tieren. Ihre Rezepte hütet sie als ihr großes Geheimnis."

Beim Weitergehen berichtete Lungani noch von der tiefen Verwurzelung der Ahnen im Leben der Zulus. „Wir bestatten die Verstorbenen mit einer traditionellen Zeremonie und nehmen immer wieder Kontakt mit ihnen auf. Sie geben uns die nötige Kraft, um auch in schwierigen Lagen bestehen zu können."

Als wir wieder im Camp waren, im Sattel der Pferde saßen und über die Brücke zurück zur Poststation ritten, wollte ich von Lungani wissen, ob auch er ab und zu in eine der Großstädte auf Arbeitssuche geht.

„Nein, ich war Berufssoldat. Jetzt kümmere ich mich um den Clan. Wir haben Glück gehabt, dass die Hotelgesellschaft mit unserem Dorf gemeinsam das Projekt ‚Simunye Lodge' realisierte. Sie gaben uns das Know how und wir leisten die Arbeit."

„Die Einnahmen reichen doch bei Weitem nicht aus, um das Dorf zu ernähren", bemerkte ich.

„Nein. Vom Wohlstand, wie Sie ihn sich vermutlich für uns denken, sind wir noch weit entfernt."

„Aber die Männer ihres Dorfes suchen wenigstens Arbeit. Unterwegs erlebten wir erbärmliche Lebensumstände. Wir sahen Frauen, die Wasser schleppten, Häuser bauten und Waren am Markt verkauften, während die Männer tatenlos herumlungerten."

Ohne auf das traditionelle Verhalten von Mann und Frau einzugehen, stellte Lungani für sich abschließend fest: „Die Kolonialzeit ist längst vorbei, aber der Südafrikaner wird immer noch ausgebeutet – und sei es durch die eigenen Landsleute."

* * *

Die Simunye Zulu Lodge wurde in den vergangenen Jahren weiter ausgebaut. Die Anlage verfügt jetzt über 21 Zimmer, Schulungsräume, Elektrizität und fließend kaltes und warmes Wasser.

Prince Gilenya verstarb 2001. Als sein Nachfolger, Clan-Chef und Chief des Simunye Dorfes wurde inzwischen Dubazane ernannt, den wir zur Zeit unseres Besuches als ‚igoso' kennenlernten, als Anführer der Krieger und Tänzer.

Stadt des einzigen Gottes - Jerusalem

Als älter werdender Mann, von einer unerwarteten Herzattacke an den nahenden Tod erinnert und nur durch das Setzen von Stents am Leben gehalten, machte ich mich trotz aller Warnungen und immer wieder aufflammender militärischer und terroristischer Konflikte zwischen Juden und Palästinensern und möglicher Gefährdung durch unglückselige Selbstmordattentate mutig auf den Weg nach Jerusalem.

Früh am Morgen traf ich mich mit Sheila und Jeremia vor dem Tor bei der Klagemauer im Südosten der Altstadt. Auf dem Platz davor und dahinter und in den nahen Gassen herrschte großes Gedränge. Die Menschen gaben sich ausgelassen rings um den Tempelberg. Durch das Dungtor, wie es genannt wird, entsorgten die Einwohner in alter Zeit ihren Müll und die stinkende Kloake lief über einen Abwasserkanal weit in das Tal hinunter.

War es Zufall oder bewusste Inszenierung von Jesus, am Tag vor dem Passahfest durch dieses von üblen Gerüchen geschwängerte Tor Einzug zu halten, zum Tempel hinaufzusteigen und die geldgierig feilschenden Händler zu vertreiben? Der modrige Geruch der Müllhalde war für ihn ebenso Ekel erregend wie das Geschacher auf dem Markt und das Schächten der ungezählten Opfertiere in religiöser Ekstase.

Gelobtes Land, heiliges Land nannten und nennen die Juden den Landstrich an der Ostküste des Mittelmeers, der ihnen, den Worten der Bibel zufolge, auserkoren war und den sie einst nach dem Exodus aus Ägypten mit Gewalt in Besitz nahmen. Weiter steht zu lesen: „…dann sollst du sie der Vernichtung weihen", die sieben Völker, die vor ihnen dort lebten, die Amoriter, Kanaaniter, Jebusiter und andere – eine Rechtfertigung, mit der Israel noch heute das Land der Palästinenser besiedelt und das kleine Volk unterdrückt.

Auf dem Bergrücken Ophel lag die Jebusiter-Festung Uruschalin, die David eroberte, zur Hauptstadt des Königreichs Israel machte, in der Salomo den ersten Tempel erbaute und die heute Jeruschalajim heißt.

Oh, Jerusalem, was für ein wohlklingender Name, voll Sehnsucht und Hoffnung, Stadt des Friedens, auf Hebräisch schalom, Heilige Stadt, auf Arabisch al-quds, und gleichzeitig Stätte dreier Religionen – des Judentums, des Christentums und des Islams. Ihre Angehörigen, die an das

Buch der Bücher glauben, glauben an den einen, den einzigen Gott und sie alle haben den gleichen Ur- und Ziehvater, Abraham:
Den einen, den Juden, wurde die Bundeslade mit den darin verborgenen, ihnen heiligen Insignien von den Häschern des babylonischen Königs Nebukadnezar II aus dem Tempel gestohlen. Nach zweifacher Zerstörung ihres Tempels können die Juden nur noch an dessen Resten, der Klagemauer, beten und heute und in Zukunft auf die Ankunft des Messias warten, der ihnen die Verheißung und Erlösung bringen wird.
Den anderen, den Christen, schickte Gott seinen Sohn, den die Römer, als sie noch keine Christen waren, vor den Toren Jerusalems ans Kreuz schlugen. Wieder auferstanden von dem Tode fuhr Christus, Gottes Sohn, in den Himmel auf.
Den dritten, den Muslimen, sandte Gott den Propheten Mohammed, dem er durch den Erzengel Gabriel die Offenbarung, den Koran, verkündete. Auf einer nächtlichen Reise flog der Prophet der Legende nach auf seinem wundersamen beflügelten Reittier Buraq vom Tempelberg Jerusalems aus zum Himmel und wieder zurück, worauf seine Anhänger dort den Felsendom errichteten.

All diese Ereignisse geschahen in Jerusalem und ich hegte die Absicht, mich ihnen Schritt für Schritt zu nähern.

* * *

Drei historisch bedeutsame Könige herrschten über Israel: Saul, der die zwölf Stämme Israels einte, David und Salomo.

Außerhalb der heutigen Altstadt Jerusalems und der sie umgebenden gewaltigen Mauern der Osmanen aus dem 16. Jahrhundert liegt der Berg Ophel, auf dessen Rücken sich die von David eroberte Stadt befand. Unsere beiden Führer wanderten mit uns zuerst hinunter zum Davidson Center und dann durch den archäologischen Garten direkt am Fuß des Tempelbergs.

„Wo residierte König David?", war meine Frage, auf die es keine konkrete Antwort gab. Wir streiften die Reste wuchtiger Stadtmauern und Wehrtürme auf unserem Rundgang, kamen an einem Torhaus aus der Zeit Salomos vorbei, sahen in Räume herrschaftlicher Wohnhäuser, von denen eines einem Ahiel gehörte, dessen Name auf Tonscherben entdeckt wurde, bewunderten Säulen eines mehrstöckigen Hauses, einen steinernen Toilettensitz, Zisternen und altjüdische Bäderanlagen für rituelle Waschungen, die Mikwen, und Amphoren in Speicherräumen für Öl, Wein und Getreide. Irgendeine der Mauern muss zur Burg Davids gehört haben, die von seinem Sohn Salomo zu einem Palast erweitert und verschönert wurde. Und Salomo war es, der dem Volk Israel endlich an zentraler Stelle einen großen Tempel aus Stein und Marmor errichtete. Diesem Ereignis ging folgende Geschichte voraus:

Abraham zog einst, nicht genau datierbar, aus Ur im Zweistromland mit seiner Sippe dem Euphrat folgend flussaufwärts und dann südlich am Libanon vorbei in das Land Kanaan, das ihm der Herr der Genesis zufolge versprach. Diese erste Landnahme hielt nicht lange. Eine Not bringende anhaltende Dürreperiode zwang ihn weiter nach Ägypten zu ziehen, von wo er, vom Pharao dank der diesem willig gewordenen schönen Frau Abrahams reich belohnt, nach Kanaan zurückkehrte und sich in Hebron niederließ. Hagar, die ägyptische Hausmagd Abrahams, gebar ihm Ismael. Dieser gilt als Prophet und Stammvater der Araber und Muslime. Sarah gebar Abraham Isaak, dessen Sohn Jakob mit Lea und Rachel zwölf Söhne zeugte, die Enkel Abrahams, die zu den zwölf Stammvätern Israels wurden. Eine weitere Hungersnot brach herein und die Nachkommen Abrahams zogen nach Goschen in Ägypten, wo sie sich Frondienste leistend vierhundertdreißig Jahre aufhielten, bis im 13. Jahrhundert v. Chr. Moses den Exodus in die Wege leitete. Auf dem Weg in das verheißene Land, in dem Milch und Honig fließen, querte Moses den Sinai. Dort offenbarte der Herr ihm die zehn Gebote und trug ihm auf, ein Heiligtum zu bauen, dort in einer Lade aus Akazienholz die Bundesurkunde aufzubewahren und Geräte für den Opferkult fertigen zu lassen – einen Tisch zum Auflegen der Schaubrote, Schüsseln zum Waschen der Füße und Hände, Krüge und Schalen für die Trankopfer und einen siebenarmigen Leuchter, die Menora. Und Moses tat, nach den Worten der Bibel, wie es ihm aufgetragen wurde. Das erste Heiligtum war nur ein tragbares Zelt, Stiftshütte genannt. Das ermutigte schließlich Salomo, einen großen Tempel aus Stein in Jerusalem als dauerhafte Wohnstätte des Herrn zu errichten.

Wie wir von unseren Führern hörten, gehen die Meinungen auseinander, ob dieser Tempel auf dem Ophel stand, auf dem wir uns gerade befanden, oder schon auf dem Berg Moriah dahinter, der als der eigentliche Tempelberg gilt. Seine Schönheit und der angesammelte Reichtum weckten jedenfalls Begehrlichkeit. Das erste Buch der Könige berichtet, dass die Truppen Schischaks, des Pharaos Ägyptens, gegen Jerusalem zogen und die Schätze des Tempels und des königlichen Palastes raubten. Der Tempel selbst blieb verschont.

Dies geschah etwa im Jahr 925 während der Herrschaft Rehabeams, dem Sohn Salomos, einem Schwächling, unter dessen Führung das junge Königreich Israel nach noch nicht einmal hundertjähriger Existenz in das Nordreich Israel und das Südreich Judäa zerfiel.

Zwischen dem Tempelberg und dem Ölberg verlief das Kidrontal. Wir gingen ein Stück weit hinunter. In einer Grotte entsprang die Gihonquelle, dessen Wasser die alte Davidstadt versorgte und innerhalb der Mauern in den Teich von Siloah floss, einem Wasserspeicher.

Im Buch der Könige wird berichtet, dass an der Quelle Salomo vom Priester zum König über ganz Israel gesalbt wurde. Und der Legende nach drang Joab, der Heerführer Davids und dessen Neffe, bei der Unterwerfung der Jebusiterstadt durch einen natürlichen Höhlengang der Gihonquelle ein. Diese Schwachstelle ließ Hiskija, der König von Judäa, durch den Bau eines langen Wassertunnels durch den Fels des Berges Ophel beseitigen. Das Nordreich Israel war von den Assyrern bereits besiegt und zum Vasallen geworden und auch dem Südreich ereilte ein ähnliches Schicksal. Das Heer des assyrischen Königs Sanherib belagerte die Stadt und schloss Hiskija „wie einen Vogel in seinem Käfig" ein. Er musste sich ergeben und das Königreich Judäa bestand fortan nur mehr aus Jerusalem und dem nahen Umland.

Ausgehend von den an der Küste siedelnden Philistern bürgerte sich zuerst die assyrische Bezeichnung Palastu und später dann der Name Palästina für den Landstrich zwischen dem Libanon und dem Negev ein. Erfreuliches ereignete sich dort und eine Fülle von Tragödien häufte sich zu einer bewegten Geschichte. Zuerst knechteten Ägypter und Assyrer die dortigen Völker. Das Reich Israel erlosch 722 v. Chr. Dann fielen die Babylonier unter König Nebukadnezar II ein, zerstörten den Tempel Jerusalems und die Stadt, raubten die Schätze der Paläste und des Tempels und entführten einen Großteil der Juden 586 v. Chr. ins Exil. „Alle, die dem Schwert entgangen waren, führte Nebukadnezar in die Verbannung nach Babel", steht im zweiten Buch der Chronik geschrieben. Das war das Ende des Reiches Judäa.

Als die Perser Babylon einnahmen, durften die Juden in ihr gelobtes Land zurückkehren und einen neuen, ihren zweiten Tempel auf dem Berg Zion erbauen. Ein neues Königreich Israel konnten sie nicht mehr errichten, denn sie waren über Jahrhunderte Teil der Großreiche der Perser, dann der Griechen unter Alexander dem Großen als auch der Seleukiden und schließlich der Römer, als Pompejus Jerusalem stürmen ließ. Die neuen Machthaber gewährten nur der jüdischen Priesterschaft der Makkabäer und Hasmonäer gewisse Rechte, die diese weidlich nutzten. Sie trieben als Vasallen Steuern ein, die sie nicht nur für die Tribute an Rom, sondern auch für Tempelfeste und zu ihrem eigenen Glanz und Vorteil verwendeten.

Herodes, als regionaler König von Roms Gnaden eingesetzt, baute sich einen Palast und erweiterte den Tempel; der Überlieferung nach, beides in unvorstellbarer Pracht.

Ein Jude aus dem hellenistischen Alexandria mit dem Pseudonym Aristea schilderte in einem Brief im 2. Jh. v. Chr. seinen Eindruck von Jerusalem:

„Als wir in die Mitte von Judäa kamen, sahen wir die Stadt auf einem Berg. Auf seinem Gipfel war der Tempel herrlich erbaut. Drei Ringmauern umschlossen ihn. Das Ganze war verschwenderisch ausgeführt.

Der Boden beim Brandopferaltar ist gepflastert und fällt ab, damit Wasser zum Wegschwemmen des massenhaft zusammenfließenden Opferblutes hergeleitet werden kann. Denn an Festtagen werden viele tausend Opfertiere dargebracht. Alles geschieht voll Ehrfurcht und in einer der großen Gottheit würdigen Weise.

Als wir Eleazar (Anm. den Hohepriester) beim Dienst sahen, rief seine Gewandung bei uns großes Staunen hervor. Ringsum sind goldene Glöckchen, bunte Granatäpfel, ein herrlich, großartiger Gürtel und auf der Brust trägt er die Orakeltasche, worin zwölf Edelsteine eingesetzt sind mit den Namen der Stammväter. Auf dem Haupt trägt er den Kopfbund und die Mitra mit dem in heiligen Buchstaben eingegrabenen Gottesnamen aller Herrlichkeit.

Der Anblick alles dessen ruft Ehrfurcht und Staunen hervor. Jeder, der an dem beschriebenen Schauspiel teilnimmt, gerät in Staunen und unbeschreibliche Verwunderung; er gerät außer sich über die Heiligkeit in allen Einzelheiten."

Und ein zweiter Jude, Josephus Flavius, beschrieb im 1. Jh. n. Chr. in seinem Buch „Der Jüdische Krieg" die „von einem dreifachen Befestigungsgürtel geschirmte Stadt, die sich auf zwei Hügeln erhob" und schilderte den überwältigenden Anblick des prächtigen Tempels, „der sich von weitem den Augen der ankommenden Fremden wie eine schneebedeckte Bergkuppe zeigte, da an den Flächen, die nicht mit Gold bekleidet waren, der schneeweiße Marmor hervorschimmerte."

Schwärmerisch rühmte er die „Herrlichkeit des Königspalastes" von König Herodes: „In der Mitte der Stadt ein Turmbau mit prächtigsten Räumen und einem Bad. Die Zinnen waren in verschwenderischer Weise mit Vorsprüngen und Türmchen verschönert. Die Wohnräume oben übertrafen an Pracht und Mannigfaltigkeit die übrigen.

Im Inneren der über alle Beschreibung herrliche Königshof, dessen Kostbarkeit des Materials sich mit vollendeter Kunstarbeit zu einem unübertroffenen Ganzen vereinigte.

Im Palast waren ausgedehnte Wohnräume und Speisesäle mit hunderten von Ruhelagern. So viele Gemächer auch waren, es herrschte darin ein tausendfacher Prunk. Jede Einrichtung hatte Gegenstände zum größten Teil aus Silber und Gold gearbeitet.

Ringsum liefen Säulengänge. Der freie Raum, den sie einschlossen, war mit frischem Grün bedeckt. Hier standen Baumgruppen, zwischen denen Spazierwege hinführten und tiefe Wasserkanäle und Fischweiher, verschwenderisch mit Wasser speienden Erzfiguren geschmückt."

Während uns Sheila und Jeremia im Wechsel mit bewegten Worten das Gesehene der Ausgrabungsstätte auf dem Ophel schilderten und Geschichtliches berichteten, waren wir zur Südmauer des Tempelbezirks hinaufgestiegen. Kurze Stufen wechselten mit tieferen. Ich zählte neunundzwanzig. Oder waren es dreißig? Die Sonne brannte erbärmlich vom Himmel. Mit dem Rücken an die zweieinhalbtausend Jahre alte steinerne Wand gelehnt, ließen wir uns zu einer Rast nieder.

Zwei Eingänge führten auf dieser Seite in den heiligen Bezirk – ein doppeltes und ein dreifaches Tor. Ich stellte mir vor, wie einst die Menge auf dieser monumentalen, mehr als hundert Meter breiten Treppenanlage empor schritt, um über Gewölbegänge im Inneren zuerst in die Königliche Säulenhalle zu gelangen und von dort in den großen Vorhof, der auch den Heiden zugänglich war. Der Tempel selbst war ausschließlich den Juden vorbehalten.

Ich blätterte nochmals in meinen Unterlagen, die ich mir vor der Abreise zusammenstellte, und schwelgte phantasievoll beim Lesen der farbigen Schilderungen des Augenzeugen Josephus Flavius, als wäre ich Teil der Geschehnisse auf dem Tempelberg hinter uns:

„Der äußere Anblick des Tempels ließ nichts vermissen, was irgendwie Herz und Auge überwältigen konnte. Auf allen Seiten mit schweren Goldplatten belegt, blitzte er, wenn ihn die ersten Strahlen der Sonne trafen, im feurigsten Glanze auf und zwang förmlich den Beschauer, so sehr er sich auch sträuben mochte, die Augen weg zu wenden, nicht anders, als würde er in die Sonne selbst schauen.

Das Tor, das in den Tempel führte, war ganz vergoldet, ebenso die Mauerfläche, die es umgab. Über dem Tor hatte es goldene Weinreben, von denen mannesgroße Trauben herabhingen.

Vor den Flügeltüren befand sich ein Vorhang von gleicher Größe, eine aus Hyazinthen, Byssus, Scharlach und Purpur bunt gewirkte, so genannte Babylonische Decke von wunderbarer Arbeit, deren Farbenmischung nicht ohne Bedacht auf die Bedeutung des betreffenden Stoffes geschehen war; sie sollte damit gleichsam ein Bild des Universums bieten. Mit dem Scharlach sollte der Vorhang das Feuer, mit dem Byssus die Erde, mit der Hyazinthfarbe die Luft und mit dem Purpur das Meer andeuten. Eingewirkt war in diese Decke eine Darstellung des ganzen Himmelsgewölbes."

Nichts ist geblieben von dieser Herrlichkeit. Die jüdischen Sippen bekämpften sich um ihrer Vormachtstellung Willen in der römischen Provinz gegenseitig und führten den Untergang dieser glorreichen Stadt und die Zerstörung ihres Tempels letztendlich selbst herbei.

Das Volk wurde unterjocht und ausgebeutet. Die Last der Abgaben für die Bewohner der Provinzen Judäa und Galiläa und die Stadt Jerusalem waren erdrückend: Steuern auf Grund und Boden, auf Handel und Gewerbe, eine Kopfsteuer auf Vieh und Sklaven, eine Tempelsteuer und Wegezölle waren zu leisten.

Als die Besatzungsmacht sich erdreiste, einen Teil des Tempelschatzes zu fordern, begannen die Juden einen unglückseligen Aufstand gegen die Fremdherrschaft, der nach erbitterten Kämpfen 70 n. Chr. in einem furchtbaren Chaos und der Verwüstung der heiligen Stätte endete.

Der Tempelschatz wurde nunmehr gänzlich geplündert. Den Raub der Menora, des Schaubrottisches und der goldenen Posaunen hielt ein Künstler für die Nachwelt in einem Relief am Titusbogen in Rom fest.

Umso schmerzlicher muss den Juden die Erinnerung an die Verheerungen berühren, da für diese auch die „Mordbrenner" des eigenen Volkes verantwortlich waren, wie Josephus schrieb: „Denn wohlgemerkt, nicht die Römer haben die Einäscherung des Palastes verschuldet, sondern die jüdischen Meuchlerbanden bei Beginn des Aufstandes, wo das Feuer, das in der Antonia gelegt ward, auf den Palast übersprang und auch die oberen Teile verwüstete. Oh, du unglückselige Stadt. Nicht mehr warest du Gottes Stätte, noch konntest du es bleiben, nachdem du das Grab deiner eigenen gemordeten Kinder geworden, und nachdem du den Tempel zu einem Totenacker für die Leichen des Bürgerkrieges umgewandelt hattest!"

Die Römer unterjochten auch nach der Zerstörung Jerusalems das jüdische Volk und errichteten, sehr zu dessen Schande, ihrem eigenen Gott Jupiter ein Heiligtum auf dem Tempelberg. Weitere blutige Aufstände folgten, was schließlich in der völligen Vertreibung der Juden aus Jerusalem und Palästina in der Mitte des 2. Jahrhunderts endete.

In der sich anschließenden Zeit der Zerstreuung der Juden über die ganze Welt und der Diaspora litt Palästina, wie kein Landstrich dieser Erde, fast zwei Jahrtausende unter wechselnder Fremdherrschaft. Die Römer wurden nach der Reichsteilung von den Byzantinern abgelöst. Dann nahmen die Araber Jerusalem und Palästina in ihren Besitz; den Omaijaden folgten die Abbasiden und auf diese die Fatimiden. Als die Kreuzfahrer versuchten das Heilige Land zurückzuerobern, wurden diese von den Mameluken und den Ayyubiden bekämpft und in der Schlacht bei Hattin schließlich durch Saladin besiegt.

Das nutzten die Osmanen, um die Araber zu vertreiben und selbst ein Großreich aufzubauen, das bis 1918 hielt und nach dem ersten Weltkrieg vom Völkerbundmandat Großbritanniens abgelöst wurde.

Zehntausende Juden waren seit Mitte des 19. Jahrhunderts aus aller Welt kommend in ihre „alte Heimat" zurück- und eingewandert. Nach dem zweiten Weltkrieg sahen sie sich endlich am Ziel. Der Anspruch der Juden auf einen eigenen Staat wurde völkerrechtlich anerkannt, die Republik Israel von David Ben-Gurion 1948 proklamiert.

Geblieben ist den Juden aus ihrer lange zurückliegenden glorreichen Zeit nur noch die Klagemauer an der Westseite des Tempelbergs. Die Tore an der Südmauer wurden zugemauert, vermutlich bereits von den Omaijaden, die sich der Sonne zugewandt einen Palast erbauten, an den nur noch Reste erinnerten. Wir gingen daran vorbei, zum Ausgang des Ophel-Parks, die wenigen Schritte bis zum Dungtor, durch dieses hindurch und über den Platz dahinter weiter in Richtung zur Klagemauer.

Wir mussten Kontrollen, vergleichbar mit jenen auf den Flughäfen, über uns ergehen lassen und verharrten mit bedecktem Kopf und von dem Geschehen ergriffen in gebührendem Abstand von den Gläubigen, die zum Gebet vor die ehemalige äußere Stützmauer des Tempelberges traten – links die Männer auf dem den Juden zu rituellen Zwecken verbliebenen Abschnitt, rechts die Frauen.

Die Männer bedeckten ihren Kopf mit einer Kippah oder einem Hut und verhüllten die Schultern den Riten des Morgengebets entsprechend mit einem Gebetsmantel, und um einen Arm und den Kopf hatten sie Gebetsriemen aus Kalbshaut gewickelt, die winzige Kästchen hielten, in denen sich Zettel mit Texten der Tora befanden. Einige der Frommen steckten auf Zettelchen geschriebene Bitten in Mauerritzen. Tieropfer wurden nicht mehr dargebracht; Geldspenden haben sie ersetzt.

Nach dem gläubigen Verständnis der Juden war Gott, der Herr, mit der Errichtung des Tempels in der Mitte Israels im Heiligtum real gegenwärtig. Schekinah, Einwohnung wird dies genannt, und nirgendwo kann der Gläubige Gott so nahe sein, wie am Fuße des Tempelbergs. Der dort betende klagt nicht, obwohl fälschlicherweise von der Klagemauer gesprochen wird, er preist vielmehr Gott und dessen Herrlichkeit mit Lob- und Segenssprüchen, mit Dankesworten, mit Versen der Tora, ihren Geboten und Verboten, mit Lehren der Psalmen und wiederholt mehrfach das Schma Israel, das Glaubensbekenntnis der göttlichen Einheit, wie es im 5. Buch Moses geschrieben steht: „Höre Israel! Jahwe ist unser Gott, Jahwe ist einzig."

In der schriftlich verfassten Lehre der Tora, den fünf Büchern Moses, und den Aufzeichnungen der Mischna, der mündlichen Lehre, finden sich über sechshundert Gebote und Verbote und die Offenbarung, dass der Gott Israels, Jahwe, der Schöpfer des Universums von Himmel und Erde ist, aber kaum ein hoffnungsvoller Hinweis auf ein Fortleben nach dem Tode. Nur im Buch Daniel wird das ewige Leben verkündet: „Tote, die unter der Erde schlafen liegen, werden aufwachen, die einen zum ewigen Leben, die anderen zu ewiger Schmach und Schande." Und in den Büchern der Propheten, bei Jesaja vor allem, wird der Messias, der Erlöser und Heilsbringer der Endzeit angekündigt.

Diese Prophezeiungen formten eine kollektive Endzeiterwartung, die Hoffnung auf einen Messias, einen Gesalbten aus dem Hause Davids, der Israel befreien und das Land zusammenführen und wieder einen Tempel errichten wird. Sie ist die Wurzel des Zusammenhalts der Juden und ihres Anspruchs auf ganz Jerusalem und einen freien Staat Israel in ihrem gelobten Land.

**

Als Palästina von den Römern 63 v. Chr. unterworfen und Teil der Provinz Syria wurde, erschütterten Unruhen das Land. Das jüdische Volk lehnte sich immer wieder gegen die Invasoren auf und die Sippen und Dynastien kämpften gleichzeitig zum Erhalt ihrer Vormachtstellung unerbittlich gegeneinander.

In dieser Zeit trat ein Mann in Erscheinung, der nicht mit der Waffe in der Hand stritt, sondern mit dem Wort, Jesus von Nazareth, nach dem sich unsere, die westliche Zeitrechnung richtet, der von Nächstenliebe und dem Reich Gottes predigte, Christus, der Gesalbte, genannt wurde, und durch sein Wirken und Sterben den christlichen Glauben stiftete. Das Christentum wurde nach schmerzhaften Jahren der Bekämpfung zur Staatsreligion Roms, blieb dies auch nach der Abtrennung Ostroms im byzantinischen Reich und breitete sich in rascher Zeit über die damals bekannte Welt aus.

Matthäus berichtete in seinem Evangelium, dass Mágoi aus dem Osten nach Jerusalem kamen, als Jesus geboren worden war, und fragten, wo der neugeborene König der Juden sei? Himmelskundler und Sterndeuter waren diese Magier, die Weisen aus dem Morgenland, nach deren Berechnung und Vorhersage im Westen ein Königssohn das Licht der Welt erblicken würde, wenn eine besondere Sternenkonjunktion eintreten werde. Im Jahr 7 v. Chr. stiegen Saturn und Jupiter eng beieinander über den Horizont empor. Der Messias-Stern Saturn hatte den Israel-

Stern Jupiter heimgesucht – für die Sterndeuter das sichtbare Zeichen des erwarteten großen Ereignisses. Sie zogen nach Jerusalem und von dort weiter nach Bethlehem, wo sich Josef und Maria mit Jesus wegen einer Volkszählung aufhielten, und huldigten dem Kind.

Erwachsen geworden ließ sich Jesus durch Johannes im Jordan taufen und verkündete apokalyptisch wie dieser: „Die Zeit ist erfüllt, das Reich Gottes ist nahe." Wie die Evangelisten berichteten, zog er lehrend durch die Städte und Dörfer Galiläas und gab den Menschen ganz im Sinne der Zukunftsverheißungen der jüdischen Propheten mehrfach Hoffnung mit den Worten „Das Himmelreich ist nahe". Mit seiner frohen Botschaft, seinem Evangelium, verbreitete sich die Erwartung auf die Erlösung von der Mühsal und dem Leid des täglichen Lebens und die Erlangung des ewigen Heils.

Jesus war Jude. Er wollte seinen Glauben reformieren und veränderte die Welt mehr als jeder andere durch seine Lehre und sein Wirken. Er predigte Nächstenliebe und wandte sich nicht nur an Juden, sondern auch an Heiden, denn für ihn wurde der Mensch nicht durch die rituellen Waschungen, sondern nur durch den Glauben rein.

In Galiläa sammelte er seine ersten Anhänger um sich. Dann zog er nach Judäa. Die Pharisäer wurden zu seinen Gegnern, jene priesterliche Gruppe, die sich der strengen jüdischen religiösen Tradition verpflichtet fühlte. Kein Wunder, dass diese sich herausgefordert sahen, als Jesus vor dem Passahfest in Jerusalem einzog, „in den Tempel ging und alle Händler und Käufer hinaustrieb und die Tische der Geldwechsler und die Stände der Taubenzüchter umstieß", wie Matthäus berichtete. Sie bezichtigten ihn der Gotteslästerung und ließen ihn verhaften und dem Hohepriester Kajaphas überstellen. Dieser und die Ältesten des Volkes brachten ihn zum Prätorium, wie der Evangelist Johannes bestätigte, und lieferten ihn an den römischen Statthalter Pontius Pilatus aus, da nur dieser ein Todesurteil fällen konnte.

Als Pilatus Jesus fragte: „Bist du der König der Juden?" und Jesus antwortete: „Du sagst es", war sein Schicksal besiegelt. Pilatus gab den Befehl, Jesus wegen Hochverrats zu kreuzigen. Soldaten setzten ihm einen Kranz aus Dornen auf den Kopf und geißelten ihn, bevor sie ihn an den Golgatha genannten Ort hinausführten und ans Kreuz schlugen.

Wir trafen uns mit Sheila und Jeremia das zweite Mal am Löwentor und blickten über das Kidrontal auf Gethsemane am Fuß des Ölbergs hinüber, jenen Garten eines Ölbauern, in dem Jesus oft mit seinen Jüngern weilte und am Tag vor seiner Kreuzigung verhaftet wurde.

Wohl vermutend, dass der letzte Leidensweg Jesus ein anderer und kürzerer war – denn die Richtstätte befand sich nicht weit vom Prätorium entfernt, dem Dienstsitz des Statthalters im ehemaligen Palast des Herodes auf dem Westhügel der Altstadt – liefen auch wir wie die zahlreichen gläubigen Pilger und anderen Besucher die Via Dolorosa bis zur Grabeskirche hinunter.

Sheila machte uns auf eine wuchtige romanisch-gotische Kirche gleich zu Beginn des Leidenswegs aufmerksam. „Die St. Anna Kirche ist Maria geweiht", erklärte sie. „Sowohl die Christen als auch die Araber glauben, dass hier das Eltern- und Geburtshaus der Mutter Jesus gestanden hat." Vielleicht ein Grund dafür, den Kreuzweg in direkter Nachbarschaft beginnen zu lassen.

An der neunten Station erreichten wir den Fuß des Golgathahügels. Über dem Fels der Kreuzigung, dem Kalvarienberg, und dem nur wenige Schritte entfernten Grab Jesus, dem Auferstandenen, dem Erlöser, wurden bereits im 4. Jahrhundert kleine Kapellen errichtet, über die sich die mächtige und verwinkelte Grabeskirche wölbt. Mehrfach zerstört und gebrandschatzt und immer wieder aufgebaut, zuletzt von den Kreuzfahrern, überstand sie die Jahrhunderte.

Hier streiten sich heute, unverständlich für den gläubigen Christen und die anderen Besucher, die unterschiedlichsten christlichen Konfessionen im völligen Irrsinn um Besitzansprüche der ihnen einst, welch eine Ironie des Schicksals, von den Türken in osmanischer Zeit zugewiesenen Quadratmeter, anstatt den ehrwürdigen Sakralbau nach einvernehmlich festgelegten Regeln in friedlicher Umarmung zu nutzen und zu pflegen.

Das Bauwerk selbst ist im Besitz der Griechisch-Orthodoxen, der Römisch-Katholischen und der Armenisch-Apostolischen Kirche; die Kopten, die Syrische und die Äthiopische Kirche verfügen über kleine Kapellen. Die Russisch-Orthodoxen, die Bulgarisch-Orthodoxen und die Protestanten haben keine Ansprüche auf Grund und Boden.

Der Irrgarten des Inneren war verwirrend, die Menschenfülle erdrückend und das überschwängliche Durcheinander lauter Stimmen ließ Andacht vermissen. Trotzdem gelang es mir, an den beiden zentralen Orten des Glaubens für geraume Zeit bewegt innezuhalten.

Hier wurde der Überlieferung nach Jesus nicht nur gekreuzigt und begraben; er ist wieder auferstanden und er wurde, einige Tage später, zum Himmel emporgehoben, wie Lukas berichtete.

Das war und bleibt das Schlüsselerlebnis der Christen, die Auferstehung und die Himmelfahrt, der Kernpunkt ihres Glaubens und ihrer Hoffnung. Jesus war der Christus, der gesalbte Messias, der Sohn Gottes und Heilsbringer, der die in den Büchern prophezeite Herrschaft Gottes als nahe herbeigekommen verkündete – die Zeit des Friedens und der Nächstenliebe.

* * *

Als wir am nächsten Tag unseres Aufenthalts früh morgens auf die östlich von Jerusalem gelegene Hügelkette hinauffuhren, schien die Sonne noch blass von den Wüsten Jordaniens herüber. Wir hielten auf dem Ölberg, der diesen Namen erhielt, weil dort von den Bauern seit Menschengedenken uralte Olivenhaine gepflegt wurden.

Schräg unter uns dehnte sich das alte Gräberfeld der Juden aus. Es wurde in Sichtweite des Tempels angelegt, als dieser der religiöse Mittelpunkt der israelitischen Welt war.

Im Inneren eines Mauerrings gelangten wir zur Himmelfahrtskapelle, einem achteckigen Rundbau, der an der Stelle errichtet wurde, wo der Überlieferung nach Christus aufgefahren ist. Ihre Geschichte spiegelt die Tragödie Jerusalems. Die erste bereits im 4. Jahrhundert erbaute Kapelle zerstörten die Perser, die zweite die Araber, die von den Kreuzfahrern errichtete dritte wandelte Saladin in eine Moschee um, was sie noch immer ist. In ihr dürfen die katholischen Christen das Fest Christi Himmelfahrt feiern, während den Orthodoxen nur der Vorhof zugänglich gemacht wird.

Wir gingen wieder hinaus und suchten den freien Blick auf die Heilige Stadt. Ein kühler Wind wehte. Als ein Wolkenstreifen die Strahlen der Sonne freigab, leuchtete plötzlich die goldene Kuppel des Felsendoms über dem Häusermeer Jerusalems auf, so, als schickte sie uns ein Zeichen dafür, dass sie sich über jene Stelle wölbt, von der Mohammed seine Himmelsreise antrat – unser nächstes Ziel.

Sheila und Jeremias erzählten auf der Fahrt zum Tempelberg aus dem Leben Mohammeds, der in Mekka in Arabien geboren wurde. Einem Brauch seines Stammes folgend, zog er sich als Erwachsener häufig zur Einkehr auf den nahen Berg Hira zurück. Dort erhielt Mohammed, nach der islamischen Überlieferung, seine erste Offenbarung, als ihm der Erzengel Gabriel im Schlaf erschien. Dies illustrierten uns die beiden mit Versen aus den Suren des Korans:

„Im Namen Allahs, des Allbarmherzigen.
Oh du, erhebe dich und predige und verherrliche deinen Herrn.
Bei dem Buche. Wir haben es in einer gesegneten Nacht herab gesandt, damit wir die Menschen vor dem Unheil bewahren.
Trag vor im Namen deines Herrn, der alles geschaffen hat. Trag vor, bei deinem Herrn, der den Menschen lehrt, was er nicht gewusst hat."

Mohamed tat dies, wurde zum Propheten und verkündete das ihm Offenbarte, das im Koran, dem „oft zu lesenden" Buch, aufgezeichnet wurde.

Seine Verurteilung der Vielgötterei der arabischen Stämme brachte ihm Ärger ein und er flüchtete nach Yathrib, das wir unter dem Namen Medina kennen, Stadt des Propheten.

Mohamed gelang es, mit friedlichen aber auch kriegerischen Mitteln viele Anhänger um sich zu scharen und nach Mekka zurückzukehren.

Sein Verhältnis zu den Juden und Christen im Land war zwiespältig. Er stand ihnen, den Schriftbesitzern, die an die Worte der Tora und der Evangelien glaubten, anfangs noch wohlwollend gegenüber. Diese waren Händler, Goldschmiede und Handwerker, die sich jedoch weder bekehren noch in die arabisch-muslimische Welt integrieren lassen wollten. Das ermunterte Mohammed zum Kampf aufzurufen: „Bekämpft diejenigen der Schriftbesitzer, welche nicht an Allah und den Jüngsten Tag glauben und sich nicht zur wahren Religion bekennen. So lange, bis sie ihren Tribut in Demut entrichten."

Als Mohammed starb, trat Abu Bakr, sein Schwiegervater und einer der ersten Anhänger und Muslime, in Erscheinung. Er wurde zum Kalifen gewählt und unter seiner Führung begann die Verbreitung der neuen Religion des Islams über die Grenzen Arabiens hinaus. Palästina und

Syrien wurden angegriffen und erobert. Jerusalem fiel 638 in die Hände der Muslime. In der Levante und den angrenzenden Ländern von Syrien bis Ägypten übernahmen die Omaijaden die Herrschaft. Sie verlegten ihren Sitz nach Damaskus.

Der Kalif Abd al-Malik war es dann, der Jerusalem zur Heiligen Stadt des Islam ausrief, al-Quds auf Arabisch. In der Sure 17 heißt es: „Im Namen Allahs, des Allbarmherzigen. Lob und Preis sei ihm, der seinen Diener zur Nachtreise von der heiligen Kaaba (zu Mekka) zur fernen Kultstätte (von Jerusalem) geführt hat." Der Kalif gab deshalb den Auftrag, auf dem Berg Moriah, dem Tempelberg, über dem Fels, auf dem der Überlieferung nach Abraham seinen Sohn Isaak opfern wollte und Mohammed seiner erzählten Traumvision entsprechend seine Himmelsreise antrat, einen sakralen Kuppelbau zu errichten, der wegen seines Standorts als Felsendom bezeichnet wird.

Mein Wunsch nach einem Besuch des Tempelbergs glich einem Lotteriespiel mit Glücksgewinn. Zuerst sollten nicht-muslimische Touristen Zutritt haben, dann nicht und schließlich doch. Im dritten Anlauf nach allerlei Kontrollen oben angekommen, nahmen wir demütig zur Kenntnis, dass der Felsendom nur von außen zu besichtigen sei.

Das tat unserer Faszination keinen Abbruch. Unsere Erwartungen waren natürlich groß, erklärte doch das Tourismusbüro ‚goisrael' den Bau zum goldenen Wahrzeichen Jerusalems und mein Reiseführer pries ihn als das prächtigste Bauwerk der Stadt. Wir pflichteten diesen Lobeshymnen bei. Auf früheren Reisen waren wir auf dem von drei Moscheen umstandenen Registan in Samarkand in Usbekistan und kennen die Schönheit der Blauen Moschee von Mazar-e Sharif in Afghanistan und meinen, dass der Kuppelbau über der heiligen Stätte von Abraham, David und Mohammed diesen Meisterwerken islamischer Architektur und Kunst in nichts nachsteht.

Auf einem oktogonalen Unterbau erhob sich ein Tambour auf dem die vergoldete Kuppel mit dem Halbmond schwebte. Über dem farbigen Marmor der Basis leuchteten zehntausende Fayencekacheln in Blau, Grün, Gelb, Türkis und Weiß, in denen sich die Strahlen der Sonne brachen und spiegelten. Darüber und dazwischen liefen Mosaikbänder mit Blumenmotiven und arabisch-kufischen Schriften.

Jeremias blätterte in seinem Führer und las die deutsche Übersetzung der, wie er meinte, bedeutsamsten Stellen vor. „Auf dem obersten Band stehen die Basmala und die Schahada geschrieben, die Anrufung Gottes, mit der die Suren des Korans beginnen, und das Glaubensbekenntnis. Also: Im Namen des barmherzigen und gnädigen Gottes. Und: Es gibt keinen Gott außer Gott allein. Mohammed ist der Gesandte Gottes."

Ich schlug meine eigenen Unterlagen auf und las, ohne bisher gewusst zu haben, wo diese Verse auf dem Rund des Kuppelbaus standen, laut vor: „Im Namen Allahs, des Allbarmherzigen. Allah ist euer einziger Gott, es gibt keinen Gott außer ihm, und Mohammed ist der Gesandte Gottes. Sein Prophet", ergänze ich.

„Ja, das ist auch richtig", meinte Jeremias, „es gibt unterschiedliche Übersetzungen, die im Kern jedoch übereinstimmen."

Leider durften wir das Innere des Felsendoms nicht betreten. Dort sollen Darstellungen das Paradies zeigen. Keine Religion entwickelte so detailreiche Vorstellungen davon wie der Islam. In mehreren Suren wird es farbig beschrieben.

Jeremias meldete sich hierzu noch einmal zu Wort. „Den Frommen aber wird das Paradies näher gebracht, heißt es in Sure 50. Und einige Zeilen weiter steht: Lauschet am Tag, an welchem der Rufer von einem nahen Ort die Menschen zum Gericht ruft. Dies ist der Tag, an welchem die Menschen aus ihren Gräbern steigen."

Er deutete auf den Kuppelbau und fuhr fort: „Dieser erwähnte Ort soll der Tempelberg sein und dort der Heilige Fels."

Ich zog nochmals meine eigenen Aufzeichnungen aus der Tasche, um zwei Verse zu zitieren, die den Gläubigen große Hoffnung auf ein Leben danach im paradiesischen Jenseits schenken. Ich las vor:

„So seht das Bild des Paradieses, das den Gottesfürchtigen verheißen ist: In diesem fließen Ströme von Wasser; Ströme von Milch; Ströme von Wein; auch Ströme von Honig.

Und, meine Lieblingsstelle: Für die Gottesfürchtigen aber ist ein Ort der Seligkeit bereitet, mit Bäumen und Weinreben bepflanzt, und sie finden dort Jungfrauen mit schwellenden Busen und gleichen Alters mit ihnen und vollgefüllte Becher." Ich machte eine Pause, bevor ich hinzufügte: „Was Frauen erwarten dürfen, fand ich leider nicht."

* * *

Jede der drei auf Abraham fußenden Religionen übt seit ihren Anfängen eine große Faszination auf die Menschen aus. Beim Judentum sind es die Geschichte des Volkes und die apokalyptische Heilserwartung, beim Christentum der Tod und die Auferstehung Jesu, die den Gläubigen das nahe Himmelreich erwarten lassen und beim Islam sind es die Schlichtheit der Religion, der Glaube an den einzigen Gott, das alle verbindende Wahren der fünf Gebote und die Erwartung eines Weiterlebens im Paradies.

Jerusalem ist die heilige Stadt dieser Religionen. Mit dem Schofar, dem alten rituellen Widderhorn, werden die gläubigen Juden am Neujahrsfest zum Dienst gerufen, für die Christen stimmen die Glocken ihren zum Kirchgang mahnenden Klang an und der Muezzin ruft die Moslems fünfmal täglich zum Gebet in die Moschee. Das alles spielt sich hier auf engstem Raum ab, in dem diese drei Religionen tief verwurzelt sind. Das macht die Altstadt zu einen immer spannungsgeladenen Ort, was uns nicht abschreckte durch ihre Gassen und Viertel zu schlendern, durch das jüdische, muslimische, christliche und armenische, durch die Basare zu bummeln und die Stadtmauer zu besteigen, um von dort grandiose Blicke zu genießen.

Wir erlebten vier ruhige Tage. Doch der Friede ist kein Dauerzustand in Jerusalem. Eine latente Angst vor Attentaten und Terroranschlägen ist zu spüren und die Furcht vor der Explosion der Stimmung im Durcheinander von gemäßigten wie auch ultraorthodoxen Juden, Christen und Muslimen. Kein Platz, keine sakrale Stätte und kaum eine Straße fanden wir ohne Überwachungskameras vor – mehrer hundert, wenn nicht sogar tausend müssen es sein.

Das ‚Auserwähltsein' des Volkes Israel prägt auch heute noch das Bewusstsein und trägt zum Spannungsverhältnis zwischen Israel und Palästina bei. „Das Land gehört uns. Gott hat es uns geschenkt", sagte ein junger Israeli in einer Fernsehdokumentation zu einem Reporter auf den Hinweis, dass seine Regierung zu Unrecht neue Siedlungen im palästinensischen Westjordanland plant. Das könnte man als lebendige Geschichte bezeichnen, auf die der Besucher Schritt für Schritt stößt. Er findet aber auch eine größtenteils bedrückende Gegenwart und verliert allzu leicht den Glauben an die Zukunft.

Gospel Inspiration

Als Wahl-Kronberger verbrachte ich bisher die gemeinhin als Lebensabend bezeichnete Wegstrecke im Vordertaunus, es sei denn, ich befand mich auf Reisen.

Am ersten Samstag und Sonntag im Dezember findet in unserem Wohnort der traditionsreiche Weihnachtsmarkt in den Gassen der Altstadt statt, ein Fest mit stimmungsvoller Musik und Einkaufsspaß, das sich weg von Christbaumschmuck, Spielsachen und Büchern hin zu Ständen mit Fressalien und Glühwein entwickelte, verbrämt von den Betreibern unter dem Vorwand, den Reinerlös wohltätigen Zwecken zuzuführen.

Irene und ich vermissten im vergangenen Jahr die Stände mit den sächsischen Holzschnitzereien und handbemalten Glaskugeln und konnten uns bei den beiden älteren Damen nicht zurückhalten, die aus feinem Silberdraht und Glas gearbeitete Engelchen, Glöckchen und Sternchen anboten, nicht um diese Zier an den eigenen Weihnachtsbaum zu hängen, der bunt geschmückt wird, sondern damit anderen eine Freude zu bereiten.

Unser persönlicher Höhepunkt ereignete sich wie seit Jahren in der gotischen Johanniskirche, ein Konzert der Gruppe Gospel Inspiration, die, von dem in New Orleans geborenen und in den Südstaaten aufgewachsenen J. Hatch geleitet, auf das nahe Weihnachten, das Fest der Geburt Christi, einstimmte. Auf Doin' that thing, Oh happy day, Go down Moses und Joshua fit the battle of Jericho folgten weitere Gospelsongs und Kirchenlieder, bevor das finale ‚Amen, Halleluja, Preiset Gott, Amen' intoniert wurde. Dazwischen glitten meine Augen über die Fresken der Decke hinüber zu den Grablegen der ehemaligen Kronberger Ritter und den lebensgroßen Standbildern jener vom Kronenstamm, davor auf das Taufbecken, wo unsere ersten beiden Enkelkinder, Annika und Lukas, mit geweihtem Wasser und dem Zeichen des Kreuzes in die christliche Gemeinschaft aufgenommen wurden, und von dort hinweg über den Chorbogen zum Fresko des Jüngsten Gericht direkt an der Wand vor der Kanzel, von wo aus die Pfarrer beim Gottesdienst die frohe Botschaft verkündeten. Brutal wurden die Sünder mit Spießen traktiert, in einem Kochtopf gebrüht oder direkt im Höllenfeuer geröstet, während die Gerechten in paradiesischen Gefilden wandern durften.

Meine Gedanken eilten in die Zeit der eigenen Jugend zurück, ließen das Weihnachtsfest vor meinen Augen lebendig werden, das im Stammhaus der Familie in der Wodanstraße in meinem Geburtsort und dort am Gabentisch in der elterlichen Wohnung mit ‚Stille Nacht' begann, bei Oma und Opa ein Stockwerk darüber mit ‚Oh, du fröhliche' fortgesetzt wurde und auf der gleichen Etage bei Tante Lies und Onkel Georg mit ‚Großer Gott wir loben Dich' seinen Höhepunkt erreichte. Alle sangen. Auch Oma konnte der Versuchung nicht widerstehen, mit schrillen Quietschtönen ihrer sonst schwachen Stimme einzufallen. Nur Opa sang nicht, er sprach, mit dem Rücken am Kachelofen lehnend, betend gleich den Liedtext vor sich hin, siebenundachtzigjährig, mit den Gedanken seiner eigenen Zeit als Erdenbürger schon weit voraus. Über das Radio hatte er den totalen Ablass gewährenden Segen des Papstes, Urbi et Orbi, empfangen. Mit den Worten – „Aufgrund der Fürsprache aller Heiligen erbarme Er sich euer, der allmächtige Gott, und nachdem Er alle eure Sünden vergeben hat, führe euch Jesus Christus zum ewigen Leben" – wurde Opa nach einem Gebet der Reue von allen Sünden befreit und in eine ausgeglichene Ruhe versetzt, die bis zu seinem Ableben einige Wochen später anhielt. Ich war dabei, als er seinen letzten Atemzug tat, wie er sich mit einem letzten Blick verabschiedete und die Augen dann schließend, friedlich, voll zuversichtlicher Gewissheit im Glauben in das Paradies einzugehen, verschied.

Schlussgedanken

Jede Wahrheit, von wem auch immer verkündet, kommt vom Heiligen Geist. Diesen weisen Satz gab Ambrosius voll des Glaubens von sich; er war Bischof von Mailand im 4. Jahrhundert.

Heute, eintausendsechshundert Jahre später, streiten die Anhänger der Kreation mit den Theoretikern der Evolution um die Wahrheit, wenn es um die Erschaffung der Welt mit ihrer Flora und Fauna und den Menschen geht – ein Schöpfungsakt Gottes, durch dessen unmittelbaren Eingriff Universum und Leben entstanden, sagen die einen, während nach der Meinung der anderen Selektion, Mutation und Extinktion die Entwicklung des Lebens bestimmten.

Meist sind die Menschen unterschiedlicher Glaubensrichtungen einander fremd – Christen, Muslime, Juden, Buddhisten, Hindus – obwohl sie alle an eine übergeordnete Kraft glauben. Selbst Katholiken, Protestanten und Orthodoxe haben im Grundsätzlichen mehr Trennendes als Gemeinsames. Doch eines eint sie alle, der Glaube an sich, die Fähigkeit an etwas zu glauben, die Bereitschaft, einem übernatürlichen Wesen zu vertrauen, die Hoffnung, im Glauben den Sinn des Lebens zu erfahren und die Hoffnung auf ein wie auch immer geartetes Danach.

Glaube und Religion geben dem Leben einen Sinn. Ob dabei alles – bildlich gesprochen – in sieben Tagen durch göttliches Wirken entstanden ist, wie in der Genesis nachzulesen, oder Inti, der Sonnengott der Inka, vom Titicacasee aufsteigend das Licht hervorbrachte, erscheint nebensächlich. Wenig schlau klingt die Entgegnung, dass unsere Erde nur eine Welt unter Millionen anderer in Milliarden von Galaxien in einem Universum sei, ‚das vor rund 13,7 Milliarden Jahren als Singularität aus dem vermeintlichen Nichts entstand', wie Bernhard Mackowiak in der Frankfurter Neuen Presse am 27. April 2013 schrieb.

Das Wort vermeintlich lässt darauf schließen, dass ein vorheriges Es nicht ausgeschlossen werden könne. Doch was war dieses Es?

Diese Singularität, dieses einmalige anfängliche Ereignis von Raum und Zeit wird auch als Urknall bezeichnet. Einer der höchst angesehenen Naturwissenschaftler, Stephen Hawking, sagte auf die ihm gestellte

Frage, was denn vor dem Urknall gewesen sei, dass diese Frage wissenschaftlich nicht erlaubt sei, da sie zu nichts führe.

Spätestens an den Grenzen der Wissenschaft, dem Ende des Erklärungsvermögens, beginnt die Spiritualität, der göttliche Bereich, die Sphäre göttlichen Wirkens. Natürlich ist die Frage erlaubt, was vor dem Urknall war. Kann aus dem Nichts Es entstehen oder war Es, die Materie, schon immer dar? Und wenn ja, woher stammt sie, wer schuf sie?

Hier steht die Wissenschaft vor dem von ihr nicht erklärbaren Nichts, aus dem – nach der Meinung der Gläubigen vieler Religionen – eine göttliche Kraft das Werden und Vergehen, den Anfang und das Ende schuf. Und Paradiese wird es für die Menschen geben, solange sie auf Erden leben und daran glauben.